Teufelsküche

Bernd Flessner, 1957 in Göttingen geboren, studierte in Erlangen Germanistik, Medienwissenschaft und Geschichte. Heute arbeitet er an der Uni Erlangen als Zukunftsforscher, aber auch als Wissenschaftsjournalist und Autor. Er hat zahlreiche Bücher unterschiedlicher Genres bei verschiedenen Verlagen von Emons bis Suhrkamp veröffentlicht.

BERND FLESSNER

Teufelsküche

KRIMINALROMAN

emons:

Bibliografische Information der Deutschen Nationalbibliothek
Die Deutsche Nationalbibliothek verzeichnet diese Publikation in der Deutschen Nationalbibliografie; detaillierte bibliografische Daten sind im Internet über http://dnb.d-nb.de abrufbar.

FSC
www.fsc.org
MIX
Papier aus verantwortungsvollen Quellen
FSC® C083411

Umschlagmotiv: dioxin/photocase.de
Umschlaggestaltung: Tobias Doetsch
Gestaltung Innenteil: César Satz & Grafik GmbH, Köln
Lektorat: Dr. Marion Heister
Druck und Bindung: CPI – Clausen & Bosse, Leck
Printed in Germany 2017
ISBN 978-3-7408-0049-9
Originalausgabe

1

Moos, Blätter, Steine, Zweige.

Eine Pfütze.

Ein Felsen.

Ein gewagter Sprung.

Er ließ sich auf den Waldboden fallen, rollte sich zur Seite und kroch unter die Wedel eines Adlerfarns.

Das Blut hämmerte in seinen Schläfen; er keuchte so heftig, dass er kurz die Luft anhalten musste, um in den Wald hineinhorchen zu können.

Die Rufe waren leiser geworden.

Vermutete er.

Hoffte er.

Ein sonderbar kaltes Echo verfing sich zwischen Stämmen und Felsen.

Peter Wittmann konnte weder die Entfernung der Rufer ausmachen noch die Richtung bestimmen, aus der sie kamen.

Irgendwo knackte es oder brach ein morscher Ast.

Irgendwo schrie ein aufgescheuchter Vogel.

Er verkroch sich noch tiefer zwischen den gefiederten Blättern der Farne, die zwischen den mächtigen Felsblöcken wuchsen. Hinter einem unsichtbaren Horizont gab die Sonne bereits den Tag auf. Das könnte seine Chancen verbessern.

Der Waldboden stank faulig. Jedenfalls kam es ihm so vor. Oder war es der Farn? Noch immer keuchte er, pumpte Luft in seine Lungen, die schnelle Waldläufe nicht gewohnt waren. Schweiß rann aus seinen Haaren, tropfte auf das ohnehin nasse Moos vor seinen Füßen.

Wieder hallte das Echo eines menschlichen Lautes durch den Wald.

Wittmann erhob sich langsam aus seinem grünen Versteck und lauschte angestrengt.

Sie waren wieder näher gekommen.

Er sah sich um. Die Farnwedel, unter denen er kauerte, waren ihm nicht sicher genug. Wie war er bloß auf die Idee gekommen, sich zwischen diesen Blättergerippen zu verkriechen? Nein, er durfte hier nicht ausharren, er musste weg, musste raus aus diesem feuchten, stinkenden Labyrinth, musste zu seinem Wagen. Wenn er bloß sein Smartphone nicht verloren hätte.

Die Rufe wurden lauter. Sie waren ihm auf der Spur. Er hatte keine Ahnung, wie sie das geschafft hatten. Wahrscheinlich hatten sie einfach nur Glück gehabt.

Wittmann sprang auf, sah sich um und rannte los. Weit kam er nicht, denn das nasse Moos auf einem der Steine verweigerte der Sohle seines rechten Schuhs festen Halt. Wie ein Pfeil schoss sein Fuß in die Luft und raubte ihm das Gleichgewicht. Als er auf dem Stein aufschlug, stieß er einen kurzen Schrei aus. Auch sein linkes Knie schrie auf, doch diesen Schrei konnte nur er hören. Er holte ein paarmal tief Luft und zwang seinen Körper, sich vom Boden zu erheben. Nicht nur sein Knie wehrte sich, auch sein rechtes Handgelenk leistete Widerstand. Ein weiterer kurzer Schrei entfuhr ihm, als er den Schmerz spürte. Aber er schaffte es, sich wieder aufzurichten und das lädierte Knie zu bewegen. Nach wenigen qualvollen Schritten hatte er das gefingerte Grün verlassen und einen schmalen Pfad erreicht, der durch die Türme führte, die von der Natur in unzähligen Jahrtausenden errichtet worden waren. Wie riesige Baumkuchen sahen diese sonderbaren Felsformationen aus. Geologen machten für diese skurrilen Formen komplizierte Erosionsprozesse verantwortlich, die sie Wollsack- oder Matratzenverwitterung getauft hatten. Doch das war ihm in diesem Augenblick scheißegal. Er wollte nur weg.

Trotz des schmerzenden Knies und des Dämmerlichts kam er auf dem schmalen Pfad gut voran. Zwei- oder dreimal hatte er ihn schon als argloser Wanderer besucht, wenn auch vor Jahren. Wirklich ortskundig war er also nicht. Dennoch wuchs seine Hoffnung. Bis zum Auto müsste er es schaffen, bevor die Nacht sich ihm ernsthaft in den Weg stellte.

Das Echo gab nicht auf, raste mit Schallgeschwindigkeit durch den Wald und kroch in seine Ohren. Wenn er sich nicht täuschte, hatte sich der Abstand wieder etwas vergrößert.

Wittmann intensivierte seinen Kampf, verlangsamte aber seine

Schritte gleich wieder. Sein Knie lehnte ein schnelleres Tempo vehement ab.

Links neben ihm spielte ein Bach mit seinem Bett, gluckste und plätscherte ab und zu. Und er verschlang seine Schritte, indem er sie übertönte. Ein kleiner Vorteil.

Unvermittelt änderte der Pfad seine Richtung und stieg auch noch einen Hügel hinauf, auf dem rechts einer der steinernen Wollsackkolosse thronte, den die Erosion vergessen hatte.

Der Aufstieg fiel ihm so schwer, dass er mehr kroch, als aufrecht zu gehen. Immer wieder musste er kurze Pausen einlegen, in denen seine Hände das Knie bearbeiteten, als wollten sie ihm gut zureden. Der Schmerz aber ließ sich nicht so leicht korrumpieren. Eine Träne kullerte über seine Wange.

Irgendwann erreichte er dennoch den Gipfel, hinter dem der Wald lichter wurde. Jetzt war es nicht mehr weit bis zu seinem Auto, für das er ein gutes Versteck gewählt hatte. Außerdem hatte er nach seiner Ankunft einen Bogen geschlagen und sich aus einer anderen Richtung genähert. Diese billige Karl-May-Idee, die ihm spontan in den Sinn gekommen war, machte sich jetzt bezahlt. Ihm den Weg abzuschneiden war nicht möglich. Dazu hätten sie ihn kennen müssen.

Ein fremder, unbekannter Laut erreichte ihn. Ob er menschlicher oder tierischer Natur war, konnte er nicht sagen. Es war eine Art verzerrtes Jaulen, das ihn dazu nötigte, das Tempo wieder zu erhöhen. Doch nach den ersten Schritten wurde ihm bewusst, dass der Abstieg seinem Knie ebenso zusetzte wie der vorangegangene Aufstieg. Aus dem erhofften Tempo wurde nichts. Einen weiteren Sturz konnte er nicht riskieren.

Am Fuß des Hügels erwartete ihn der vertraute Pfad, der jetzt allerdings durch das Unterholz mäanderte wie ein unbegradigter Fluss. Ein Schwarm Mücken schloss sich ihm an, während sich die Nacht hier und da bereits mit den Schatten der Felstürme vereinte. Im fahlen, sonderbar gelben Licht schienen die steinernen Ungetüme zum Leben zu erwachen. Aber dieser Eindruck war natürlich der menschlichen Phantasie zu verdanken.

Der Pfad büßte sein Gefälle endgültig ein, Wittmann unternahm einen neuen Versuch, seine Geschwindigkeit zu erhöhen.

Diesmal mit Erfolg. So aggressiv der Schmerz auch war, er hatte sich mit ihm arrangiert. Fast wie ein Jogger kam er nun voran.

Aber seine Verfolger waren zäh und unerbittlich. Der Laut, den er diesmal hörte, war definitiv ein menschlicher und nicht weit hinter ihm ausgestoßen worden. Vielleicht sogar auf dem Gipfel des Hügels, der ihn gerade so viel Kraft gekostet hatte. Wittmann beschleunigte ein weiteres Mal, ohne jede Rücksicht auf sein Knie. Mechanisch setzte er einen Fuß vor den anderen, suchte einen passenden Rhythmus, zwang sich, ruhig zu atmen. Der Pfad kroch vor ihm durch das Labyrinth, änderte plötzlich die Richtung, nur um gleich darauf wieder zur alten Route zurückzukehren. Sein Knie rebellierte. Hinter dem nächsten großen Felsenmonster musste sein Auto stehen. Seine rechte Hand glitt in seine Hosentasche und ertastete den Schlüssel. Den hatte er Gott sei Dank nicht verloren. Erleichtert schloss er für einen kurzen Moment die Augen und spielte seine nächsten Schritte durch. Auf keinen Fall durfte er nach Hause fahren. Er musste umgehend und direkt …

Der nasse Zweig eines Nadelbaums klatschte wütend in sein Gesicht und seine Gedanken. Der Boden wurde mit jedem Schritt weicher und gab schmatzende Geräusche von sich. Er hatte den Pfad verloren.

Wittmann blieb stehen und sah sich um. Aus den Bäumen und Felsen waren schwarze abstrakte Plastiken eines irren Bildhauers geworden, aus der Abendsonne ein Fächer letzter Strahlen, die wie Finger nach ihm griffen. Den Pfad aber zeigten sie ihm nicht. Nach kurzer Überlegung glaubte er, den Weg zurück zu kennen. Der Boden schmatzte noch immer. Sonst war nichts zu hören.

Abrupt hielt er wieder inne. Die Laute, die Rufe. Sie waren verstummt. Der Wald stand schwarz und schwieg. Er wartete mit spitzen Ohren, bevor er den nächsten Schritt machte, blieb aber gleich wieder stehen, denn das Schmatzen hallte verräterisch durch das Zwielicht. Abwarten kam jedoch nicht in Frage. Er musste sein Auto finden, solange dies noch möglich war. Nach einigen Metern war ihm klar, dass er den Pfad verpasst hatte. Der Boden gab noch mehr nach. Mit zusammengekniffenen

Augen lotete er die Schattenwelt vor sich aus, suchte fieberhaft nach einem Anhaltspunkt, nach einem Ausweg. Wo hatte sich die Sonne verabschiedet? Wo war Westen, wo Osten? Wittmann machte eine langsame Drehung und stapfte weiter über einen Boden, dem er zunehmend misstraute. Längst hatte er nasse Füße. Aufsteigender Modergeruch ließ ihn erneut innehalten.

Noch immer schwieg der Wald. Als hätte er jegliches Leben ausgehaucht. Als hätte Wittmann eine andere Welt betreten.

Er wandte sich von dem Modergeruch ab und änderte seinen Kurs. Sein Knie hatte er vergessen. Der Schmerz war noch da, erreichte ihn jedoch nicht mehr. Diesmal hatte er Glück und schon nach wenigen Schritten wieder festen Boden unter den Füßen. Von rechts kam eines der steinernen Monster auf ihn zu. Da es die Dunkelheit des Himmels überbot, konnte Wittmann dessen Form nicht nur erkennen, sondern auch wiedererkennen. Noch gut hundert Meter und er hatte den Parkplatz erreicht. Plötzlich schob sich auch wieder der Pfad unter seine Füße, verblasst, ergraut, verdunkelt, aber vorhanden. Tastend bewegte er sich auf den schwarzen Granit zu und stellte sich der kleinen Anhöhe, die er noch überwinden musste. Sein Knie nutzte die Gelegenheit, sich wieder in Erinnerung zu rufen, schaffte es aber nicht, ihn aufzuhalten. Schon hatte er den Gipfel erreicht, legte keine Pause ein, sondern machte sich vorsichtig an den Abstieg.

Ein gespenstischer Schimmer schwebte etwa hundert Meter vor ihm in der unvollendeten Dunkelheit. Doch Wittmann wusste, dass nichts Übernatürliches im Spiel war. Irgendein Licht, das sich durch die Dunkelheit nicht hatte irritieren lassen, hatte die Scheiben oder Lampen erreicht. Jedenfalls hatte er sein Auto gefunden, worüber er sich nach seiner Odyssee durch die urzeitliche Landschaft zu wundern begann. Schließlich war er mehr gestürzt, gestolpert und gehumpelt als zielsicher im Laufschritt geflüchtet. Egal, er war ihnen dennoch entkommen, das Glück war auf seiner Seite gewesen.

Ein letztes Mal befragten seine Ohren den Wald, erhielten aber keine Antwort.

Das Gefälle erwies sich als harmlos, nach wenigen Minuten wurde der Boden wieder plan. Fast gelassen marschierte er zu seinem Auto, das sich langsam schemenhaft in Szene setzte. Ein zwanzig Jahre alter Golf, den sein Vater mehrfach herablassend als Gehhilfe bezeichnet hatte. Dabei hatte ihn der Wagen noch nie im Stich gelassen.

Wittmann zog den Schlüssel aus der Tasche und steckte ihn ins Schloss.

Das war das Letzte, was er sah. Denn mit einem Schlag, von kräftiger Hand und gezielt geführt, wurde die Dunkelheit für ihn absolut und endgültig.

2

Torsten Zitterbart sah zum wiederholten Mal auf die große Studiouhr, die rechts neben den Schminkspiegeln an der Wand hing und erbarmungslos Ereignisse schuf und verhinderte.

Acht nach acht.

»Dieser Mistkerl!«

Da der Beschimpfte nicht anwesend war, adressierte er seine Wut an den Mann, der ihm gegenüber im Spiegel zu sehen war und ihm einen finsteren Blick zuwarf.

»Dass der nie pünktlich sein kann! Ich wette, der hat die neuen Texte nicht gelernt.«

»Aber geschickt hast du sie ihm doch?«, fragte Reni Ehrl, seine Freundin, die schräg hinter ihm mutlos in der Garderobe auf einem Barhocker saß und ihre Haare mit den Händen knetete. Wie ihr Freund hatte auch sie innerlich längst aufgegeben.

»Natürlich. Und das nicht nur per Mail, sondern sogar als Ausdruck. Den habe ich ihm gestern noch höchstpersönlich in den Briefkasten gestopft. Du kennst ihn ja. Wenn der seinen Blues hat, ruft er seine Mails nicht ab.«

»Versuch's doch noch einmal. Ein letztes Mal.«

Zitterbart zog widerwillig sein Smartphone vom Schminktisch und tippte mit dem Finger auf den Namen, auf den er an diesem Abend schon mehrmals getippt hatte.

»Sinnlos. Die Mobilbox.«

In diesem Augenblick erschien ein nervöser Mann um die dreißig in der Tür, fuchtelte mit den Händen in der Luft herum und bestand auf einem pünktlichen Beginn der Veranstaltung. Karl Rohrmöller, Inspizient und Moderator in einer Person.

»Also was ist jetzt, Torsten?«

»Was soll schon sein? Peter lässt mich hängen. Ist ja nicht das erste Mal. Aber keine Panik. Ich hab noch das alte Soloprogramm. Da baue ich einfach ein paar aktuelle Nummern ein.«

»Okay. Was soll ich sagen?«

»Dass er krank ist«, schnaufte Zitterbart und stand langsam

auf. »Er ist krank. Das reicht doch und ist in letzter Konsequenz noch nicht einmal gelogen. Wenn Peter seinen Blues hat, ist er krank.«

Der Mann nickte, ließ die Tür offen stehen und ging zur Bühne. Zitterbart folgte ihm ohne große Begeisterung. Seine Freundin rollte mit den Augen und schlurfte hinterher, blieb aber in gebührendem Abstand am Bühnenrand zurück.

Der Saal des Amberger Congress Centrums war zu etwa zwei Dritteln gefüllt. Damit konnte der Kabarettist an diesem sommerlichen Herbsttag eigentlich zufrieden sein. Die lange Unentschlossenen und noch Kartenlosen hatten sich wohl doch in letzter Minute für den Biergarten entschieden. Durchaus verständlich. Genau dort würde er jetzt auch gerne sitzen. In der Nähe eines warmen Heizpilzes.

Zitterbart atmete tief durch. Es fiel ihm schwer, sein Auftrittsgesicht abzurufen, aber es gelang ihm. In letzter Sekunde. Aber zunächst trat Karl ans Mikrofon und begrüßte das Publikum, bevor er die schlechte Nachricht überbrachte.

»Leider ist Peter Wittmann plötzlich erkrankt, sodass wir heute nicht das Duo Zitterbart & Wittmann mit seinem aktuellen Programm ›Bayerns Resterampe‹ erleben werden. Wünschen wir Peter Wittmann von hier aus gute Besserung und freuen uns auf ein ebenso aktuelles Soloprogramm von Torsten Zitterbart!«

Verhaltener Begrüßungsapplaus erreichte die Bühne, den Zitterbart zur Staffelübergabe nutzte. Ohne ein weiteres Wort über seinen Partner zu verlieren, wählte er die jüngsten Äußerungen des Ministerpräsidenten über einen möglichen Bayxit als Einstieg.

»Bitte entschuldigen Sie meine Verspätung, aber die Verlängerung einer Aufenthaltsgenehmigung für das Königreich dauert nun einmal mehrere Stunden. Und ich bin ja Niedersachse, wie Sie wissen. Da dauert die Prozedur noch länger. Schon allein der Wissenstest zur bayerischen Leitkultur: Weißwurstanstich, Straußzitate, Starkbiertaufe, Jodeldiplom …«

Zitterbart brauchte diesmal fast eine halbe Stunde, bis er sich warmgeredet hatte und die geschriebenen Texte verließ, um zu improvisieren. Das war seine Stärke. Und das konnte er am besten, wenn er allein auf der Bühne war. Auf das Duoprogramm hatte er sich nur eingelassen, weil Wittmann ein idealer Stichwortgeber war. An guten Tagen spielten sie sich die Bälle zu wie Tennisprofis, den Becker-Hecht inklusive.

Schon oft war Zitterbart gefragt worden, wie er zu seinem Künstlernamen gelangt sei. Dabei war Zitterbart sein bürgerlicher Name, der wiederum in seiner Heimatstadt Göttingen keine Seltenheit war. Dort war er nach einem abgebrochenen Soziologiestudium, einer Karriere als Taxifahrer, Möbelpacker, Werbetexter und Schauspieler – ein Theaterregisseur hatte ihn auf der Straße für eines seiner avantgardistischen Projekte »entdeckt« – als Mittdreißiger auf den Kabarettisten in sich gestoßen. Das heißt, eigentlich war nicht er es gewesen, sondern jener Regisseur, der zum Freund geworden war. Er hatte auch das erste Programm mit ihm einstudiert und es auf die Bühne gebracht. Dabei war es geblieben.

Nach einer langen Zeit der Suche und des Taumelns war er plötzlich an einem Ziel angekommen, das er nie ins Auge gefasst hatte. Nicht er hatte also dieses Ziel gefunden, sondern das Ziel ihn. Sein Freund hatte ihm lapidar einen Satz des griechischen Dichters Pindar als Erklärung angeboten: »Werde, der du bist.« Ob der Grieche damit recht hatte, wusste Zitterbart nicht, wohl aber, dass seine Leidenschaft bislang ausgereicht hatte, um seit nunmehr acht Jahren erfolgreich auf der Kleinkunstbühne zu stehen. Noch nie hatte er es in einem Beruf so lange ausgehalten. Und es sah nicht so aus, als würde sich das in naher Zukunft ändern.

Nach Regensburg hatte ihn dann die Museumspädagogin Renate Ehrl gelockt, die er Reni nannte und die ihre Beziehung einmal als schwebend bezeichnet hatte. Eine Analyse, die ihn schwer getroffen hatte, denn für ihn war Reni ein Volltreffer. Sie aber rieb sich an seinem Beruf, der so ganz anders war als der ihre. So unstet, so unregelmäßig, so unterwegs, so unsicher.

»… unser Ministerpräsident leider kein Wittelsbacher ist. Bayern bleibt also – wohl oder übel – eine Wahlmonarchie.«

Applaus brandete auf, kein überschwänglicher, aber ein durchaus begeisterter. Es war ihm gelungen, den Abend und somit auch seinen Ruf zu retten. Mit Sicherheit hatten viele Besucher das Duo erleben wollen und seinen Partner vermisst. Aber er hatte den Ausfall aufgefangen, hatte die Löcher im Programm improvisatorisch gestopft. Er glaubte, die Kraft, die er dafür hatte aufbringen müssen, auch körperlich zu spüren. Seine Beine, sein Rücken, sein Nacken, sogar seine Arme taten ihm weh.

Nach einer letzten Verbeugung griff er zum Handtuch, wischte sich den Schweiß von der Stirn und nahm einen Schluck aus dem Plastikbecher, den ihm irgendjemand hingestellt hatte. Das Wasser war warm und schmeckte abgestanden.

Der Vorhang schloss sich, Reni kam auf die Bühne gerannt und nahm ihn in die Arme, erdrückte ihn fast.

»Das war der Wahnsinn, Torsten! Wie machst du das nur? Als hättest du schnell einen anderen Text gelernt!«

Küsse trafen ihn, das längst feuchte Handtuch surfte durch sein Gesicht. Ihm war nach anderem zumute, aber daran trug Reni keine Schuld. Also rang er seine Emotionen nieder, lächelte sie an und ließ alles über sich ergehen. Außer einem erneuten Schluck aus dem Becher.

»Die werden hier doch wohl ein kaltes Bier haben.«

Reni hob kurz ihre Achseln. Der Inspizient, der sich am Mikrofon zu schaffen machte, schüttelte den Kopf.

»Sind alle schon weg. Und der Automat ist kaputt.«

»Ein rundum gelungener Abend«, sinnierte Zitterbart. »Es hätte gar nicht besser laufen können. Ich bin schon gespannt auf morgen.«

»Ach du dicker Kürbis!«, hauchte seine Freundin und ließ endlich das klebrige Handtuch sinken. »Die Fernsehaufzeichnung!«

Zitterbart sah sie mit ernster, nachdenklicher Miene an.

»Wenn er da nicht pünktlich auf der Matte steht, ist endgültig Schluss. Dann mach ich den Peter platt. Ich leg ihn um, ich schwör's dir. Komm, lass uns verschwinden.«

Nach einem kurzen Zwischenstopp in der Garderobe und ein paar Worten mit dem Veranstalter und einem zu spät gekommenen Journalisten marschierten sie zu seinem Wagen, einem dunkelblauen Volvo 240 Kombi mit über dreihundertzwanzigtausend Kilometern auf dem Tacho, der oft schon beim ersten Versuch ansprang. Jedoch nicht an diesem Abend.

»Wie ich schon sagte: Es hätte gar nicht besser laufen können«, raunte Zitterbart und quälte den Anlasser, bis der Motor endlich nachgab und willig aufheulte.

»Du willst nicht nach Hause, stimmt's?«, fragte Reni, nachdem sie Schwandorf passiert und die A 93 erreicht hatten.

»Natürlich nicht«, antwortete Zitterbart. »Ich muss zu ihm.«

»Aber doch nicht jetzt. Es ist doch schon viel zu spät, und du stehst unter Strom. Komm, lass uns nach Hause fahren. Schlaf eine Nacht drüber und geh morgen zu ihm. Das ist besser. Glaub mir.«

Er glaubte ihr nicht, was ihm seine Freundin auch ansah. Eine Antwort war also nicht nötig. Sie wusste, dass er nicht von seinem Vorhaben abzubringen war.

»Dann setz mich aber vorher bei mir ab.«

Zitterbart nickte, ohne seinen Blick von der Straße zu nehmen, über die hier und da herbstliche Nebelschwaden trieben.

Renate Ehrl fuhr sich mit der Hand durch ihre Haare, die schon oft und zu Recht als Mähne bezeichnet worden waren. Für sie war der Abend gelaufen. Wieder einmal. Und wieder einmal lag es am Beruf ihres Freundes, um den sich fast alles drehte. Ihre Arbeit als Museumspädagogin war ihm kaum ein Gespräch wert. Wie oft hatte sie ihn eingeladen, wie oft war er nicht erschienen? Wegen eines Interviews, einer Signierstunde oder eines Treffens mit Kollegen.

Zitterbart hielt in der Holzländestraße, die an der Donau entlanglief. Bis zum Keplerhaus und zur berühmten Steinernen Brücke war es nicht weit. Reni stieg aus, hinterließ ihm noch einen Kuss und verschwand in einer der Gassen der Altstadt. Hinter ihr gab jemand Gas, dem die Wut in den Knochen steckte.

Peter Wittmann wohnte ebenfalls in der Altstadt. Allerdings musste Zitterbart mehrere enge Kurven meistern, bevor er mit seinem langen Kombi einen Parkplatz in der Nähe fand. Den Rest ging er zu Fuß. Die Luft war kalt und passte zum spätsommerlichen Hochdruckeinfluss, der tagsüber die Temperaturen auf über zwanzig Grad ansteigen ließ. Nachts aber fiel die Kälte aus dem sternenklaren Himmel, den auch Johannes Kepler schon bewundert hatte.

Zitterbart schloss seinen Trenchcoat, denn die Kälte kroch schneller als gedacht in sein Hemd. Niemand kam ihm entgegen. Regensburg schien ausgestorben. Nachdem er zwei jahrhundertealte Hausecken passiert hatte, stand er vor der Haustür eines schmalen Fachwerkhauses. Einige herbstlich verfärbte Weinblätter hatten es sich davor bequem gemacht und hielten ihm stolz ihre blutroten Adern entgegen. Er schloss daraus, dass sein Kollege entweder nicht zu Hause war oder seine Wohnung länger nicht verlassen hatte, wobei er auf Letzteres tippte. Wittmann hatte sich wohl wieder einmal in sein inneres Schneckenhaus zurückgezogen, um sich seinem Weltschmerz hinzugeben.

Gerade wollte Zitterbart seinen rechten Zeigefinger lange, kraftvoll und unnachgiebig auf den Klingelknopf drücken, als sein Blick auf das Hufeisen fiel. Ein ganz gewöhnliches Hufeisen, dem auch kein Alter anzusehen war. Es war sauber und rostfrei. Jemand hatte es mit einem Hufnagel an die grüne Holztür geschlagen. Daher war es ihm auch nicht gleich aufgefallen, denn es hatte entfernt Ähnlichkeit mit einem Türklopfer. Einen solchen hatte die Tür aber nie besessen.

Zitterbart kehrte zum Klingelknopf zurück und kannte keine Gnade. Minutenlang ließ er den kleinen Klöppel arbeiten, der draußen zu hören war, wenn auch leise. Als sich keine Reaktion einstellte, gab er auf, ohne dass seine Wut verraucht war. Er unternahm einen letzten Versuch mit seinem Smartphone, der jedoch keinen Erfolg zeigte. Noch immer lief die Mobilbox.

»Feigling!«, schimpfte er und wechselte die Tür.

Trotz der Uhrzeit drückte er auf den Klingelknopf, jedoch weitaus zurückhaltender als beim Nachbarhaus. Er kannte den Bewohner flüchtig, wie Zitterbart ein Zugereister – ein Preuße, wie noch immer und immer wieder in Bayern zu hören war –, jedoch einer aus Cornwall. Warum Mr. Tregennis vor langer Zeit nach Regensburg gekommen war, wusste er nicht. Es war ihm in dieser Nacht auch egal. Nach der zweiten, nun doch etwas ungeduldigen Betätigung des Klingelknopfes wurde es hell hinter der vergilbten Gardine des kleinen Türfensters.

»Wer ist da?«, fragte eine heisere, aber laute Stimme mit deutlichem Akzent.

»Torsten Zitterbart. Sie kennen mich. Ich bin der Partner von Peter Wittmann.«

Hinter der alten Tür, die einen Anstrich vertragen konnte, tat sich etwas. Türketten und Riegel wurden entfernt, ein Schloss war zu hören. Langsam wurde die Tür geöffnet, allerdings nur einen Spaltbreit. Zwischen Türblatt und Rahmen erschien das fahle, grauhaarige, unrasierte, kantige Gesicht eines Mannes um die sechzig.

»Wissen Sie eigentlich, wie spät es ist?«

»Das weiß ich«, antwortete Zitterbart mit gespielter Freundlichkeit. »Aber es ist wirklich wichtig, Mr. Tregennis. Ich muss dringend mit Peter Wittmann sprechen. Wissen Sie zufällig, ob er zu Hause ist?«

Der Mann aus Cornwall vergrößerte den Türspalt und stülpte nachdenklich seine Unterlippe vor.

»Heute war er nicht da. Ich habe ihn nicht gehört. Sonst höre ich ihn immer. Er hat gute Boxen. Aber ein schlechte Musikgeschmack.«

»Wann haben Sie ihn denn zum letzten Mal gesehen?«

Wieder kam die Unterlippe zum Einsatz, die an mehreren Stellen spröde und aufgesprungen war.

»Gesehen habe ich ihn schon länger nicht. Aber gehört. Vorgestern hat er Musik gespielt. Ja, vorgestern. Deutsche Folkmusic. Terrible. Bloodcurdling. Brenda Wootton sollte er hören. Nicht diese traurige Krautfolk.«

»Können Sie sich noch an die Uhrzeit erinnern?«

»Mittag. Es war um die Mittagszeit. Er hat mit die Tür geschlagen. Dann habe ich ihn nicht mehr gehört.«

»Danke, Mr. Tregennis. Und entschuldigen Sie bitte die späte Störung.«

»Ist okay. Gute Nacht.«

Enttäuscht schlenderte Zitterbart zurück zu seinem Wagen. Er hatte den Schlüssel schon in der Hand, als ihm Peters Auto einfiel. Ein VW Golf. Mindestens so alt wie sein Volvo. Und für sein Auto hatte Peter einen reservierten Anwohnerparkplatz.

Zitterbart machte auf der Stelle kehrt und ging noch einmal zurück zu dem schmalen Fachwerkhaus. Eine Hausecke weiter parkte der Golf, dessen grüner Lack im Laufe der Jahre stumpf geworden war. Er war abgeschlossen, was keine Selbstverständlichkeit war. In der Regel vergaß sein Partner diese Kleinigkeit. Aber der Wagen war da, Peter konnte also nicht weit sein. Wahrscheinlich saß er in einer der Kneipen der Altstadt, die zu zahlreich waren, als dass er sie jetzt hätte absuchen können.

Zitterbart trennte eine Seite aus seinem schwarzen Notizbuch und schrieb seinem Partner ein paar mahnende Sätze, die er hinter dem Scheibenwischer deponierte. Für den Fall, dass er seine Mobilbox nicht abhörte. Als Zitterbart sich über den Wagen beugte, stieg ihm ein ungewohnter, fauliger Geruch in die Nase, den er auf den Dreck zurückführte, der an den Reifen und Felgen klebte. Peter musste mit seinem Auto über eine feuchte Wiese oder einen Waldweg gefahren sein. In der Fahrertür war ein kleines Stück von einem Blatt eingeklemmt. Im fahlen Licht der Straßenlaterne glaubte Zitterbart, ein Farnblatt zu erkennen.

3

»Ich glaub es einfach nicht!«, schimpfte Zitterbart und legte sein Smartphone zurück auf den Schminktisch.

»Wenn ihm etwas passiert ist?«, fragte Lizzy Aumeier, die neben ihm von einer Maskenbildnerin fernsehtauglich geschminkt wurde.

»Dem ist nichts passiert! Noch nicht! Der ist bloß abgestürzt. Der kreist mal wieder um sich selbst. Du kennst ihn doch. Der hat sich irgendwo verkrochen und bemitleidet sich.«

»Und ich dachte, das ist vorbei«, vermutete seine Kollegin.

»Es ist auch vorbei«, konstatierte Zitterbart. »Ich halte das jedenfalls nicht mehr aus. Du kennst ja den Spruch: So kann ich nicht arbeiten! Er mag banal klingen, trifft es aber auf den Punkt. Ich kann mit Peter nicht mehr arbeiten. Basta!«

Aumeier nickte verständnisvoll, was der Maskenbildnerin gar nicht gefiel, die ihre Instrumente umgehend zurückzog und vorsichtig einen neuen Versuch riskierte, Farbe auf die Wangen zu bringen.

»Vielleicht könnten wir zwei …? Mit Otti hat es ja auch hingehauen.«

Zitterbart sah zur Seite und suchte Augenkontakt, der im Moment jedoch nicht möglich war.

»Ernsthaft?«

»Ich bin immer ernsthaft. Du kennst mich doch.«

»Lizzy, ich nehm dich beim Wort«, sagte Zitterbart, während ein Kamm durch seine spärlichen Haare fuhr. »Aumeier & Zitterbart. Das klingt doch schon verführerisch.«

»Moment! Verführerisch bin nur ich«, lächelte die Kabarettistin. »Immerhin bin ich eine Sexgöttin und du nur ein untergewichtiges kleines Nordlicht.«

»Zugegeben«, pflichtete Zitterbart ihr schmunzelnd bei. »Aber denk doch mal an die Möglichkeiten, die wir hätten.«

»Was hättet ihr denn so für Möglichkeiten? Eine Sexgöttin und ein schmächtiger Mann?«, mischte sich eine vertraute Stimme ein, die Bernd Regenauer gehörte, der gerade erst die Garderobe der Regensburger Brettlbühne betreten hatte, in der die Fernsehsendung »Kabarett aus der Oberpfalz« aufgezeichnet werden sollte.

»Mehr, als du dir jemals wirst vorstellen können«, antwortete Aumeier. »Aber Spaß beiseite: Der Peter ist verschollen.«

»Was meinst du mit verschollen?«, fragte der fränkische Kabarettist und stellte sich zwischen seine beiden Kollegen.

»Er ist gestern nicht nach Amberg gekommen. Und ich glaube nicht, dass er heute noch kommen wird«, erklärte Zitterbart. »Ich kann ihn seit Tagen nicht erreichen.«

»Dann hat's ihn wieder mal erwischt«, meinte Regenauer. »Schwer erwischt.«

»Zu schwer«, sagte Zitterbart. »Mir reicht es. Ich steige aus. Das Duo ist Geschichte.«

»Gut. Wenn das so ist, dann steig doch bei mir ein. Ich wollte schon lange einmal –«

»Kommt gar nicht in die Tüte, Bernd«, maulte Aumeier. »Ladys first!«

»Ach, so ist das!«, grinste Regenauer. »Du hast natürlich gleich zugeschlagen. Klar, den konntest du dir nicht entgehen lassen. Klein und unterernährt, wie er ist.«

»Du sagst es«, sagte Aumeier. »Das ist der Vorteil, wenn man eine Sexgöttin ist.«

»Ich störe nur ungern«, sagte Petra Schneckenreiter, die Redaktionsleiterin, die für die TV-Aufzeichnung verantwortlich war, »aber wie sieht es jetzt mit Peter aus?«

»Schlecht«, antwortete Zitterbart. »Ich kann ihn nach wie vor nicht erreichen. Reni ist sogar noch einmal zu ihm nach Hause gefahren. Er ist nicht da oder macht nicht auf.«

»Dann ist die Entscheidung gefallen.«

»Ich könnte eine Nummer aus dem letzten Programm bringen«, schlug Zitterbart vor. »Das hat gestern in Amberg auch funktioniert.«

»Tut mir leid, aber das ist mir schon zu abgehangen. Du weißt genau, wie sehr wir auf Aktualität Wert legen, Torsten. Ich hatte es dir ja schon am Telefon gesagt. Außerdem haben wir einen Vertrag mit einem Duo geschlossen.«

»Ich weiß, aber ich könnte doch die Bayxit-Nummer aus diesem Programm machen oder einfach im–«

»Nein, kannst du nicht. Vor der Kamera wird nicht improvisiert. Redaktion und Regie brauchen einen Text«, erklärte die Redakteurin unmissverständlich. »Wir brauchen alles schwarz auf weiß.«

»Weil ihr Angst habt«, entgegnete Zitterbart.

»Wie bitte?«

»Angst, dass wir die wirklich relevanten Dinge auch mal beim Namen nennen könnten.«

»Das ist nicht fair, Torsten«, sagte Schneckenreiter. »Hier gibt es keine Zensur. Wir bewahren euch bloß ab und zu vor Schaden. Schließlich tragen wir ja auch Verantwortung gegenüber dem Publikum.«

»Und den Politikern.«

»Vergiss es«, konterte die Redakteurin. »Und das gilt auch für deinen Auftritt. Wir haben umdisponiert und Helmut Brunner als Ersatz engagiert. Der hatte spontan Zeit.«

»Den *Zoigl*?« Lizzy Aumeier drehte sich verwundert um. »Diesen drittklassigen Comedian? Das ist nicht dein Ernst!«

»Das Publikum liebt ihn«, widersprach Schneckenreiter mit einem überzeugten Grinsen.

»Wenn es ein Maß für Qualität gibt, dann ist es das Interesse des Publikums«, kommentierte Regenauer mit unüberhörbarer Ironie.

»Offenbar habe ich größeren Respekt vor dem Publikum als du«, entgegnete die Redakteurin. »So, und jetzt ist Schluss mit der Debatte. In dreißig Minuten will Edi mit den Proben beginnen. Servus, Torsten. Tut mir leid. Ich ruf dich an. Beim nächsten Mal bist du wieder dabei. Jetzt aber los. Wir müssen, Kinder.«

Nachdem sich die Garderobentür der Kleinkunstbühne wieder geschlossen hatte, sahen sich die drei Kollegen erstaunt an.

»Der Zoigl?«, fragte Regenauer schließlich. »Gehört habe ich schon von dem. Jedes dritte Wort von dem soll ›brunzen‹ sein. Meint sie den?«

»Genau das ist er. Abgestandener Fäkalhumor«, sagte Zitterbart. »Geschmacklos in jeder Hinsicht. Aber leider hat die liebe Petra recht. Ein bestimmtes Publikum liebt ihn.«

»Diarrhö kann auch ein Programm sein«, meinte Regenauer. »Und was bei Wahlprogrammen funktioniert, kann auch auf der Bühne klappen.«

»Ausgerechnet der Peter hat den Zoigl als Totengräber des Kabaretts bezeichnet«, sagte Zitterbart. »Und jetzt hilft er mit, ihn ins Fernsehen zu hieven.«

»Das wäre früher oder später sowieso passiert«, stellte Aumeier nüchtern fest. »Ich glaube, die Petra schielt schon länger auf den. Für die ist doch die Quote alles. Die nutzt nur die Gelegenheit.«

»Lass mal, der Peter kann nichts dafür«, sagte Regenauer. »Es stimmt schon, was die Lizzy sagt. Das war nur eine Frage der Zeit.«

»Ja, ja, ist schon okay. Aber den Peter, den knöpfe ich mir trotzdem vor. Irgendwann muss der ja aus seinem Loch gekrochen kommen«, sagte Zitterbart ärgerlich, räumte seinen Platz und verstaute sein schon stark ramponiertes Manuskript in einer großen Ledertasche.

Lizzy Aumeier schob die Hand der Maskenbildnerin zur Seite, stand auf und nahm Zitterbart in den Arm, der das Angebot erwiderte. Bernd Regenauer wollte sich anschließen, wurde jedoch durch die auffliegende Tür an seiner freundschaftlichen Abschiedsgeste gehindert.

»Hallo, Kollegen!«, tönte eine kräftige, helle Stimme. Sie gehörte einem großen Mann mit breiten Schultern, imposantem Brustkorb und tätowierten Armen, die aus einem knappen, schwarzen, mit einem Totenkopf bedruckten T-Shirt ragten. Helmut Brunner, Künstlername »der Zoigl«, war Anfang vierzig und dennoch ein Newcomer, der sich bislang mit allen möglichen Jobs über Wasser gehalten hatte. Sein schon fast kahler Kopf steckte in einem roten Tuch, seine schwarze Lederhose und sein Bauch wurden von roten Hosenträgern gehalten, sein Blick war der eines Eroberers. Ihm dicht auf den Fersen war eine um gut zehn Jahre jüngere blonde Frau, ebenfalls in schwarzem Outfit, ebenfalls mit komplett tätowierten Armen.

»Jetzt geh schon weiter!«, drängelte die Frau, die mehrere Taschen zu schleppen hatte.

»Nur die Ruhe! Ich muss doch erst die Kollegen begrüßen! Also, ich bin's, der Zoigl!«

Er griff sich jede Hand, zog sie an sich heran, schüttelte sie, sah kurz in die Gesichter, lächelte die Maskenbildnerin an und okkupierte einen der beiden Stühle, indem er seine Lederjacke über die Lehne warf.

»Ich bin der Ersatz für die zwei, von denen nur einer gekommen ist. Das bist wohl du, oder?«

Zitterbart nickte distanziert.

»Wie hat der Genscher so schön gesagt? Wer zu spät kommt, den bestraft das Leben!«, grinste Brunner und klopfte ihm auf die Schulter. »Kleiner Scherz, Kollege, kleiner Scherz. Man sieht sich! Man sieht sich!«

»Bestimmt«, sagte Zitterbart und zwängte sich an der blonden Frau vorbei in den engen Gang, der zur Bühne führte. Dort drängten sich Kameraleute, Aufnahmeleiter und ein Regisseur, der mit dem Finger auf den Boden wies, wo Positionsmarken klebten, die ihm offenbar nicht gefielen.

»… aber der Zoigl kommt von rechts, er kommt von rechts und stellt sich auf diese Marke. Dann erst übernimmt ihn die Kamera drei. Das ist doch nicht so schwer zu verstehen!«, kommandierte der Regisseur, ohne Zitterbart, der vor seinen Augen die kleine Bühne überquerte, eines Blickes zu würdigen. Auch die anderen Mitarbeiter des Senders ließen ihn unbehelligt passieren.

Zwei Türen später stand er im Freien vor dem Bühneneingang und fühlte sich noch stärker hintergangen und verraten als am Abend zuvor in Amberg.

»Der Peter kennt doch das Geschäft«, dachte er laut, während er zu seinem Wagen schlich. »Der weiß doch, wie schnell das geht. Jeder ist zu ersetzen, jeder ist austauschbar. Alles andere ist eine große romantische Illusion.«

Zitterbart fehlte trotz aller Wut der Elan, ein weiteres Mal das kleine Fachwerkhaus aufzusuchen. Die Aufkündigung der Partnerschaft hatte er innerlich längst vollzogen, es fehlte lediglich der entsprechende formale Akt. Der Schlusssatz. Der Schlussstrich. Zitterbart dachte zunächst an eine schriftliche Version auf Papier, dann an eine Mail oder SMS. Am Ende kehrte er zu einem persönlichen Gespräch zurück. Schließlich waren sie so etwas wie Freunde. Nein, sie waren richtige Freunde.

Also entschied er, noch ein Glas Wein trinken zu gehen, die Nacht abzuwarten und frisch und ausgeruht bei Peter vor der Tür zu stehen. Die Erfolgsaussichten schätzte er als sehr gut ein, da in den nächsten Tagen kein Auftritt im Terminkalender stand. Peter hatte bislang nie an freien Tagen mit dem Blues gekämpft, immer nur kurz vor Auftritten.

Bei einem späten Film von Jacques Tourneur, den er auf Arte zufällig gefunden hatte, blieb es dann doch nicht bei einem Glas Wein. Während John Holden dem zwielichtigen Julian Karswell auf die Schliche kam, spielte Zitterbart wieder und wieder das Gespräch mit seinem zukünftigen Ex-Partner durch, ohne mit einer Version zufrieden zu sein. Die Nacht verbrachte er auf dem Sofa, geplagt von wilden Träumen, in denen er die grüne Tür von Wittmanns Wohnung aufbrach und seinen Freund gewaltsam aus dem Bett zerrte.

4

Mit gefühlt vergrößertem Kopf und leerem Magen stand Zitterbart am nächsten Tag um kurz nach elf vor der grünen Tür. Am liebsten wäre er einfach auf dem Sofa liegen geblieben. Bis zum Mittag. Aber er hatte sich dann doch aufgerafft, um die Sache zu beenden. Er wollte den Schlussstrich, wollte ihn nicht aufschieben, wollte sich nicht drücken, wie sein Freund es mit Sicherheit getan hätte. Er war nicht das, was man auf Neudeutsch einen Prokrastinator nannte. Erst nach dem Schlussstrich wollte er frühstücken. Dann, so hoffte er, würde sein Magen auch wieder aufnahmebereit sein.

Er holte tief Luft, schloss kurz die Augen und drückte auf den Klingelknopf.

An diesem Tag brauchte er seinen Finger nur kurz einzusetzen. Zu seiner Verblüffung wurde die Tür umgehend geöffnet, als hätte ihn jemand erwartet. Im Rahmen erschien jedoch nicht Peter Wittmann, sondern eine ihm unbekannte Frau, die etwa in seinem Alter war. Kurze dunkle Haare über einem schmalen, fast zierlichen Gesicht. Auch die Figur war zierlich und steckte in einem hellblauen Hemd und einer schwarzen Hose.

Er lächelte, denn er sah in ihr den möglichen Grund für die Unerreichbarkeit seines Partners. Nach zwei Jahren Trennungsschmerz und Enthaltsamkeit musste er endlich eine Neue gefunden haben. Zitterbart verstärkte sein Lächeln, bekam aber keine entsprechende Antwort. Also versuchte er es mit einem vorsichtigen: »Hallo. Ist der Peter auch da?«

»Darf ich fragen, wer Sie sind?«, fragte die Frau mit ernster Miene.

»Torsten«, antwortete er leicht verunsichert. »Wieso –«

»Bestimmt haben Sie auch einen Nachnamen.«

»Ja. Habe ich. Zitterbart. Torsten Zitterbart. Aber wieso –«

»Kommen Sie rein, Herr Zitterbart«, unterbrach ihn die Frau. »Sie sind ein Freund oder Bekannter von Peter Wittmann?«

»Ja. Ich bin sein Partner. Wir sind das Kabarettduo Zitterbart & Wittmann. Aber was –«

»Wann haben Sie ihn zuletzt gesehen?«

»Jetzt sagen Sie mir endlich –«, wurde er laut, obwohl sein Kopf es im Moment eher etwas leiser liebte.

»Hauptkommissarin Degenhardt«, entgegnete die Frau und zückte einen Ausweis, den er sich aber nicht ansah. »Peter Wittmann ist gestern tot aufgefunden worden. So wie es aussieht, wurde er ermordet.«

»Wie … aber …?«

Er hatte jedes Wort verstanden. Deutsch war seine Muttersprache, und die Beamtin hatte klar artikuliert. Dennoch brauchte ihre Botschaft Zeit, um ihn tatsächlich zu erreichen. So schnell der Schall auch war, so langsam arbeitete sein zu großer Kopf an diesem Tag. Plötzlich stand er neben sich, betrachtete sich von der Seite, sah sich an wie eine Figur aus einem Film. Diese Szene gab es nur im Film. Nicht in der Realität, nicht unter Kabarettisten, nicht in seinem Leben.

»Peter … ist tot?«

»Ja. Er ist tot. Jemand hat ihm den Schädel eingeschlagen«, erklärte Degenhardt kühl. »Sie sind also sein Bühnenpartner?«

Zitterbart nickte, obwohl sein Kopf noch immer mit der Nachricht beschäftigt war, die sich einer vollständigen Entschlüsselung hartnäckig widersetzte. Er sah Peter durch einen sonderbaren Schleier, den er nicht durchdringen konnte.

»Wo waren Sie am Mittwoch zwischen … sagen wir … sechzehn und zweiundzwanzig Uhr?«

»In meiner Wohnung«, antwortete er wie in Trance.

»Allein?«

»Allein. Ich habe an unserem neuen Programm gearbeitet. Das kann ich nur allein.«

»Sie haben also keine Zeugen?«

»Nein«, antwortete er, weiterhin Peter vor Augen, für dessen Texte auch er verantwortlich gewesen war.

»Damit haben Sie kein Alibi«, erklärte ihm die Hauptkommissarin nüchtern. »Ein entsprechendes Protokoll machen wir später. Zunächst genügt mir Ihre Aussage. Kennen Sie seine Wohnung?«

»Natürlich«, antwortete er, noch immer wie betäubt.

»Ziehen Sie bitte diesen Schuhschutz an und kommen Sie mit.«

Degenhardt reichte ihm wie aus dem Nichts zwei blaue Plastiktütchen mit Gummizug, die er umständlich über seine Schuhe streifte. Kaum war er fertig, schob sie ihn durch den Flur ins Wohnzimmer, in dem zwei Männer in weißen Overalls vor einem großen Schreibtisch standen und penibel Briefe und Notizzettel inspizierten.

»Fassen Sie bitte nichts an. Fällt Ihnen etwas auf?«, fragte die Beamtin. »Ist irgendetwas verändert worden?«

Zitterbart hatte Mühe, der Aufforderung nachzukommen. Langsam schwenkte sein Blick durch das Zimmer, in dem sie so oft gesessen, gestritten und gefeiert hatten. Peter hatte immer in dem speckigen alten Ledersessel gesessen, die Beine angewinkelt, das Weinglas auf der Lehne jonglierend. Die Flecken waren schon von Weitem zu sehen. Wie oft war er mitten im Gespräch aufgestanden, aufgesprungen, um ein Buch aus dem Regal zu ziehen. Meist eines von Hanns Dieter Hüsch, Dieter Hildebrandt, Wolfgang Neuss oder einer anderen Kabarettlegende.

»Bitte, Herr Zitterbart.«

»Peter ist … Peter war sehr ordnungsliebend.«

»Das sieht aber nicht danach aus«, stellte die Hauptkommissarin fest. »Es war also jemand hier.«

»Wenn Sie mich schon fragen, ist das mein Eindruck. Die Bücher dort hätte er nie auf dem Boden liegen gelassen. Bücher waren ihm wichtig. Sie waren etwas Kostbares für ihn. Er hat sie immer liebevoll behandelt.«

Er machte ein paar vorsichtige Schritte und sah, dass es die Werke von E. T. A. Hoffmann waren, die jemand aus dem Regal gerissen und auf dem Boden ausgebreitet hatte. Die Autobiografie von Medardus lag in der Mitte mit dem Titel nach oben, als hätte sie jemand bewusst so platziert. Aber das war nur ein spontaner Eindruck, der nicht zutreffen musste und zu dem er sich auch nicht äußerte.

»Die Aktenordner hätte er zurückgestellt. Oder waren das Ihre Leute?«

»Nein, die sind erst beim Schreibtisch«, antwortete Degenhardt.

»Dann fällt der ja flach«, sagte er, doch sein flüchtiger Blick blieb an einem Detail hängen. »Der Autoschlüssel? Lag der auf dem Schreibtisch?«

»Mittendrauf«, antwortete einer der Weißgekleideten. »Etwa da, wo er jetzt liegt.«

»Peter hatte einen besonderen Platz für seinen Schlüssel. Ein rostiger Haken an der Haustür«, erklärte Zitterbart.

»Weiter«, trieb ihn die Ermittlerin an. »Was fällt Ihnen noch auf?«

Er brauchte eine Weile, ehe ihm eine Idee kam.

»Wo ist sein Laptop?«

»Wir haben noch keinen gefunden«, antwortete diesmal der zweite Beamte in Weiß.

»Er müsste im Wohnzimmer sein. Oder oben im Schlafzimmer. Ein uraltes Teil aus der digitalen Steinzeit«, sagte Zitterbart und begab sich umgehend auf die Suche. Degenhardt blieb ihm dabei dicht auf den Fersen und überwachte jeden seiner Schritte.

»Nichts anfassen!«

Nach dem engen Flur nahmen sie sich das Schlafzimmer vor, das man über eine schmale Treppe erreichte. Auch hier war nicht alles an seinem Platz, obwohl es zunächst den Anschein hatte. Der Kleiderschrank war durchsucht worden, die Matratze hochgehoben. Der Laptop aber blieb verschwunden.

»Der Klassiker«, bemerkte die Hauptkommissarin, als sie den Rundgang durch das kleine Fachwerkhaus beendet hatten. »Immer ist es der Laptop. Jetzt zu einem anderen Klassiker. Wann haben Sie Herrn Wittmann zum letzten Mal gesehen.«

»Am Sonntag. Letzten Sonntag. Wir waren zusammen in einem Biergarten. Am Nachmittag. So zwischen vier und fünf«, antwortete er leise. »Wir haben Pläne gemacht. Peter wollte unbedingt einen Film drehen. Er, der Unpünktliche, der Spontane, der Widersprüchliche. Und ich sollte das Drehbuch dazu schreiben. Wenn man bedenkt –«

»Danke. Wussten Sie, dass Ihr Partner vorbestraft war? Wegen eines Rauschgiftdeliktes.«

»Ja, das wusste ich. Eine Jugendsünde. Ist lange her. Er hat sogar mal ein Programm darüber gemacht. ›Schnee von gestern‹. War aber nicht berühmt.«

»Haben Sie eine Visitenkarte?«, fragte die Beamtin mit konzentriertem Blick.

»Die habe ich«, sagte Zitterbart. »Aber ich habe auch ein paar Fragen.«

»Die Fragen –«

»Ich weiß. Die Fragen stellen Sie. Diesen Satz kennt jeder«, fiel ihr Zitterbart ins Wort. »Sagen Sie mir wenigstens, wie es passiert ist.«

Degenhardt sah ihn kritisch und prüfend an, gab dann aber nach.

»Gut. Seine Leiche wurde gestern in der Nähe von Tirschenreuth von Wanderern gefunden. In der Großen Teufelsküche, falls Ihnen das etwas sagt. Er ist unter ein paar Farnblätter geschleift worden, wurde aber nicht wirklich versteckt. Einer der Wanderer ist über seine Füße gestolpert. Ihr Partner wurde erschlagen.«

»Mit dem ebenfalls klassischen stumpfen Gegenstand, vermute ich.«

»Genau. Aber den konnten wir noch nicht finden. Vermutlich ein Stein.«

»Also ein Totschlag und kein geplanter Mord.«

Die Hauptkommissarin nickte vorsichtig. »Wir wissen es nicht. Es könnte tatsächlich eine Affekthandlung gewesen sein.«

»Haben Sie sich schon sein Auto angesehen?«

»Nein. Auch das haben wir noch nicht gefunden. Wissen Sie, wo es ist?«

»Gleich um die Ecke«, antwortete er. »Ich zeige es Ihnen. Ein grüner, nicht mehr ganz frischer Golf.«

»Danke.«

»Haben Sie schon einen Verdacht? Von mir einmal abgesehen?«

Die Hauptkommissarin überhörte diesen Hinweis und ließ sich mit der Antwort Zeit.

»Das kann ich Ihnen leider nicht sagen. Die Ermittlungen haben ja gerade erst begonnen.«

»Schon gut«, bedankte sich Zitterbart. »Ich weiß jetzt wenigstens, warum er mich bei zwei Engagements versetzt hat. Haben Sie seine Mailbox schon abgehört? Das war von mir nicht so böse gemeint, wie es klingen mag. Ich war wirklich sehr sauer, das müssen Sie verstehen. Statt zu zweit steht man allein vor dem Publikum und –«

»Sein Handy haben wir noch nicht«, erklärte Degenhardt. »Es ist ausgeschaltet oder zerstört, wir können es also nicht orten. Halten Sie sich bitte zur Verfügung. Ich rufe Sie an. Draußen stehen zwei Kollegen. Führen Sie einen von ihnen bitte zu dem Wagen.«

Wieder wurde er durch den engen Flur geschoben, diesmal zur Tür. Degenhardt winkte einen Uniformierten von der gegenüberliegenden Straßenseite heran, den Zitterbart bei seiner Ankunft übersehen haben musste. Auch hatte ihn niemand daran gehindert, an der Tür zu klingeln. Erst jetzt entdeckte er die beiden Einsatzfahrzeuge, die allerdings nicht unmittelbar vor dem Haus parkten.

»Das Auto! Er bringt Sie hin!«, rief Degenhardt und verschwand wieder in der Wohnung.

Zitterbart führte den Beamten nach einem kurzen Gruß um die nächste Ecke, wo noch immer der schmutzige Golf parkte. Er versuchte, eine Antwort auf die Frage zu finden, wie Peter nach Tirschenreuth gekommen war und ob sein Auto dabei eine Rolle gespielt hatte. Der Schlüssel auf dem Schreibtisch fiel ihm ein. Und noch etwas anderes schoss ihm durch den Kopf.

Mit den Worten »Ich muss noch mal zurück« wandte er sich von dem Uniformierten ab und lief zu dem kleinen Fachwerkhaus in der Regensburger Altstadt.

Als er eintraf, stand ein Polizist vor der Tür, erkannte ihn aber wieder und ließ ihn passieren. Zitterbart wollte klingeln und der Hauptkommissarin das Hufeisen zeigen, das in seinen Augen ein Fremdkörper war. Peter war nicht abergläubisch gewesen und schon gar kein Esoteriker. Niemals hätte er sich den Glücksbringer an die Tür genagelt und auch nicht zugelassen, dass ein anderer dies getan hätte.

Sein Finger erreichte den Klingelknopf nicht, denn das Hufeisen war verschwunden. Einzig das hässliche, kleine Einschlagsloch des Hufnagels war geblieben.

5

Es klingelte. Zitterbart ging nach einer Nacht mit wenig Schlaf und schweren Träumen zur Tür, begleitet von dem vagen Gefühl, gleich in die Augen von Hauptkommissarin Degenhardt zu sehen. Aber es waren die von Reni, die regelrecht in seine Wohnung sprang, mehrere Zeitungen in der Hand.

»Du glaubst es nicht! Wie hat der das bloß gemacht? Das hat der doch auch erst gestern erfahren!«

»Wer hat was erfahren?«, fragte Zitterbart, mit einem alten Bademantel bekleidet, den er von seinem Vater geerbt hatte.

»Na, dieser Brunner, dieser Zoigl!«, sagte seine Freundin und marschierte in die Küche zum Kaffeeautomaten. Die Zeitungen warf sie unterwegs auf den Küchentisch. »Da! Lies! Im Oberpfälzer Blatt auf Seite drei! Kaffee?«

Er folgte ihr und zog die Zeitung vom Tisch, blätterte, bis ihn ein schwarz-weißer Helmut Brunner anstarrte. »Der Zoigl trinkt Zoigl«, lautete die Überschrift, die ein schneller Journalist einem Interview mit dem Comedian gegeben hatte. »Helmut Brunner zum Tode von Peter Wittmann«, verkündete die Unterzeile.

»Der hat den Peter doch gar nicht gekannt«, sagte Zitterbart. »Der kennt keinen von uns.«

»Als ob das jemanden interessiert!«, entgegnete Reni. »Mann, bist du manchmal naiv! Natürlich hätten sie dich fragen sollen. Das tun sie vielleicht auch noch. Aber der Brunner war eben der Schnellere. Lies weiter!«

Nach wenigen Sätzen war ihm klar, worauf das Interview abzielte. Ohne zu behaupten, den Ermordeten tatsächlich persönlich gekannt zu haben, sprach Brunner über ihn wie über einen alten Bekannten.

»Geschnupft hat er, der Peter. Aber ein echter Oberpfälzer, der schnupft nicht, der trinkt sein Zoigl. Oder wenigstens ein gescheites Bier«, behauptete Helmut Brunner.

Zitterbart traute seinen Augen nicht. Mit wenigen Sätzen schob der Newcomer seinen Freund ins Drogenmilieu und machte einen möglichen Drogenkonsum dann auch noch für die »allgemein bekannte Unzuverlässigkeit des ansonsten sehr verehrten Kollegen« verantwortlich. Gleichzeitig betonte Brunner seine eigene Bodenständigkeit und Heimatverbundenheit. »Was ich sage, versteht jeder«, lautete der Tenor. »Ich sag halt, wie es ist. Das brauch ich dann auch nicht in hochtrabende Worte zu verpacken. Ich bin eben gradheraus, nicht um viele Ecken herum.«

»Das ist ja reine Eigenwerbung«, schimpfte Zitterbart und griff zur Kaffeetasse, die ihm seine Freundin hingestellt hatte. »Chuzpe hat er, das muss man ihm lassen.«

»Chuzpe?«, wiederholte Reni mit großen Augen. »Ein Leichenfledderer ist das! Als der von Peters Tod erfahren hat, da hat der nicht lange gefackelt, sondern schnell bei der Redaktion angerufen. Und dann ist das Foto von diesem Typen auch noch größer als das vom Peter. Eine Sauerei ist das!«

»Du hast recht. Es ist eine Riesensauerei. Aber es ist eben auch die immer wieder beschworene Aufmerksamkeitsökonomie. Dieser feine Herr Brunner versteht sich offenbar genau darauf. Ich weiß nicht, wo der früher gearbeitet hat …«

»… bestimmt in der PR-Abteilung der Hells Angels …«

»… aber seinen rasanten Aufstieg hat der nicht nur seinem schwachen Programm zu verdanken. Ich glaube, der kennt sich ganz gut aus. Zumindest, was die Regeln des Marktes betrifft. Vielleicht spielt er auch nur den Einfältigen und ist in Wirklichkeit ein ausgekochtes Schlitzohr.«

»Was willst du jetzt machen?«, fragte seine Freundin fordernd.

»Kaffee trinken.«

»Torsten! Bitte!«

»Ja, was soll ich denn deiner Meinung nach tun? Bei der Redaktion anrufen? Auf Twitter schimpfen? Bei Facebook jammern? Mich bei der Schneckenreiter beschweren?«

»Aber dieser Brunner …!«

»Ja, ja, das ärgert mich ja selbst«, gab Zitterbart zu und leerte die Tasse. »Aber eine persönliche Reaktion kann auch nach hinten losgehen. Am Ende bin ich dann der Dumme. Ich habe da so meine Erfahrungen aus der Göttinger Zeit. Nein, nein, das Beste ist in diesem Fall, nicht zu reagieren, sondern zu ignorieren. Lass ihn doch, diesen humorfreien Schenkelklopfer-Comedian. Klick den mal an bei YouTube. Dann weißt du, was ich meine.«

»Er versucht, aus Peters Tod Profit zu ziehen«, ließ Reni nicht locker. »Der Mord ist auf allen Titelseiten.«

»Das wundert mich nicht. Morde sind selten. Sogar in der Oberpfalz. Und dann auch noch ein halbwegs Prominenter. Das lässt sich die Presse nicht entgehen«, meinte er und zog eine der anderen Zeitungen aus dem Stapel auf dem Tisch. Er hatte erst ein paar Zeilen überflogen, als sich sein Smartphone meldete.

»Der Willi«, sagte Zitterbart und wischte über den Button.

»Vom Hinterhoftheater?«

Zitterbart nickte und nahm zunächst die erwartete Beileidsbekundung entgegen. Dann folgte der geschäftliche Teil.

»Übermorgen? Am Dienstag? Am Mittwoch? Aber ...? Und wie willst du ...?«

Reni konnte dem Gespräch nicht folgen und versuchte, seine Mimik zu interpretieren, kam jedoch zu keinem Ergebnis. Neugierig wartete sie das Ende des Gesprächs ab.

»Du wirst es nicht glauben.« Zitterbart sah sie verblüfft an. »Ich trete am Dienstag im Hinterhoftheater auf.«

»Das geht doch gar nicht. Was ist mit Werbung und Karten?«, fragte Reni und wandte sich kurz der Kaffeemaschine zu.

»Der Willi ist sich sicher, dass er jeden Platz verkauft. Nur über seine Homepage und Mundpropaganda. Na ja, Zeitungen und Radio will er auch motivieren. Der ist entweder total bescheuert oder ...«

»... einfach nur der Schnellste«, stellte seine Freundin leise fest. »Wie dieser Zoigl.«

»Du glaubst ...?«

Reni stocherte mit dem Löffel in der Kaffeetasse herum, reichte sie Zitterbart und nickte.

»Ja, ja. Der Willi ist gar nicht mal so dumm. Der Mord ist doch die beste Werbung. Ich wette, das war nicht der letzte Anruf dieser Art.«

Kaum hatte sie den Satz vollendet, meldete sich auch schon das Smartphone mit einer bekannten Melodie. Zitterbart griff umgehend zu.

»Ja, ich habe Zeit. Ja, das geht. In einer Stunde.«

»Sag bloß …?«

»Nein, nein. Es war diese Degenhardt. Es geht um das Protokoll und noch ein paar Fragen. Irgendwie klang die merkwürdig.«

»Na, dann pass auf, was du sagst.«

Mit einem dumpfen Gefühl im Bauch betrat Zitterbart wenig später das modern eingerichtete Büro der Hauptkommissarin im Regensburger Polizeipräsidium. Jemand bot ihm einen Platz vor einem der Schreibtische an, er musste warten. Es war eine fremde Welt, in die er so unvermittelt geraten war. In seiner Welt hatte es bislang weder Morde noch Ermittlungen gegeben. Beides kannte er nur aus Romanen und Filmen. Erst kürzlich hatte er Hitchcocks »39 Stufen« im Theater gesehen und lauthals gelacht. Hier aber war ihm nicht zum Lachen zumute.

Die drei Beamten, die von Tisch zu Tisch gingen, die telefonierten, die Fotos betrachteten, waren keine Schauspieler. Er hatte eine Weile gebraucht, um den Tod seines Freundes zu akzeptieren, und noch immer hatte er damit zu kämpfen, dass Peter ermordet worden war. Erst jetzt, erst im Kommissariat, glaubte er, Motive zu erkennen. Handelte es sich um eine Affekthandlung? Doch mit wem sollte Peter in der freien Natur bei Tirschenreuth aneinandergeraten sein? Je länger er darüber nachdachte, desto unwahrscheinlicher schien ihm diese Vorstellung. Peter hatte eine ganze Palette von Charaktereigenschaften zu bieten gehabt, doch Streitsucht hatte nicht dazu gezählt, auch wenn er sie auf der Bühne perfekt hatte spielen können. Jenseits der Bühne war er Konflikten eher aus dem Weg gegangen. Natürlich, ein Irrer, ein Verrückter hätte ihm über den Weg laufen können, das war nicht zu leugnen. Doch wie wahrscheinlich …?

»Herr Zitterbart? Bitte entschuldigen Sie die Verspätung.« Plötzlich schob sich Degenhardt in sein Blickfeld, reichte ihm die Hand, setzte sich und kam gleich zur Sache. »Kommen wir noch einmal auf den Mittwoch zurück. Als Todeszeitpunkt hat die Rechtsmedizin die Zeit zwischen achtzehn und zwanzig Uhr ermittelt. In diesem Zeitraum waren Sie in Ihrer Wohnung und haben gearbeitet?«

»Ja. Ich habe Themen recherchiert und getextet«, antwortete Zitterbart.

»Zeugen?«

»Leider keine.«

»Vergessen Sie mögliche Telefonate nicht.«

»Nein. Es war ruhig.«

»Wie war Ihr Verhältnis zu Peter Wittmann?«

»Freundschaftlich«, antwortete Zitterbart, stieß jedoch auf einen ausgesprochen kritischen Blick.

»Wirklich? Unsere bisherigen Recherchen haben ergeben, dass Sie nicht nur einmal öffentlich damit gedroht haben, Herrn Wittmann, ich zitiere, plattzumachen. Das klingt in meinen Ohren nicht unbedingt nach Freundschaft. Was meinen Sie?«

Mit vielem hatte er gerechnet, aber nicht mit diesem Vorwurf. Leugnen konnte und wollte er ihn nicht, vielmehr fragte er sich, von wem die entsprechende Aussage stammen konnte.

»Ja, zugegeben, das habe ich gesagt. Aber es war doch in keiner Weise wörtlich gemeint. Es ist nur eine Metapher. Ich war wütend, weil er mich zweimal hintereinander versetzt hatte und wir einen Fernsehauftritt verpasst haben. Da war er längst tot.«

Minutenlang sah ihn Degenhardt an, beobachtete ihn, befragte ihn stumm. So unwohl hatte er sich lange nicht mehr gefühlt, so ertappt, so entblößt, so vorgeführt. Wie eine Laborratte in einem Käfig.

»Ich glaube Ihnen«, sagte die Hauptkommissarin schließlich kühl. »Jedenfalls im Moment. Außerdem haben Sie Glück, denn wir verfolgen eine ganz andere Spur. Wir haben nämlich Kokain in Wittmanns Wohnung gefunden. Zwar nur in homöopathischen Dosen, aber genug für eine Spur, die ins Drogenmilieu führt.«

»Aber Peter war schon lange clean.« Zitterbart weigerte sich, die Erklärung der Hauptkommissarin zu akzeptieren. »Das müssen irgendwelche Reste aus längst vergangenen Zeiten sein. Ich hätte das doch gemerkt!«

»Offenbar nicht. Es war im Spülkasten. Ein weiterer Klassiker, wenn Sie so wollen. Da sehen die Kollegen immer zuerst nach. An einem Klebestreifen hafteten noch Partikel, die wohl von einem Plastiktütchen stammen, das dort deponiert war. Auf seinem Schreibtisch war die gesamte Schreibauflage kontaminiert.«

»Wie schön Sie das sagen. Kontaminiert.« Zitterbart ärgerte sich. »Ich sagte Ihnen doch, das sind lediglich uralte Spuren, die nichts mehr zu bedeuten haben. Historische Geschichte, würde Alfred Tetzlaff sagen.«

»Das sehen wir anders. Und es sind nicht die einzigen Indizien. Vor etwa einem Jahr haben die Kollegen vom Rauschgift einen lange gesuchten tschechischen Drogenkurier verhaftet. Libor Klusák. Vielleicht können Sie sich erinnern. Es wurde viel darüber berichtet.«

»Ja, ich kann mich erinnern. Aber was hat das mit Peter zu tun?«, fragte Zitterbart.

»Klusák wurde nur ein paar Meter entfernt vom Fundort der Leiche verhaftet. Er hatte dort damals auf einen Großabnehmer gewartet. Aber es war eine Falle. Mit anderen Worten, Ihr Freund wurde in unmittelbarer Nähe eines Drogenumschlagplatzes ermordet. Ist ja auch ein lauschiges und abgeschiedenes Plätzchen. Und die tschechische Grenze ist nicht weit. Kommen Sie mir jetzt bitte nicht mit dem Argument, es könne sich da nur um einen Zufall handeln.«

Zitterbart zog es vor, zu schweigen. Den Argumenten der Hauptkommissarin hatte er spontan nichts entgegenzusetzen. Auf der Bühne wäre ihm das nicht passiert.

»Wir vermuten, dass es zu einem Streit zwischen Herrn Wittmann und einem Dealer gekommen ist. Reifenabdrücke von zwei Fahrzeugen bestätigen diesen möglichen Tathergang. Deshalb glaube ich Ihnen. Aber halten Sie sich trotzdem zu unserer Verfügung.«

Das dumpfe Gefühl beherrschte noch immer seinen Bauch, als er das Polizeipräsidium in der Bajuwarenstraße verließ. Den Kopf voller Worte und Bilder plumpste er in den Sitz seines Wagens. Immer wieder kreisten seine Gedanken um eine Frage: Wie gut hatte er Peter Wittmann tatsächlich gekannt? Seinen menschenscheuen Freund und Kollegen, der auf der Bühne ein ganz anderer war als in der Garderobe oder in seiner Wohnung. Wer ihn nicht kannte, konnte leicht seine Bühnenversion für den einzigen Peter halten. Den zweiten, den anderen Peter, kannten indes nur wenige. Zu den Auserwählten gehörte eben auch Zitterbart, dem bewusst war, wie oft er sich an dem privaten Peter gerieben hatte, wie oft er sich über ihn geärgert hatte. Seine gelegentliche Wut war alles andere als grundlos gewesen. Ein Schamgefühl stellte sich ein, gesellte sich zu dem dumpfen Bauchgefühl.

Die letzten Gespräche, die letzten Abende, die letzten Wochen und Monate. Je länger und ausgiebiger er sie Revue passieren ließ, desto eindeutiger wurde sein Urteil. Die Drogenspur war eine falsche Spur. Von seinem gelegentlichen Kokainkonsum hatte sich Peter schon lange verabschiedet. Schon gar nicht hätte er sich mit einem Dealer irgendwo in der Oberpfälzer Wildnis getroffen. Das widersprach komplett dem Bild, das er von Peter hatte, von dem privaten Peter, der einen Film geplant, der neue Ziele und Projekte in Angriff genommen hatte. Drogen passten definitiv nicht in dieses Bild.

Zitterbart sah auf die Uhr und startete den Motor. Der alte Volvo sprang an wie ein neuer. Ein gutes Zeichen. Ohne eine wirkliche Entscheidung getroffen zu haben, fuhr er los. Nicht zurück nach Hause. Noch in der Stadt gab er Gas und hatte Glück, nicht geblitzt zu werden.

6

Er brauchte lange, um das Flatterband zu finden, das Neugierige vom Tatort fernhalten sollte. Weiträumig hatte die Polizei das Gelände abgesperrt, aber es nicht für nötig befunden, zur Sicherheit wenigstens einen Beamten zurückzulassen. Vorsichtig pirschte sich Zitterbart an das Terrain heran, als würde es heimlich doch überwacht werden. Aber er war der einzige Besucher zu dieser Stunde. Der Ort war zu abgelegen, zu versteckt, um Voyeure aus den Städten anzulocken.

Ein paar Frösche quakten. Unbekannte Vögel sangen. Sanft streichelte ein warmer Herbstwind das trockene Gras und die Wipfel der Bäume. Im Hintergrund wuchsen bizarre Türme aus Granit und bildeten eine natürliche Festungsanlage. Szenen aus »Der Herr der Ringe« kamen ihm in den Sinn, die auch hier hätten spielen können. Szenen mit wild um sich schlagenden Orks.

2007 hatte er das Musical in London gesehen. Die Orks hatten nicht nur auf der Bühne gekämpft, sondern waren plötzlich inmitten des Publikums erschienen. Ein Höllenspektakel. Und genau von dort kamen die nicht menschlichen Wesen auch, aus dem Orkus, der Unterwelt, der sie ihren Namen verdankten. Schon lange vor Tolkiens Phantasien hatten sie die Vorstellungswelt der Menschen bevölkert, hatten Furcht und Schrecken verbreitet. Mittelerde hatten sie erst im 20. Jahrhundert erobert.

Wenn es einen Ort gab, an dem er sich über das Erscheinen eines Orks nicht wundern würde, dann war es dieses Steinlabyrinth, das von Riesen hätte aufgeschichtet sein können. Zitterbart umging das Flatterband und drang fasziniert in eine bizarre Welt ein, die er bislang nur vom Hörensagen kannte. Er war kein Landmensch und hatte es seit seiner Jugend in Göttingen vermieden, die Stadt zu verlassen. Zwischen Häusern fühlte er sich geborgen, und das sogar nachts. »Wandern« war für ihn ein Fremdwort, der dazugehörige Bewegungsdrang ein unlösbares Rätsel. Er joggte sogar in der Stadt. Und dennoch bezauberten ihn die natürlichen Steintürme, die an einigen Stellen sehr künstlich wirkten. Auf einem schmalen Pfad wagte er sich ins Unbekannte, immer bereit, auf einen Ork zu treffen. Der aber zeigte sich nicht. Dafür bewegte sich Peter durch seine Gedanken. Er war hier gewesen. Das hatten die modernen Spurenleser der Polizei herausgefunden. Trotz der Fußabdrücke von unerschrockenen Wanderern hatte man eine Spur gefunden, die den Pfad an einer Stelle in Richtung Wasser verließ. Sonst hätte man sie Peter gar nicht zuordnen können. Aber was hatte er in einer der Pfützen gesucht? Bestimmt keinen Koksdealer. Auch wenn einer in der Nähe verhaftet worden war. In seinem Wagen. Zu Fuß schleppten die ihr Angebot bestimmt nicht in die Wildnis.

Vor einem der großen Türme kehrte er um und ging langsam auf dem Pfad zurück. Zwischen den Bäumen glitzerte die Herbstsonne, als wollte sie den verlorenen Sommer wiederfinden. Unbekannte Geräusche beschäftigten sein Ohr, das mit der urbanen Geräuschwelt bestens vertraut war. Das Unbekannte wirkte unheimlich. Ein Landbewohner hätte schmunzelnd den Kopf geschüttelt, da er jedes Geräusch sofort als Husten eines Eichelhähers oder Röhren eines Wiesels erkannt hätte. Zitterbart aber blieb nur seine Phantasie.

Fast hatte er das Flatterband wieder erreicht, als er auf die Idee kam, einen nicht ganz so hohen Turm zu besteigen, wobei das Wort »besteigen« den Vorgang nicht wirklich beschrieb. Nach einem in jeder Hinsicht unbeschwerlichen Aufstieg bot sich ihm ein erhebender Panoramablick über das Gelände und über den Fundort der Leiche. Zum wiederholten Mal kreisten seine Gedanken um die Frage, was Peter an diesen Ort verschlagen hatte. Einen Dealer schloss er nach wie vor aus. Ein Treffen mit einem Unbekannten aber nicht, wer auch immer es gewesen sein mochte.

Vielleicht hatte er sich hier auch nur selbst gesucht, hatte allein sein wollen, hatte nachdenken wollen. Über seine Pläne, über seinen Film. Aber auch diese Lösung verwarf Zitterbart schnell wieder. Peters Schneckenhaus, sein Rückzugsort, sein Panic Room, war seit jeher seine Wohnung gewesen. Von Fluchten ins Umland war ihm nichts bekannt. Das galt auch fürs Wandern.

Peter war nie gewandert. Schon gar nicht am Abend. Es sprach also viel für ein Treffen. Aber mit wem?

Während Zitterbart nachdenklich mit den Fingern über seinen Dreitagebart und seine Wangen strich, bemerkte er ein sonderbares Funkeln im Gras. Zunächst weckte es nicht sein Interesse, in Gedanken wandte er sich wieder Peter zu. Doch das Funkeln, hervorgerufen von der kräftigen Herbstsonne, löste eine sonderbare Neugier in ihm aus und verlangte schließlich nach Aufklärung. Er merkte sich die Stelle, die weit jenseits des Flatterbandes lag, und machte sich an den Abstieg. Das Gras war hoch und herbstlich gelb. Fast wie Weizen auf einem Feld. Sein erster Fund war ein Bonbonpapier, das jedoch nicht für das Funkeln in Frage kam. Vorsichtig strich er die Halme mit der flachen Hand zur Seite, bis tief im Gras etwas Metallisches glänzte. Er bückte sich, tastete sich vorwärts, griff zu und brachte ein Hufeisen ans Licht. Es war kein altes, rostiges Hufeisen, aber auch kein polierter Glücksbringer aus einem Souvenirladen. Es war ein gewöhnliches, relativ neues Hufeisen, das jedem geeigneten Pferd gut gestanden hätte. Die einzige Auffälligkeit war ein kleiner dunkelroter Fleck an der vorderen Rundung. Zitterbart betrachtete den Fleck von allen Seiten und war überzeugt, dass der Fleck ein Blutfleck war und kein Farbfleck. Falls er sich nicht irrte, hatte er die Tatwaffe gefunden. Die Spurensicherer hatten offensichtlich an der falschen Stelle danach gesucht.

Zitterbart sah sich um. Der Ort hatte sich verändert, während er seinen Fund untersucht hatte. Es war still geworden. Die Geräuschkulisse, die ihm so fremdartig vorgekommen war, war verstummt. Nur der warme Wind war geblieben und spielte noch immer mit den vertrockneten Halmen. Wie sediert stand er für endlose Sekunden regungslos im hohen Gras neben dem Flatterband und lauschte der Stille, die nicht zu den Bäumen und den Steintürmen passte.

Das Krächzen eines Vogels erlöste ihn. Die Stille verschwand, wie sie gekommen war, der Wald erwachte wieder.

»So ein Blödsinn«, murmelte er, sah sich aber sicherheitshalber noch einmal um. Er war allein. Hoffte er zumindest.

Sein Blick kehrte zu dem Hufeisen zurück. Damit also hatte

der Mörder zugeschlagen. Der berühmte stumpfe Gegenstand. Er hatte das Hufeisen jedoch nicht behalten und später entsorgt, er hatte es einfach in die Landschaft geworfen. Über die Gründe konnte Zitterbart nur spekulieren. Das würde die Polizei schon herausfinden. Das Hufeisen war eine wichtige neue Spur. Ein Lächeln huschte über sein Gesicht, und er ging mit schnellen Schritten los, um nach wenigen Metern abrupt stehen zu bleiben.

Auf dem Hufeisen waren jetzt nicht nur die Fingerabdrücke des Täters, sondern auch seine. Vor sich sah er das Gesicht der resoluten Hauptkommissarin, während er ihr die Geschichte seines Zufallsfundes erzählte. Er sah ihre Hände, die ihm Handschellen anlegten, er sah seinen Anwalt, der ungläubig den Kopf schüttelte. Reni hatte recht, sein Charakter verfügte über viele Facetten, doch leider war eine davon die Naivität, die von Zeit zu Zeit erbarmungslos zuschlug. So schnell und sicher er auf der Bühne agierte und reagierte, so langsam war er mitunter im Alltag. Er hätte das Hufeisen nicht einmal anfassen, sondern an Ort und Stelle liegen lassen sollen. Jetzt war es zu spät. Seine rechte Hand hielt es fest umschlossen. Gleichzeitig kam ihm das Hufeisen in den Sinn, das an Peters Haustür genagelt worden war.

Er drehte das Hufeisen in seinen Händen, besah es sich von allen Seiten. Jetzt spielten seine Fingerabdrücke keine Rolle mehr. Das Hufeisen an der Tür war ebenfalls kein altes gewesen, sondern entsprach in etwa dem Exemplar, das er hier gefunden hatte. Mit vier Löchern auf jeder Seite. Es wirkte unbenutzt. Wenn man von dem Mord absah.

Nach kurzer Überlegung schloss er einen Zufall aus. Beide Hufeisen waren demnach bewusst eingesetzt worden, beide Hufeisen hatten höchstwahrscheinlich eine Bedeutung, er aber nicht den Hauch einer Ahnung, um welche es sich handeln könnte. Als Glückssymbole waren sie wohl kaum gedacht gewesen. Eher standen sie für Pferde oder deren Reiter. Peter aber war nie geritten, er hatte ihm sogar einmal erzählt …

Stimmen näherten sich. Zitterbart zuckte zusammen, hielt er doch ein Mordwerkzeug in der Hand. Er wollte es nicht wegwerfen, ohne zuvor seine Fingerabdrücke entfernt zu haben.

Mit ein paar schnellen Blicken sondierte er das Terrain. Verstecke waren Mangelware, sein Auto zu weit entfernt. Mit vorsichtigen, aber schnellen Schritten verließ er das Gras und entschied sich für den Pfad, der ins Felsenlabyrinth führte. Hinter dem ersten Turm ging er in Deckung.

Es waren mehrere Personen, drei oder vier. Noch konnte er kein Wort verstehen. Hinter dem Felsenturm fahndete sein Blick nach Blättern, die groß genug waren, das Hufeisen abzuwischen. Ein Taschentuch hatte er nicht dabei. Sein Hemd hätte er erst ausziehen müssen. Aber die Natur hatte an dieser Stelle nur ein paar Grashalme, Moos und mageren Farn im Angebot.

Die Stimmen wurden lauter. Sie kamen in seine Richtung. Zitterbart ging zurück auf den Pfad und schlich zum nächsten größeren Felsen. Auch dort herrschte Mangel an großen Blättern. Wieder folgten ihm die Stimmen, deren Besitzer sich offensichtlich auch für den schmalen Pfad entschieden hatten. Er tippte auf harmlose Wanderer, wollte aber von ihnen dennoch nicht gesehen werden. Auf dem Pfad zu bleiben und ihnen immer wieder vorauseilend aus dem Weg zu gehen war indes keine Lösung. Er musste ein Versteck finden. Oder einfach den Felsen umrunden und sie passieren lassen.

Zitterbart stopfte das Hufeisen in seine Jackentasche, denn er brauchte für das Ausweichmanöver beide Hände. Der Untergrund wurde rutschig, eine Senke tat sich auf. Er hatte sich einen besonders ungeeigneten Felsen ausgesucht. Nach gut zwei Metern entpuppte sich die Senke als wahrer Abgrund von mehreren Metern. Seine ungeübten Finger krallten sich in die Spalten und Löcher der Felswand.

»Das gibt es doch nicht!«, fluchte er im Flüstermodus. »Was mache ich hier eigentlich?«

Er wollte umkehren, doch dazu war es bereits zu spät. Die Stimmen hatten ihn erreicht, gehörten zwei Männern und zwei Frauen, die, wie fast zu erwarten war, nur ein Thema kannten.

»… könnte sich noch immer hier verstecken.«

»Der Mörder? Glaubst du?«

»Ja, warum denn nicht? Verstecke gibt es hier ja genug.«

Zitterbart war allerdings ganz anderer Ansicht. Er tastete sich

Zentimeter um Zentimeter vor, um nicht ins Blickfeld der Wanderer zu geraten. Der Felsen war glatt. Wie poliert. Eine Spinne flüchtete direkt vor seiner Nase. Sein rechter Fuß verlor fast den Halt.

»Habt ihr das gehört?«, sagte eine Männerstimme.

»Was war das?«, folgte eine Frauenstimme.

»Der Mörder!«, hauchte eine weitere Männerstimme. »Hinter dem Felsen dort lauert er auf sein nächstes Opfer!«

»Blödmann!«, entgegnete eine weitere Frauenstimme. »Du willst uns nur verarschen. Wie sollte denn dort jemand hinkommen?«

Eine Frage, die auch Zitterbart beschäftigte, denn er hatte keine Wahl und musste noch weiter hinter den Felsen vorrücken. Immer wieder rutschten seine Schuhe ab und suchten unsicher nach Halt.

»Still! Ich hör doch was!«

»Jetzt lass den Quatsch, Herbert! Das ist ein Eichhörnchen oder eine Taube. Komm, gehen wir weiter.«

»Aber wenn er doch noch hier ist?«

»Wer?«

»Na, der Mörder? Für so abwegig halte ich das gar nicht mal. Stellt euch bloß einmal vor ...«

Die Stimmen entfernten sich, ohne das Thema aufzugeben. Nach bangen Minuten konnte Zitterbart kein Wort mehr verstehen und arbeitete sich schwitzend zurück. Nur einmal senkte er seinen Blick, sah in den Abgrund unter sich, wandte sich aber schnell wieder dem Gestein vor seiner Nase zu, auf dem jetzt nicht Spinnen flüchteten, sondern Asseln. Seine Finger hatten sie offenbar aus einer Spalte vertrieben.

Nach einer ungewohnten Zentimeterarbeit stand er wieder auf dem Pfad. Die Stimmen, deren Besitzer er nicht zu Gesicht bekommen hatte, waren verschwunden. Ein Schweißtropfen rann seinen Rücken hinunter, seine Hände vibrierten.

»Ich muss verrückt geworden sein«, sinnierte er und zog das Hufeisen aus der Tasche. Mit wachsamen Ohren ging er zurück zum hohen Gras und suchte dort nach geeigneten Blättern. Diesmal wurde er fündig. Ein großer Breitwegerich mit langen

Ähren hatte sich im Gras breitgemacht. Er hatte gerade zwei der großen Blätter gepflückt, als sich erneut Stimmen näherten.

»Ich glaub es nicht. Ich glaub es einfach nicht«, zischte er und rieb das Hufeisen mit einem Blatt ab, während er es mit dem anderen festhielt. In der Hoffnung, die Abdrücke zu beseitigen.

Die Stimmen näherten sich schnell. Zitterbart legte das Hufeisen zurück ins Gras, sah sich noch einmal um und flüchtete mit schnellen Schritten. Um nicht erneut über einem Abgrund zu hängen, wählte er eine andere Richtung und schlug sich nach ein paar Metern rechts in die Büsche.

»Hast du das gehört?«, fragte eine Männerstimme.

»Hab ich. Hier gibt es jede Menge Viehzeug. Hasen, Dachse, Füchse«, meinte eine andere Männerstimme. »Und Wildschweine.«

»Wildschweine?«

»Wildschweine, Luchse, Wölfe, Elche. Was weiß ich?«

Zitterbart hob den Kopf aus dem herbstlichen Dickicht und erspähte zwei Uniformierte, die sich dem Flatterband näherten und es inspizierten.

»Was hab ich dir gesagt? Niemand war hier«, stellte der eine erleichtert fest. »Die haben sich ohne Grund Sorgen gemacht.«

»Warten wir, bis die Kollegen kommen«, sagte der andere. »Weiß der Teufel, was die hier wollen. Die haben doch schon alles abgesucht.«

7

»Wo warst du? Warum hast du dein Handy ausgeschaltet? Deine Mailbox ist garantiert randvoll!«

»Ich war … ich war am Tatort.«

»Du bist nach Tirschenreuth gefahren?«, fuhr ihn Reni in einer Lautstärke an, die ungewöhnlich für sie war. »Hier klingelt das Telefon ununterbrochen, mein Handy geht ununterbrochen, und du fährst in aller Ruhe aufs Land?«

»Ich wollte sehen, wo er gestorben ist.«

»Und? Was hast du gesehen?«

»Mehr als genug.«

»Was soll das heißen?«, fragte Reni verwundert und setzte sich an den großen Esstisch.

»Ich habe das Tatwerkzeug gefunden. Rein zufällig. Es lag außerhalb des Bereichs, den die Polizei abgesucht hat. Es ist ein Hufeisen.«

»Wie? Ein Hufeisen?«

»Ein Hufeisen mit Blutflecken.«

Seine Freundin folgte seinen eher skizzenhaften Ausführungen mit offenem Mund. Die Kletterpartie ließ er aus, nicht aber die beiden Polizisten.

»Mensch, Torsten! Du musst trotzdem zu dieser Kommissarin gehen! Die brauchen das Hufeisen, um den Täter zu finden.«

»Reni! Wenn ich das tue, glauben die, den Täter bereits vor sich zu haben! Das Risiko kann ich nicht eingehen. Die lochen mich ein, wenn ich denen das Hufeisen zeige, das ihnen entgangen ist. Die glauben mir kein Wort!«

Sie sahen sich an. Und schwiegen. Bevor sie ihre Gedankenspiele beendet hatten, klingelte erneut das Telefon.

»Was sag ich dir? So geht das, seit ich gekommen bin«, beschwerte sich Reni.

Zitterbart stand langsam auf und ging zum Apparat, der nebenan in seinem Arbeitszimmer stand. Ohne jeden Elan hob er den Hörer ab und meldete sich. Schon nach wenigen Sekunden legte er wieder auf und kam zurück ins Esszimmer. Seine Freundin sah ihn fragend an.

»Niemand dran. Nur so ein lautes Atmen.«

»Da hat sich einer verwählt. Das hatte ich letzte Woche auch. Der hat bestimmt fünfmal angerufen, bevor er es eingesehen hat. Ein alter Mann. Vielleicht auch schon ein bisschen dement.«

»Ja. So etwas in der Art wird es wohl gewesen sein«, meinte Zitterbart und setzte sich zurück an den Tisch. Nicht anders hätte er bis zu diesem Tag den Anruf auch interpretiert. Doch nach seinem Ausflug fiel es ihm schwer, das sonderbare Atmen als das eines alten Mannes abzutun, der sich geirrt hatte. Das Atemgeräusch hatte ihm zu gewollt, zu laut, zu vorsätzlich geklungen. Oder war es doch nur ein alter Mann gewesen, der versucht hatte, seine Enkeltochter oder einen Freund anzurufen?

»Alles klar?«, unterbrach Reni seine Gedanken. »Du denkst immer noch an das Hufeisen?«

»Ja«, antwortete er. »Ich hätte gar nicht hinfahren sollen. Aber jetzt ist es zu spät. Ich hoffe, ich habe alle Abdrücke erwischt. Ich hatte ja nur diese Blätter.«

»Warum hast du es nicht einfach mitgebracht und in die Donau geworfen?«

»Gute Frage. Ich wollte es der Polizei dann doch nicht vorenthalten. Vielleicht findet es ja jemand anderes. Wanderer sind dort in ausreichender Zahl unterwegs. Einer wird schon darüber stolpern.«

»Um es sich dann an die Wand zu hängen. Als Glücksbringer.«

Erneut meldete sich das Telefon. Wieder ging Zitterbart ins Arbeitszimmer und nahm ab. Diesmal war er auf den alten Mann gefasst. Stattdessen beschwerte sich der Leiter einer Kleinkunstbühne in Neumarkt über ihn.

»Ein kurzer Rückruf. Das ist doch wohl nicht zu viel verlangt?«, hielt ihm der Mann vor. »Also? Wann kannst du? Am 28. oder am 4.? Du kannst es dir aussuchen. Oder du kommst einfach an beiden Tagen. Ich hab mit den Radiosendern gesprochen. Die sind ganz heiß drauf, Karten zu verlosen. Hast du eigentlich noch dieses Krimiprogramm drauf, mit dem du vor ein paar

Jahren unterwegs warst? Du weißt schon, wo die Politiker die Kriminellen waren?«

»Nein, leider nicht.«

»Schade, das wäre es gewesen. Ein bisschen aufpoliert und aktualisiert. Kannst es dir ja noch mal überlegen. Also? Wann kannst du?«

Neben ihm erschien Reni und hielt ihm seinen Terminkalender unter die Nase. Ein großes schwarzes Buch, ein Relikt aus längst vergangenen analogen Bürozeiten, das für Zitterbart aber unverzichtbar war und das er digitalen Alternativen vorzog.

»Gut. Von mir aus. Am 28.«, sagte er schließlich.

»Phantastisch!«, freute sich der Kleinkunstbühnenleiter.

Nicht weniger freute sich seine Freundin, die den Termin umgehend in das schwarze Buch eintrug.

»Mensch, Torsten! Hättest du das gedacht?«

»Bestimmt nicht. Aber ich bin eben manchmal vergesslich. Oder naiv, wie du sagen würdest. Ich vergesse immer wieder, dass auch ich jeden Morgen zum Markt fahre, wie Brecht das einmal so schön formuliert hat, und mich hoffnungsvoll unter die Verkäufer einreihe.«

»Natürlich bist du Teil des Marktgeschehens. Was denn sonst? Und auf diesem Markt ist dein Angebot derzeit sehr gefragt«, analysierte Reni nüchtern.

»Aber nur wegen Peters Tod. Vergiss das nicht. Doch nicht wegen meiner Inhalte oder meiner Performance.«

»Das ist doch völlig egal! Peter wird dadurch auch nicht wieder lebendig! Und für seinen Tod bist du nicht im Mindesten verantwortlich. Den haben irgendwelche Drogenbosse auf dem Gewissen.«

»Haben sie nicht«, zischte Zitterbart.

»Aber die Kommissarin …?«

»Ich weiß, was die Polizei glaubt. Aber jetzt glaube bitte mir: Die liegen total falsch. Ich weiß nicht, warum sie sich so schnell festgelegt haben, aber mit Drogen hat die Sache nichts zu tun. Da bin ich mir sicher.«

»Du bist also schlauer als die Polizei?«, fragte sie lachend.

»In diesem Fall schon«, erwiderte er ernst, ohne auf ihr Lachen einzugehen. »Weil ich Peter sehr gut gekannt habe. Jedenfalls gut genug, um zu wissen, dass sie sich irren. Drogen. So ein Blödsinn. Da steckt etwas ganz anderes dahinter.«

»Nämlich …?«

»Wenn ich das wüsste? Aber ich krieg's raus. Glaube mir. Ich kriege raus, wer den Peter auf dem Gewissen hat«, raunte er, während die Finger seiner rechten Hand auf dem Schreibtisch trommelten.

Reni war inzwischen das Lachen vergangen. Verwundert sah sie ihren Freund an.

»Du willst einen Mordfall lösen? Das ist nicht dein Ernst!«

»Wenn diese Degenhardt weiterhin im Dunkeln tappt, ist das mein Ernst. Denn sonst verlaufen die Ermittlungen genau dort, wo der liebe Kollege Hanns Dieter Hüsch es zu Recht vermuten würde, nämlich im Sande. Wo so vieles verläuft. Fast alles, wenn man es genau nimmt.«

»Aber du bist kein Detektiv. Du hast vom Ermitteln keine Ahnung. Du hast kein Labor, keine Mitarbeiter«, wandte Reni ein. »Wie willst du das machen?«

»Das weiß ich noch nicht«, musste er eingestehen. »Aber ich werde schon einen Weg finden.«

Ein weiteres Mal klingelte das Telefon. Zitterbart hob ab und hörte erneut das schwere Atmen eines Mannes. Sofort legte er wieder auf.

»War es wieder …?

»Ja. Da hat jemand Morbus Darth Vader im Endstadium. Ist ja auch egal.«

»Hast du denn schon einen Verdacht?«

»Nicht den geringsten«, gab er zu. »Ich weiß nicht, was Peter dort draußen wollte. Ich weiß nur, dass er mit einem Hufeisen erschlagen wurde und jemand mit seinem Auto nach Regensburg gefahren ist, in seiner Wohnung etwas gesucht hat und ein Hufeisen an seine Tür genagelt hat. Das ist auch schon alles.«

»Noch ein Hufeisen? Das hast du gar nicht erzählt.«

»Ja. Es gibt zwei Hufeisen. Das von der Tür ist allerdings schon wieder verschwunden. Ich glaube nicht, dass es die Polizei mitgenommen hat. Dazu hätten sie wissen müssen, dass es dort nicht hingehört.«

»Was hat das zu bedeuten? Ich meine, das Hufeisen?«

Zitterbart fuhr seinen Laptop hoch und gab den Begriff in die Suchmaske ein.

»Hunderttausende von Einträgen«, kommentierte Reni das Ergebnis.

»Glückssymbol, steht bei Wikipedia. Ach was. Darauf wäre ich nicht gekommen. Peter hat es jedenfalls kein Glück gebracht. Im Gegenteil.«

Er googelte weiter und stieß auf Onlinehändler.

»Jetzt sieh dir das an. Man muss kein Reiter oder Hufschmied sein, um an neue Hufeisen zu kommen. Die kann man einfach so im Internet kaufen.«

»Was dachtest du denn?«, wunderte sich Reni. »Man kann alles im Internet kaufen. Und den Rest im Darknet.«

»Ich weiß. Aber Hufeisen? Wer kauft denn Hufeisen im Internet?«

»Offenbar genügend Leute.«

Zitterbart ließ die Maus los, drehte sich langsam zu ihr um und sagte leise: »Ein Glückssymbol. Wehrt böse Mächte ab. Hexen haben Angst vor Hufeisen, weil sie Angst vor Pferden haben. Deshalb wurden Hufeisen auf die Särge verbrannter Hexen genagelt. Um sie an einer möglichen Wiederauferstehung zu hindern. Aber was hat das alles mit Peter zu tun?«

»Sag es mir. Du bist doch neuerdings Detektiv.«

»Das Glückssymbol ist bestimmt nicht gemeint«, dachte er laut nach. »Es muss etwas mit Pferdesport zu tun haben.«

»Die erste heiße Spur«, nickte Reni übertrieben. »Zumal Peter oft und gerne geritten ist.«

»Jetzt lass bitte den Quatsch.«

»Ich? Du machst doch den Quatsch! Einen Mordfall lösen. Dir fällt auch immer etwas Neues ein.«

»Genauso ist es. Schon mein Leben lang«, sagte er. »Und diesmal löse ich eben einen Mordfall. Ich werde es zumindest versuchen!«

Sie tauschten Blicke mit gemischten Botschaften, zu denen

auch Unverständnis zählte. Sie waren ein Paar, sie waren zusammen, ihretwegen war er in die Oberpfalz gezogen, seinetwegen probierte sie immer wieder das Künstlerleben aus. Nomaden mit Abitur, hatte Zitterbarts Vorbild Hanns Dieter Hüsch einst Kabarettisten und Liedermacher genannt. Für ihn war sie zum Hilfsnomaden geworden so wie er für sie zum Hilfssesshaften. Jetzt aber wollte er Neuland betreten. Gefährliches Neuland, auf das er noch nie Kurs genommen hatte. Wie ein Schiffbrüchiger war er an einem unbekannten Strand an Land gegangen, ohne zu wissen, was ihn dort erwartete. Aber wie ein Schiffbrüchiger sah sich Zitterbart nicht vor eine Wahl gestellt. Er *musste* das Neuland betreten. Das war er seinem Freund und Partner schuldig.

»Du meinst es tatsächlich ernst«, sagte Reni nach ein paar schweigsamen Minuten.

Zitterbart nickte.

»Es sei denn, die Polizei …«

Das Telefon.

»Darth Vader«, meinte Reni.

Widerwillig griff er zum Hörer. Statt der erwarteten Atemgeräusche ertönte die helle Stimme von Angelika Hauser, der Leiterin des Oberpfälzer Mühlentheaters. Sein Terminkalender füllte sich.

»Mensch, Torsten! Du musst dein Krimiprogramm umschreiben. Das bist du auch Peter schuldig!«, drängte ihn seine Freundin.

»Nein. Kommt nicht in Frage. Es reicht, dass ich die Angebote annehme. Aber aus Peters Tod noch bewusst Profit schlagen? Auf keinen Fall. Außerdem mache ich mich damit unglaubwürdig. Als Kabarettist. Ich bringe ein aktuelles Programm. Wie das in Amberg. Das hat doch gut funktioniert.«

»Hat es. Ja. Aber du musst auch an dein Publikum denken. Das kommt schließlich, weil Peter ermordet worden ist.«

»Das weiß ich, Reni«, brummte Zitterbart. »Aber ich bin dem Publikum noch nie hinterhergerannt. Das ist Sache der Politik. Vergiss bitte nicht –«

Das Telefon klingelte.

»Der Nächste«, kommentierte Reni. »Wahrscheinlich das Nürnberger Schauspielhaus oder die Münchner Kammerspiele.«

Zitterbart rollte mit den Augen und nahm ab, während Reni Bleistift und Terminkalender in Position brachte.

»Wer?«, fragte Zitterbart etwa ruppig nach.

»Hjördis von Sonthofen. Eilimis-Film. Spreche ich mit Torsten Zitterbein? Dem Bühnenpartner von Peter Wittmann?«

»Zitterbart. Aber Sie wissen schon –«

»Natürlich. Auch in München gibt es Internet und Zeitungen. Sehr tragisch. Wirklich. Es hat uns alle schwer getroffen.«

»Bestimmt«, stöhnte er. »Worum geht es?«

»Um das Drehbuch natürlich. Sie sind doch der Drehbuchautor? So hat es uns Peter jedenfalls erzählt. Wie weit sind Sie?«

»Ich –«

»Sie können es mir ruhig sagen«, näselte die Frau, die schwer zu verstehen war, da sie offenbar in einem Auto fuhr.

»Es ist so, Frau von Sonthofen … ich –«

»Macht gar nichts. Wann haben Sie übermorgen Zeit? Um zwölf? Im Palmengarten?«

8

Das Brauhaus am Schloss war eine Regensburger Institution, ebenso der dazugehörige überdachte Palmengarten, in dem man auch an kühleren Tagen noch im Freien sitzen konnte. Das Dach erinnerte Zitterbart entfernt an einen Londoner Bahnhof. Die Tische darunter waren schon fast alle besetzt; das noch immer sommerliche Herbstwetter musste die Menschen in den Palmengarten gelockt haben. Der Wind war warm, Kellner trugen erste Klöße und Braten auf. Eine Zeile von Franz Josef Degenhardt kam ihm in den Sinn: Da hockt die ganze Stadt und mampft, dass Bratenschweiß aus Fenstern dampft! »Deutscher Sonntag«. Aber es war kein Sonntag. Dafür trug ausgerechnet die Hauptkommissarin den Namen des Liedermachers.

Wenige Blicke reichten aus, um die Münchner Filmproduzentin zu erkennen. Wer sonst würde es wagen, einen derart großen und auffälligen Audrey-Hepburn-Hut so selbstbewusst zur Schau zu stellen? Dazu gehörte der Mut, sich zu einem Klischee zu bekennen und die Produzentin nicht nur zu sein, sondern sie auch darzustellen. Zum schwarzen Hut passend trug sie eine Sonnenbrille im Fünfziger-Jahre-Retro-Look, die es unmöglich machte, ihr in die Augen zu sehen. Ein elegantes schwarzes Kleid und eine schwarze, abgewetzte Lederjacke, die nur im ersten Moment unpassend wirkte, komplettierten ihr Outfit. Sofort ins Bild passte hingegen die Zigarette, die sie in der linken Hand hielt. Eine schlanke, eine attraktive Frau um die vierzig, die ihn sofort in ihren Bann schlug.

Sie war nicht allein gekommen. Neben ihr saß ein etwa zehn Jahre jüngerer Mann mit schmalem Gesicht und schwarzen, strubbeligen Haaren, die unfrisiert aussahen, es aber nicht waren. Auch er trug eine schwarze Lederjacke, jedoch keine Sonnenbrille.

»Hanno Auerbach«, stellte ihn Hjördis von Sonthofen vor, »mein Assistent.«

Zitterbarts freundlichen Gruß erwiderte der junge Mann mit

einem kühlen, arroganten Lächeln. Er ließ sich in die Augen schauen, die ungewöhnlich schwarz waren. Zitterbart tippte auf farbige Kontaktlinsen und versuchte, den Blickkontakt zu vermeiden, was ihm jedoch nicht leichtfiel, denn die dunklen Augen besaßen etwas Magisches.

»Ich darf doch Torsten sagen?«, begann die Produzentin, noch bevor er sich gesetzt hatte. »Das macht alles etwas leichter. Ich bin die Hjördis.«

Zitterbart nickte zurückhaltend, während der schwarze Assistent schwieg und ihn fixierte.

»Noch ein Glas Prosecco bitte!«, rief von Sonthofen einer Kellnerin zu und holte anschließend seine Zustimmung ein: »Sie trinken doch ein Glas, oder?«

Wieder blieb ihm nur ein Nicken. Erst jetzt bemerkte er die beiden nicht mehr ganz vollen Gläser auf dem Tisch.

»Gut, dann kommen wir gleich zur Sache«, wandte sich ihm die Produzentin zu. »Wie weit sind Sie mit dem Drehbuch?«

»Es existiert kein Drehbuch. Das wollte ich Ihnen … das wollte ich dir ja schon am Telefon erklären. Peter ist über die Idee nicht hinausgekommen. Daher war ich so erstaunt über Ihren … über deinen Anruf. Peter und ich haben viel über den Film gesprochen, aber –«

»Was redest du da, lieber Torsten?«, lächelte die undurchschaubare Sonnenbrille. »Über die Idee nicht hinausgekommen? Dann will ich dir mal etwas zeigen.«

Von Sonthofen hob eine große schwarze Ledertasche vom Boden auf, öffnete sie, zog eine dünne Mappe heraus, schlug sie auf und reichte sie Zitterbart.

»Das ist kein Exposé, sondern ein umfassendes Treatment«, triumphierte die Produzentin. »Oder glaubst du, ich fahre nur so zum Spaß in die Oberpfalz?«

»Bestimmt nicht«, antwortete Zitterbart mit wohldosierter Ironie, während er die ersten Sätze des Treatments las. Hatte er bis vor ein paar Tagen noch geglaubt, seinen Partner gut gekannt zu haben, so begann dieses Gefühl mehr und mehr zu schwinden. Es war Peters Duktus, es waren seine Ideen, sein Plot, keine Frage. Genau darüber hatten sie gesprochen. Über ein Roadmovie. Was ihn erstaunte, war die Tatsache, dass er diese Ideen zu Papier gebracht hatte, und das alles andere als schlecht. In diesem Treatment steckte viel Arbeit. Die Sätze waren gut formuliert und nicht schnell nebenbei skizziert worden. Davon hatte Zitterbart nichts gewusst, das hatte ihm sein Freund ebenso vorenthalten wie den Besuch bei der Münchner Filmproduzentin.

»Und? Was sagst du?«

Zitterbart versuchte vergeblich, die Gläser ihrer Brille zu durchdringen. Auerbach, ihr stummer Assistent, verzog keine Miene, fixierte ihn aber weiterhin.

»Der Prosecco«, sagte die Bedienung.

»Wurde auch langsam Zeit«, beschwerte sich von Sonthofen und erhob ihr Glas. »Also! Auf eine erfolgreiche Produktion!«

Zitterbart schwieg, legte das Treatment vor sich auf den Tisch und hob zögerlich sein Glas.

»Das sieht mir aber nicht nach Begeisterung aus«, stellte die Produzentin fest und nahm ihre Sonnenbrille ab, was ihm endlich einen Blick in ihre blauen Augen erlaubte. Warum hätte sie dieses Klischee auslassen sollen? Andererseits waren es betörende blaue Augen. Ihr stummer Assistent behielt indes seine schwarzen Augen bei.

»Ist es auch nicht«, entgegnete Zitterbart. »Ich kenne zwar den Plot, auch wenn mir dieses Treatment neu ist, und es ist auch ein guter Plot. Dennoch muss ich eines klarstellen: Ich bin Kabarettist, kein Drehbuchautor.«

»Lieber Torsten. Ich kenne diese Einwände, ich habe sie schon oft gehört. Aber mach dir da keine Sorgen. Wir helfen dir natürlich. Du kannst Kabarettprogramme schreiben, du kannst tolle Dialoge schreiben, und das reicht. Was glaubst du denn, wer sich heutzutage berufen fühlt, Drehbücher zu schreiben, ohne das alles draufzuhaben?«

»Ich kann es mir denken. Krimis schreibt ja auch jeder.«

»Das ist die richtige Einstellung! Du schreibst, und Hanno hilft dir und lektoriert. Er ist ein Script Doctor mit magischen Kräften.«

»Warum engagierst du keinen professionellen Drehbuchautor?«

»Torsten!«, grinste von Sonthofen und stupste ihn mit der rechten Hand kurz an. »Wenn der Film ein Erfolg werden soll, muss das Buch doch von dir stammen. Von Peters Partner. Und du spielst natürlich auch mit. Außerdem müssen wir schnell sein. Der Film muss in die Kinos kommen, wenn der Prozess läuft.«

»Welcher Prozess?«

»Torsten! Der gegen den Mörder selbstverständlich«, antwortete von Sonthofen leicht verwundert und setzte ihre Brille wieder auf. »Was dachtest du denn?«

»Ja, was dachte ich?«, flüsterte Zitterbart und hörte in seinem Kopf wieder einmal Renis Vorwurf, er sei naiv.

»Bitte?«

»Nichts. Gar nichts.«

»Wie steht es eigentlich um die Ermittlungen?«, fragte die Produzentin und zündete sich eine neue Zigarette an.

»Hier ist Rauchverbot«, mahnte ein Kellner im Vorbeigehen.

»Ich weiß«, entgegnete von Sonthofen und nahm einen kräftigen Zug. »Also, ist man dem Täter schon auf der Spur?«

»Ich fürchte, nicht. Die Polizei glaubt an einen Täter aus dem Drogenmilieu. Das halte ich aber für sehr unwahrscheinlich.«

Von Sonthofen legte ihren Kopf kurz nachdenklich in den Nacken und sagte: »Ein böser Dealer? Der ihn in den dunklen Wald gelockt und dort erschlagen hat? Klingt nach Jakob und Wilhelm Grimm. Nein, das halte ich für abwegig. Völlig abwegig. Ich kenn doch den Peter.«

»Woher kennst du ihn eigentlich?«

»Von der Uni. Wir haben ein paar Semester zusammen studiert und uns nie aus den Augen verloren. Wie das eben so ist. Mal haben wir telefoniert, mal gemailt. Vor gut einem Jahr stand er dann plötzlich bei mir vor der Tür. Es war sehr schön, ihn wiederzusehen. So erfolgreich, so blendend aussehend. Und jetzt diese Katastrophe.«

»Hatte er dieses Treatment eigentlich schon fertig?«

»Deshalb war er ja gekommen. Um mir seinen Film anzubieten«, sagte von Sonthofen mit leisem Ton und aufflackernder Trauer.

»Wolltest du ihn denn produzieren?«

Sie ließ sich mit der Antwort ein paar Züge Zeit.

»Vielleicht. Wir waren noch nicht so weit. Die Mühlen des Filmgeschäfts mahlen langsam, die Regeln sind kompliziert.«

»Jetzt aber wird er produziert.«

»Natürlich«, unterstrich sie, schob die Brille auf die Nasenspitze und sah ihm in die Augen. »Das sind wir Peter doch schuldig. Oder? Es war sein großer Traum. Und ganz nebenbei unterliegen auch wir den Gesetzen des Marktes, lieber Torsten. Genau wie ihr Kabarettisten.«

Zitterbart nickte. Schließlich hatte ihm seine Freundin den Markt erst kürzlich um die Ohren gehauen.

»Wie sieht es denn mit den Rechten aus?«, fragte er vorsichtig.

»Das ist ja das Schöne«, strahlte die Produzentin. »Auf Grundlage des Treatments hatte ich einen Vertrag mit Peter gemacht und mir die Filmrechte gesichert. Intuitiv, wenn du so willst. Du kannst also heute noch anfangen zu schreiben. Hanno steht dir zur Seite.«

Zitterbart wandte seinen Blick von der Sonnenbrille ab und richtete ihn auf ihren Assistenten, der ihn mit einem minimalistischen Lächeln erwiderte, aber noch immer kein Wort sagte.

»Er ist bloß schüchtern«, sagte von Sonthofen. »Wenn du ihn erst ein bisschen kennst, wirst du ihn lieben. Er sieht zwar teuflisch aus, ist aber göttlich. Ein echtes Goldstück.«

Diesen Eindruck hatte Zitterbart nicht. In Göttingen am Theater hatte er das Schauspielern gelernt. Eine der Grundlagen war die Beobachtung von Menschen gewesen, deren Mimik und Gestik, deren Verhalten und Reaktionen dann später in die Darstellung von Figuren einflossen. Zitterbart war kein Psychologe, aber er besaß einen in vielen Jahren geschärften Blick, der auch so manche Fassade durchdringen konnte. Nicht aber die des schwarzen Assistenten, der sich bestens hinter seinen Kontaktlinsen verbarrikadiert hatte. Zugleich bezirzten ihn die künstlich veränderten Augen, verführten ihn immer wieder zum Hinschauen.

»Ich brauche etwas Bedenkzeit«, sagte Zitterbart. »Peter ist ja noch nicht einmal beerdigt. Die Polizei hat seine Leiche noch unter Verschluss.«

»Wir haben aber keine Zeit, Torsten. Wenn wir etwas nicht haben, dann ist es Zeit. Geld ist dagegen kein Thema. Im Moment jedenfalls. Aber auch das ist eine Frage der Zeit. Besser gesagt des Zeitraums, der uns bleibt.« Von Sonthofen beugte sich vor und schob das Proseccoglas zur Seite. »Wir brauchen das Buch in spätestens acht Wochen. Das ist auch zu schaffen. Der Plot steht, das Treatment ist ausführlich. Was wir brauchen, sind gute Dialoge. Das ist für dich doch kein Problem. Den Rest erledigt Hanno. Und jetzt pass mal auf. Ich habe gestern ein paar Kollegen von dir angerufen. Bruno, Otti und den Konstantin. Die könnten wir ins Ensemble holen. Wenn wir nicht allzu lange warten.«

Mit derartigen Argumenten hatte Zitterbart zwar gerechnet, war aber dennoch erstaunt, wie schnell, wie blitzartig die Produzentin reagiert hatte, nachdem sie von Peters Tod erfahren hatte. Die musste alles andere stehen und liegen gelassen haben, um sich umgehend auf Peters Projekt zu stürzen.

»Ach ja, wir drehen die Außenaufnahmen übrigens hier. In der Oberpfalz. In Regensburg, Neumarkt, Amberg, Tirschenreuth«, legte die Produzentin nach. »Es sei denn, du hast andere Wünsche. Nabburg? Kallmünz? Das lässt sich alles einrichten. Wir können die Handlung jederzeit verlegen. Also?«

Es war ein Fenster, das sich unvermittelt für ihn öffnete und das er nicht gleich zuschlagen wollte, auch wenn ihm die Motive der Produzentin nicht gefielen. Andererseits hätte er so die Möglichkeit, sich wenigstens ein bisschen um die Ideen seines Partners zu kümmern. Abgesehen von dem Neuen, das ihn schon immer gereizt hatte. Übers Knie brechen wollte er die Entscheidung allerdings auch wieder nicht.

»Bis zum nächsten Wochenende. Zeit hin, Zeit her. Die paar Tage musst du mir geben.«

Von Sonthofen nahm einen kräftigen Zug, blies den Rauch über den Tisch in die Herbstluft und strich dann mit den Fingern ihrer rechten Hand über ihre Lippen.

»Gut. Bis Samstag. Aber keinen Tag länger. Über das Finanzielle sprechen wir, wenn du dich entschieden hast. Aber erwarte nicht zu viel. Wir sind eine kleine Produktionsfirma.«

»Ich rufe dich an. Kann ich das Treatment behalten?«, fragte er.

»Klar. Wie willst du sonst arbeiten? Es wundert mich übrigens, dass er es dir nicht gezeigt hat.«

»Mich auch. Wir haben ja oft genug darüber gesprochen. Aber andererseits … Peter war ein eigenwilliger Mensch. Er hat zum Beispiel lange Zeit –«

Ein synthetischer Sound unterbrach das Gespräch. Das Smartphone von Hanno Auerbach hatte zu wimmern begonnen. Zitterbart war gespannt auf seine Stimme und wurde überrascht. Der sonderbare Assistent der Produzentin hatte eine tiefe, raue, warme Stimme, um die ihn manch Schauspieler beneidet hätte.

»… nein … nein … auf keinen Fall den Dressursattel!«, ermahnte Auerbach einen Unbekannten, stand auf und entfernte sich ein paar Meter vom Tisch. Dennoch konnte Zitterbart noch das Wort »Satteldruck« aufschnappen.

»Das ist seine einzige Schwäche«, lamentierte von Sonthofen und zündete sich missmutig eine neue Zigarette an. »Er steigt allen Ernstes lebenden Tieren auf den Rücken.«

9

Was war das?

Etwas bohrte sich in seinen Kopf.

Unerträglich.

Ein infernalisches Geräusch.

Die Türklingel?

Zitterbart kroch ein Stück aus seiner Daunenfestung.

Es klingelte tatsächlich. Und hörte nicht auf.

Seine rechte Hand ertastete den Wecker.

Halb zehn.

Die Post. Der neue Zusteller war hartnäckig.

»Ist ja schon gut!«, krächzte Zitterbart, der einen abendlichen Auftritt und eine kurze Nacht hinter sich hatte.

»Ich komme ja schon!«

Widerwillig verließ er die warme Festung und schälte sich aus den Daunen.

Die Klingel ließ nicht locker.

»Ja, ja.«

Er zog den bunten Bademantel seines Vaters an und stieg in seine Hausschuhe, die auch nicht mehr ganz neu waren. Mit einer Frisur, die jener seines Kollegen Urban Priol ähnelte, stapfte er zur Haustür und schloss auf. Grelles Tageslicht hinderte ihn daran, sich weiter vorzuwagen.

»Guten Morgen, Herr Zitterbart«, begrüßte ihn eine vertraute Stimme. Sie gehörte jedoch nicht dem Postboten, sondern Hauptkommissarin Degenhardt.

»Morgen. Gut ist geprahlt«, antwortete er zweidrittelwach und schlecht gelaunt.

»Das ist mein Kollege Meier. Dürfen wir kurz reinkommen?«

»Von mir aus. Wenn es unbedingt sein muss.«

»Ja, das muss es«, sagte Degenhardt und trat aus dem Licht in die Dunkelheit.

»Entschuldigen Sie meinen Auftritt«, sagte Zitterbart. »Ich arbeite oft bis spät in die Nacht und schlafe dann etwas länger.«

»Das stört uns nicht«, sagte Kollege Meier, ein noch junger Mann in Anzug und Krawatte.

»Folgen Sie mir in die Küche. Kaffee?«

»Nein, danke«, antwortete die Hauptkommissarin.

Zitterbart schaltete den Kaffeeautomaten ein und füllte Wasser nach.

»Setzen Sie sich doch. Wie kann ich Ihnen helfen?«

»Sie können sich nicht denken, warum wir hier sind?«, fragte Degenhardt, die sich für den Hocker entschieden hatte, während Meier einen Stuhl mit Rückenlehne bevorzugte.

»Kann ich. Wegen Peter«, murmelte Zitterbart und drückte auf den Knopf. Die Maschine wurde laut und begann zu mahlen und zu gurgeln. Langsam floss das Lebenselixier in die kleine Tasse. »Wirklich keinen Kaffee? Die Bohnen bringe ich immer aus Italien mit.«

»Nein, danke. Also, Sie können es sich nicht denken?«

»Wenn es sich nicht um Peter dreht …?«

»Natürlich geht es um den Mord«, sagte Degenhardt mit ernstem Tonfall, sah ihn ebenso ernst an und fragte: »Warum waren Sie am Tatort?«

»Am Tatort?«, fragte Zitterbart und war schlagartig vollständig wach.

»Ja. Am Tatort. Dort haben zwei Beamte Ihren Wagen gesehen. Auf dem Parkplatz in der Nähe. Würden Sie mir also bitte sagen, was Sie dort gemacht haben? Wenige Tage nach dem Mord?«

Zitterbart führte die Tasse zum Mund, um etwas Zeit zu gewinnen, fand aber keine passende Lüge.

»Haben Sie etwas gesucht?«, hakte Degenhardt nach.

Der Kaffee war eigentlich noch zu heiß, half ihm aber bei der Entscheidungsfindung. Eine Lüge hatte keinen Zweck, er musste die Karten auf den Tisch legen, er hatte verloren.

»Ich wollte sehen, wo er gestorben ist. Schließlich war er mein Freund.«

»Das verstehe ich. Aber warum haben Sie das heimlich gemacht? Um vom Tatort zum Parkplatz zu gelangen, mussten Sie an den beiden Beamten vorbei. Die aber haben Sie nicht bemerkt. Weil Sie den Pfadfinder gespielt haben. Sie haben sich davongeschlichen. Als die beiden wieder gefahren sind, war Ihr Wagen nämlich verschwunden. Warum, will ich wissen!«

»Weil ich etwas gefunden habe«, gab er zu, frische Schweißperlen auf der Stirn. Wahrscheinlich der heiße Kaffee.

»Nämlich?«

»Ein Hufeisen. Es lag mehrere Meter vom Absperrband entfernt im Gras. Ich vermute, es war die Tatwaffe. Es klebte Blut daran.«

Degenhardt stand mit versteinerter Miene von ihrem Hocker auf und ging auf ihn zu.

»Herr Zitterbart. Warum haben Sie uns das nicht umgehend gemeldet?«

»Das können Sie sich ja wohl denken.«

»Ja, das kann ich«, stellte die Hauptkommissarin in gewohnt ernstem Ton fest. »Und? Ist es so? Haben Sie Ihren Partner getötet?«

»Natürlich nicht!«, entgegnete Zitterbart in nicht minder ernstem Ton. »Ich habe Ihnen bereits ausführlich erklärt, dass Peter mein Freund war und es keinerlei Motiv gegeben hätte, ihn zu ermorden. Ganz abgesehen von der Tatsache, dass ich dazu ohnehin nicht in der Lage wäre.«

»Beteuerungen dieser Art habe ich schon zu oft gehört«, konterte Degenhardt. »Damit können Sie mich nicht beeindrucken. Aber ich nehme Ihre Aussage zur Kenntnis. Und ich empfehle Ihnen dringend, mit uns zu kooperieren. Die Unterdrückung von Beweismitteln ist nach Paragraf 295 des Strafgesetzbuchs eine strafbare Handlung. Sofern sie vorsätzlich erfolgt. Wo ist das Hufeisen jetzt?«

»Am Tatort«, antwortete Zitterbart schwitzend, während er versuchte, seine Gedanken zu ordnen, damit er nicht wie ein Idiot dastand. Andere wie Idioten aussehen zu lassen war für ihn kein Problem. Jederzeit konnte er auf der Bühne einen Politiker als Idioten entlarven. Aber er befand sich nicht auf einer Bühne, sondern in seiner Küche. Mit kaum mehr bekleidet als einem alten Bademantel.

»Ziehen Sie sich etwas an«, sagte Degenhardt entschlossen. »Zeigen Sie uns das Hufeisen.«

Obwohl Zitterbart seit seiner Schulzeit mit jeder Art von Befehlston große Probleme hatte, willigte er vorbehaltlos ein, denn er sah sich vor keine Wahl gestellt.

»Fünf Minuten.«

»Gut«, sagte Degenhardt streng und zückte ihr Handy. »Beeilen Sie sich.«

Im Wagen, gelenkt vom adretten Kollegen Meier, musste Zitterbart der Hauptkommissarin en detail erklären, wie er auf das Hufeisen gestoßen war, wie das Funkeln ihn verführt hatte. Die Begegnung mit den Wanderern und seine Kletterpartie unterschlug er auch diesmal. Degenhardt verzichtete auf jeglichen Kommentar und schwieg, bis sie den kleinen Parkplatz in der Nähe von Tirschenreuth erreicht hatten. Sie sah aus dem Fenster. Zitterbart versuchte sich in sie hineinzuversetzen, versuchte sich vorzustellen, wie es sein musste, jeden Tag Kriminellen auf den Fersen zu sein, jeden Tag Zeugen zu vernehmen und Verdächtige zu verhören, ohne zu wissen, ob sie schuldig oder unschuldig waren. Jeden Tag.

Mit dem Zerrbild, das Fernsehkrimis boten, hatte der Beruf nicht viel zu tun, dessen war er sich sicher. Die Frau neben ihm auf der Rückbank wirkte erfahren, routiniert und abgeklärt. Sie folgte den Regeln und suchte nach Mustern, sie las Statistiken, befasste sich mit Täterprofilen und wartete auf die Berichte ihrer Forensiker und Kriminaltechniker. So stellte er es sich jedenfalls vor. Und nun hatte sie ein Muster gefunden. Ein Muster, das zu ihm passte. Er machte ihr keine Vorwürfe, denn er hatte ja einen beachtlichen Beitrag zu diesem Muster geleistet. Er selbst hatte sich in diese missliche Lage gebracht. Je intensiver er darüber nachdachte, umso heftiger spürte er sein Herz schlagen. Mit Mühe verdrängte er Bilder von sich, wie er in einem Gerichtssaal saß.

»Wir sind da«, stellte Meier fest.

»Kommen Sie«, sagte Degenhardt und stieg aus. Ein kühler Ostwind empfing sie. Blauschwarze, tief hängende Wolken verdunkelten den Himmel und verkündeten das verspätete Eintreffen des Herbstes. Zitterbart zog den Reißverschluss seiner Jacke zu und folgte der Hauptkommissarin bis zum Flatterband, das an diesem Tag seinem Namen gerecht wurde. Das Gelände war unbewacht, die beiden Polizisten entschwunden.

»Bitte«, forderte ihn die Hauptkommissarin auf. »Sie sind dran.«

Zitterbart hatte keine Mühe, sich an die Lage des Hufeisens zu erinnern. Mit vorsichtigen Schritten stelzte er durch das dank der Beleuchtung graue Gras und wollte sich schon bücken, als Degenhardt ihn zurückhielt.

»Halt! Fassen Sie es nicht ein weiteres Mal an! Meier?«

Meier war zur Stelle und hatte sich bereits mit Einweghandschuhen bewaffnet. Er ging vor ihnen in die Knie und fingerte sich durch das Gras.

»Hier ist nichts«, meldete er nach kurzer Suche nach oben.

»Das kann nicht sein.« Zitterbart erschrak. »Ich habe es genau hier hingelegt. Dort habe ich es auch gefunden. Ich habe ein gutes Gedächtnis. Verlassen Sie sich darauf. Es war genau hier. Auf den Zentimeter genau.«

»Suchen Sie weiter«, brummte Degenhardt und orderte Zitterbart ein paar Schritte zurück. Meier gab sich größte Mühe und erweiterte das Suchgebiet, blieb aber glücklos.

»Das verstehe ich nicht«, sagte Zitterbart und betrachtete den im Gras kriechenden Assistenten. »Es muss da sein.«

»Und Sie sind sich ganz sicher?«, fragte Degenhardt.

»Absolut. Hier habe ich es gefunden und auch wieder hingelegt.«

»Meier? Es hat keinen Zweck. Rufen Sie die Kollegen von der Spurensicherung. Die sollen noch einmal gründlich alles absuchen. Bis zu den Felsen dort«, entschied die Hauptkommissarin und sah Zitterbart prüfend in die Augen.

»Ich glaube Ihnen. Während Sie sich vorhin angezogen haben, habe ich mit der Rechtsmedizin gesprochen. Die Schädelverletzung könnte tatsächlich von einem Hufeisen verursacht worden sein. Sie versuchen gerade, das zu klären. Ich kann mir auch nicht vorstellen, dass Sie diese Geschichte erfunden haben. Sie ist einfach zu exotisch. Und aus welchem Grund sollten Sie das tun?«

Zitterbart hob irritiert seine Schultern.

»Eben«, sagte Degenhardt. »Außerdem weiß ich längst, dass Sie tatsächlich mit Herrn Wittmann eng befreundet waren. Ein

Motiv sehe ich auch nicht. Wenn wir von den Unzuverlässigkeitseskapaden Ihres Freundes absehen. Aber die reichen wohl kaum als Motiv aus.«

Er nickte ungläubig.

»Ganz abgesehen von den vielen Spuren und Hinweisen, die nach wie vor ins Drogenmilieu führen.«

Umgehend wollte Zitterbart dieser Vermutung entgegentreten, hielt dann aber seine Zunge zurück. Es war besser, sich über die plötzliche Wendung zu freuen. Das Bild vom Gerichtssaal zerstob, er war wieder Zeuge und nicht mehr Verdächtiger.

»Aber freuen Sie sich nicht zu früh«, fuhr Degenhardt fort, als hätte sie seine Gedanken gelesen. »Die mögliche Unterdrückung von Beweismitteln ist noch nicht vom Tisch. Vorerst brauche ich von Ihnen eine möglichst detailgenaue Beschreibung des Hufeisens. Aber das machen wir im Präsidium. Wir warten, bis die Kollegen eintreffen, und dann zeigen Sie denen noch einmal, wo genau das Hufeisen gelegen hat.«

»Das Blatt!«, fiel Zitterbart unvermittelt ein. »Ich habe es mit einem Blatt abgewischt. Vielleicht ist es noch da?«

»Aber bitte vorsichtig«, ermahnte ihn Degenhardt.

Zitterbart stakte durch das Gras wie ein Storch. Etwa drei Meter von der Fundstelle des Hufeisens entfernt blieb er stehen, bückte sich und hob ein graugrünes Blatt auf.

»Meier. Nehmen Sie es ihm ab«, sagte Degenhardt, ohne sich vom Fleck zu bewegen.

Meier übernahm das Blatt mit spitzen, behandschuhten Fingern und vertraute es einer Plastiktüte an. Mit sechs Augen inspizierten sie den botanischen Fund, drehten die Tüte, reichten sie von Hand zu Hand, bis schließlich Zitterbart ein Urteil fällte.

»Ich glaube nicht, dass es das Blatt ist. Es müsste Blut daran kleben.«

»Das werden unsere Kriminaltechniker schon feststellen«, sagte Degenhardt und sah ungeduldig auf die Uhr. »Wo bleiben denn die Kollegen? Die müssten den Weg doch kennen?«

10

Zitterbart festgenommen!

Mit halb offenem Mund las Zitterbart die Schlagzeile einer Boulevardzeitung, die ihn von einem Kiosk aus anschrie. Von einer Sekunde zur anderen mutierte er zum Jogger, steppte los und riss auch schon die Zeitung aus dem Angebotsständer.

Zitterbart festgenommen!

Das war tatsächlich die Schlagzeile. Erst die Unterzeile verwies darauf, dass er nur vorübergehend verhaftet worden war. Dann folgten Mutmaßungen ersten und zweiten Grades. Nach wenigen Sätzen nahm der Reporter sogar die Nachricht von der Verhaftung wieder zurück und behauptete lediglich, Zeuge vom gemeinsamen Eintreffen Zitterbarts und Degenhardts im Polizeipräsidium gewesen zu sein. Als Beweis diente ein kleines, unscharfes Handyfoto. Ein großes Foto zeigte Zitterbart auf der Bühne neben Peter Wittmann. Es stammte von seiner eigenen Homepage, wo es jedermann und nicht zuletzt der Presse zur Verfügung gestellt wurde. Die Bildunterschrift lautete: »Hat Torsten Zitterbart seinen Partner Peter Wittmann ermordet?«

»Bitte legen Sie die Zeitung wieder hin, junger Mann«, maulte der Kioskinhaber, ein kleiner, griesgrämiger Mann im fortgeschrittenen Rentenalter, der in der kleinen Verkaufsloge seines Kiosks zappelte, als sei er eine Puppe eines Kaspertheaters. »Das hier ist keine Leihbücherei! Erst zahlen, dann lesen!«

Wortlos und ohne ihn eines weiteren Blickes zu würdigen, legte Zitterbart eine Zwei-Euro-Münze auf die gläserne Geldschale, verzichtete auf das Wechselgeld, drehte sich um und marschierte staunend weiter. Er hatte es tatsächlich auf die Titelseite einer Zeitung geschafft. Nicht mit einem seiner Programme, nicht mit einem seiner Kabarettpreise, nicht mit einem seiner Fernsehauftritte, sondern mit einem Mord, den er nicht begangen hatte.

An dem kleinen Supermarkt ging er vorbei, obwohl er sein eigentliches Ziel gewesen war. Stattdessen schlenderte er zurück in seine Wohnung, die Zeitung mehr oder weniger vor seiner Nase.

Zweimal hätte er fast einen Passanten angerempelt, konnte aber im letzten Augenblick ausweichen. Mehrmals las er die wenigen Sätze des Artikels, in denen nichts stand. Der Autor beherrschte lediglich den Konjunktiv und hatte damit eine zufällige Beobachtung zur Sensation aufgeblasen. Das war alles. Von seiner anfänglichen Wut blieb nur ein Kopfschütteln. Vor seiner Haustür entfuhr ihm sogar ein kurzer Lacher.

Als er den Kaffeeautomaten einschaltete, surrte sein Smartphone. Mit einer aufgeregten Flüsterstimme meldete sich Hjördis von Sonthofen. Ihre Stimme klang so nah, als stünde sie neben ihm, als wäre sie in Regensburg.

»Kannst du sprechen?«

»Seit meinem zweiten Lebensjahr.«

»Lass den Quatsch! Wo bist du?«

»In meiner Küche.«

»Was? Laut Twitter sitzt du hinter Gittern!«

»Tatsächlich?«

»Mach keine Witze!«

»Ich? Bestimmt nicht. Die machen derzeit ganz andere. Ich wollte mir gerade einen Kaffee machen und sehe nicht einen Polizisten in meiner Nähe. Nicht einmal auf der Straße.«

»Gott sei Dank!«, hauchte die Filmproduzentin erleichtert. »Ich dachte schon …«

»Nein, keine Sorge, ich bin auf freiem Fuß. Aber wer weiß, wie lange noch«, unkte er und drückte auf den Knopf der Kaffeemaschine.

»Also nur ein blödes Gerücht.«

»Könnte man sagen. Fake News. Oder Zeitungsente, falls du den Ausdruck noch kennst. Es ging bloß um meine Aussage. Die musste natürlich artgerecht und auf dem Präsidium protokolliert werden. Das war alles.«

»Aber im Internet –«

»Im Internet? Was ist denn das für ein Argument? Wir leben

im 21. Jahrhundert, und du nutzt zur Wahrheitsfindung das Internet? Ich bitte dich!«

Die Filmproduzentin brauchte ein paar Sekunden für die Antwort, worüber sich Zitterbart freute.

»Immerhin ist die Meldung keine schlechte Werbung für unseren Film«, sagte sie schließlich, ohne auf seine Bemerkung einzugehen.

»Bestimmt.«

»Dann hast du dich also entschieden?«

»Habe ich«, antwortete Zitterbart, diesmal ohne Ironie. »Ich habe zwar Bauchschmerzen, aber ich schreibe das Drehbuch. Es ist einfach eine zu verlockende Herausforderung. Freu dich aber nicht zu früh, du wirst neben Peters Ideen auch meine finden. Das ist der Preis.«

»Na klar! Wenn es weiter nichts ist«, lachte von Sonthofen. Mühelos konnte sich Zitterbart die Erleichterung auf ihrem Gesicht vorstellen. »Du wirst es nicht bereuen. Lass uns später über die Details reden. Ich muss noch zu einem Meeting. Wollte bloß wissen, ob sie dich tatsächlich eingelocht haben. Mensch, Torsten, ich freu mich! Das wird ein Kracher! Glaub mir! Servus, tschau, mach's gut!«

Zitterbart hatte sein Smartphone gerade auf den Tisch gelegt und sich dem Kaffee zugewandt, als es erneut surrte. Reni.

»Hast du schon –«

»Ja, ich hab schon«, unterbrach er sie.

»Und? Was willst du dagegen tun? Dieses blöde Schmierenblatt!«

»Das, was ich dir schon erklärt habe. Ich werde den Mörder finden. Jetzt habe ich sowieso keine andere Wahl mehr.«

»Aber die Zeitung …!«

»Keine Sorge, ich werde sie strafen … und zwar mit Ignoranz.«

»Torsten! Das kannst du nicht tun. Du musst sie verklagen.«

»Dieses blöde Blatt? Bestimmt nicht! Das ist für die doch nur eine Steilvorlage. Nein, Ignoranz ist die bessere Antwort.«

Die Diskussion dauerte noch einen zweiten Kaffee lang, bis seiner Freundin die Zeit ausging und ihm die Lust. Das Wort »Diskussion« hatte er nicht ohne Grund in einem seiner Programme von dem lateinischen Verb »discurrere« abgeleitet, was »auseinanderlaufen« bedeutete.

Zitterbarts Blick fiel auf die Zeitung, die auf dem Tisch lag. Obwohl gerade erst gekauft, war sie schon antiquiert, überholt, alt, verstaubt. Seine Gedanken kreisten auch nicht mehr um seine angebliche Inhaftierung, sondern um den Mord. Noch einmal überprüfte er seinen Entschluss, den Mörder zu finden, fand aber keine Zweifel mehr. Nicht nach dieser Schlagzeile. Sein Vorgehen stand auch bereits fest. Wie die Hauptkommissarin war er davon überzeugt, dass Peter nach Tirschenreuth gefahren war, um dort jemanden zu treffen. Das war aber auch schon die einzige Gemeinsamkeit. Denn Zitterbart war sich sicher, dass dieser Jemand kein Dealer gewesen war. Es kam nur ein Freund oder Bekannter in Frage. Jemand, der wusste, wo Peters Parkplatz war. Jemand, der in seiner Wohnung etwas ganz anderes gesucht hatte als Drogen.

Sein Smartphone surrte.

»Hier ist der Benny. Haben sie dich wieder laufen lassen?«

»Haben sie. Ich habe nur eine Aussage gemacht.«

»So etwas habe ich mir gleich gedacht. Du den Peter erschlagen? Nie und nimmer!«

»Ist schon okay. Worum geht es, Benny?«

»Ich hab in vierzehn Tagen einen Totalausfall. Könntest du einspringen? In Weiden? Max-Reger-Halle?«

Er brauchte sich nicht mehr auf dem Markt in die Schlange der Verkäufer einzureihen, die Käufer standen bei ihm Schlange. Peters Tod hatte ungeahnte Folgen für ihn, und für Werbung sorgte das blöde Käseblatt, das vor ihm auf dem Küchentisch lag. Aufmerksamkeitsökonomie. So lief das eben.

Zitterbart sah auf die Uhr, stellte die Kaffeemaschine ab und fuhr zu Peters Haus. Im Schritttempo inspizierte er das Umfeld, konnte aber keinen Polizisten ausfindig machen. Das kleine Fachwerkhaus war unbewacht. Er suchte sich einen geeigneten Parkplatz, was gar nicht so einfach war. Dann klingelte er bei einem Regensburger mit Migrationshintergrund. Nach einer längeren Geduldsprobe wurde die Tür langsam und auch nur einen Spaltbreit geöffnet.

»Mr. Tregennis? Ich bin es, Torsten Zitterbart.«

»Hat man Sie nicht ins Gefängnis gesperrt?«, fragte er verwundert.

»Warum sollte man das tun?«

»Wegen –«

»Aber Mr. Tregennis! Ich bin doch der Freund und Partner von Peter Wittmann. Das wissen Sie doch! Oder?«

Der Mann nickte skeptisch.

»Es war eine Verwechselung«, flüsterte Zitterbart. »Nicht ich, ein anderer Mann wurde verhaftet.«

Langsam entspannte sich das Gesicht von Mr. Tregennis.

»Was wollen Sie?«

»Mein Manuskript liegt noch drüben im Haus. Sie haben doch einen Schlüssel? Von Herrn Wittmann. Für alle Fälle. Könnte ich den kurz mal ausleihen?«

Zu seiner Verblüffung griff der Mann aus Cornwall in seine Hosentasche und zog den Schlüssel heraus. Als hätte er mit seiner Bitte gerechnet.

»Für die Hintertür. Aber machen Sie schnell. Die Polizei. You understand?«

»Bin gleich wieder zurück. Danke, Mr. Tregennis«, sagte Zitterbart, schnappte sich den Schlüssel und verschwand in einem schmalen Gang, der zu den winzigen Gärten und Grünflächen hinter den Häusern führte. In Peters Fall war es nicht einmal eine Grünfläche, sondern ein kleines Paradies. Für Unkräuter, Schnecken, Insekten, Spinnen und vielleicht einen Vogel. Ein paar Quadratmeter Ökotopia. Das hatte sein Freund nicht aus ideologischen Gründen angelegt, sondern aus Zeitmangel.

Zitterbart grätschte durch die Wildnis und fühlte sich auf erschreckende Weise an den Tatort erinnert. Das hohe, nie gemähte Gras, die Büsche und gefärbten Blätter. Sogar ein Breitwegerich wuchs vor der Hintertür. Die nicht versiegelt war. Darauf hatte er gehofft. Die Mühe, sich das Naturparadies hinter dem kleinen Haus anzusehen, hatte sich die Degenhardt nicht gemacht. Vermutlich hatte sie die Tür einmal kurz geöffnet, umgehend die Unberührtheit erkannt und die Tür wieder geschlossen.

Er sah sich kurz um und entdeckte zwei blinde Fenster in der

Nachbarschaft. Milchglasscheiben, die zu Badezimmern oder Toiletten gehörten. Der Schlüssel passte, die Tür ließ sich leicht öffnen. Schnell huschte er ins Haus und schloss wieder ab. Im Flur hielt er kurz die Luft an und spitzte seine Ohren. Kein Laut.

Die Wohnung sah kaum verändert aus. Zitterbart konnte ganz gut unterscheiden zwischen der Suche der Polizei und der Suche des Täters. Immerhin war er ja rechtzeitig zur Stelle gewesen. Im Wohnzimmer lagen die Werke von E. T. A. Hoffmann noch immer auf dem Boden. Aber auch andere Bücher waren aus dem Regal gezogen worden. Der Schreibtisch war weitgehend geleert, hier und da fehlte ein Aktenordner. Die Experten in ihren weißen Overalls waren gründlich gewesen.

Zunächst streifte er unschlüssig durch die wenigen Räume, in denen sein toter Freund noch immer irgendwie präsent war. Jedes Buch, jedes Foto an der Wand, sogar die kleine Pfanne auf dem Herd, in der sie noch vor wenigen Wochen gemeinsam Pilze gebraten hatten, holte Peter zurück in seine Wohnung, ließ ihn neben ihm stehen. Zitterbart tat sich schwer, den Schatten seines toten Partners abzuschütteln und sich auf die Spurensuche zu konzentrieren, aber schließlich gelang es ihm doch, die Erinnerungen zu bändigen. Er kehrte ins Wohnzimmer zurück, das zugleich Peters Arbeitszimmer gewesen war. Hier hatten sie ihre insgesamt vier Programme besprochen, hier musste Peter das Treatment für seinen Film geschrieben haben. An dem Laptop, der gestohlen worden war.

Viel hatten die professionellen Spurensucher wirklich nicht zurückgelassen. Leider auch nicht das kleine rote Adressbuch, auf das er gehofft hatte. Sogar die Pinnwand aus Kork über dem Schreibtisch hatten sie leer geräumt, jedoch die Nadeln verschmäht. Die wenigen Briefe, die Peter in einer kleinen Holzkiste aufbewahrt hatte, waren auch verschwunden.

»So eine Scheiße«, zischte Zitterbart und ließ von dem Schreibtisch ab.

Nach kurzer Überlegung setzte er sich in den speckigen Ledersessel und schloss die Augen. Ihm war in den Sinn gekommen, dass Peter Konzertkarten, Geld oder Visitenkarten von Redakteuren und Veranstaltern gerne in Lieblingsbüchern deponierte.

Um eine lange und aufreibende Suche zu vermeiden, hatte er einmal selbstironisch argumentiert. Die Bücherwand war riesig. Peter war eine echte Leseratte gewesen. Die Bücher alle durchzublättern wäre ein ebenso zeitraubendes wie sinnloses Unterfangen geworden. Aber Zitterbart hatte ein gutes Gedächtnis. Er rief also den Schatten zurück und sah seinen Freund, die Augen noch immer geschlossen, vor dem Regal agieren.

Rechts oben.

In der vorletzten Reihe.

Zitterbart öffnete seine Augen und stand auf.

Rechts oben.

Kunert, Schimmang, Nooteboom.

Eine alphabetische Ordnung gab es nicht.

Poe, Lovecraft, Stevenson.

Immerhin fast eine Ordnung.

Robert Louis Stevenson. »Der Flaschenkobold«.

Zitterbart zog das Buch aus dem Regal und schlug es auf. Zwei Fotos rutschten heraus und fielen auf den Boden. Eines der Fotos entpuppte sich als Postkarte.

Lieber Peter, du hattest recht, Vinci ist ein Traum. Aber ohne dich leider nur ein halber. Ich freue mich auf nächste Woche. Deine Karin

Auf dem Stempel konnte Zitterbart mit zusammengekniffenen Augen immerhin eine Jahreszahl erkennen. »16«. Also 2016. Auf der Vorderseite waren ein Turm und ein Blick über die Toskana zu sehen.

Das Foto zeigte eine Frau Mitte dreißig mit halblangen blonden Haaren, die leicht verschämt in die Kamera lächelte. Im Hintergrund grünten Bäume und Sträucher. Ein Sommerfoto. Die Frau trug ein gelbes T-Shirt. Aber nicht das ließ ihn erneut die Augen zusammenkneifen, sondern der blaue Aufdruck des T-Shirts. Ein steigendes Pferd.

Die Türklingel.

Zitterbart zuckte zusammen. In Sekundenschnelle stellte er das Buch zurück und verstaute seinen Fund in einer Jackentasche.

Das Fenster.

Er ging in die Knie und kroch zur Tür, die auf den Flur führte.

Ein zweites Mal ließ ihn die Klingel zusammenzucken.

Langsam erhob er sich wieder und schlich an der Treppe vorbei zur Hintertür. Bevor er sie öffnete, lauschte er ausgiebig, konnte aber keinen Laut wahrnehmen. Er steckte seinen Schlüssel ins Schloss, drehte ihn mit viel Gefühl um, zog ihn wieder heraus und öffnete im Zeitlupentempo die Tür. Im winzigen Garten spielte der Wind mit dem grauen Gras und einigen bunten Blättern.

Zitterbart schlüpfte durch den Türspalt, schloss die Tür hinter sich und steckte den Schlüssel ins Schloss. In diesem Augenblick legte sich eine Hand auf seine Schulter.

»Schnell, hatte ich gesagt! Quickly, I told you!«

»Mr. Tregennis. Haben Sie mich erschreckt!«

»Wo ist das Skript?«

»Ich habe es nicht gefunden«, log er mit pochenden Schläfen. »Ich vermute, die Polizei hat es mitgenommen.«

»Die Polizei«, raunte der Nachbar mit sonderbar vergeistigtem Blick. »Ich mag sie nicht, die Polizei. Not in Cornwall, not in Germany.«

»Polizei« war kein schlechtes Stichwort. Zitterbart folgte einer spontanen Eingebung, zog das Foto aus der Tasche, hielt es Tregennis unter die Nase und versuchte, einen passenden Ton zu treffen, wobei er sich an einem bekannten Tatortkommissar orientierte.

»Kennen Sie zufällig diese Frau?«

Tregennis sah ihn zunächst irritiert an und starrte dann überraschend lange auf das Foto.

»Nein. Ich kenne sie nicht«, antwortete er schließlich barsch, ließ sich den Schlüssel aushändigen und ging wortlos zurück zu seiner Wohnung.

11

»Ich hab sie!«

»Das ging aber schnell«, rief Reni aus der Küche.

»Drei Suchbegriffe haben gereicht. Karin, Oberpfalz und Reiten.«

Sein Monitor hatte gleich eine ganze Reihe Fotos zu bieten, die jene Frau zeigten, die auf dem Foto neben seinem Laptop zu sehen war. Reni kam aus der Küche und schaute ihm über die Schulter.

»Das ist sie: Karin Weidenblatt.«

»Und er hat dir wirklich nichts von ihr erzählt?«, fragte sie verwundert.

»Kein Wort.«

»Schöner Freund.«

»Eher ein unbekannter Freund«, stellte Zitterbart fest.

»Oder ein geheimnisvoller.«

Zitterbart nickte und klickte eines der Fotos an, das zur Homepage eines großen Reiterhofs in der Nähe von Schwandorf gehörte.

»Diese Karin ist Mitinhaberin und Reitlehrerin«, las Zitterbart vor. »Offenbar eine gute Reiterin. Sie hat mehrere Preise gewonnen. Macht allerdings auch ohne Pferd eine gute Figur.«

»Wann fährst du hin?«

Zitterbart sah kurz auf die Uhr.

»Am besten gleich. Heute Abend bin ich in Cham und muss rechtzeitig wieder zurück sein.«

»Dann wünsch ich dir viel Spaß mit der Dame und ihrer guten Figur«, stichelte seine Freundin und zog ihren Mantel an. »Ich muss jetzt los. Auch ich darf nicht zu spät kommen. Zwei Schulklassen warten auf mich.«

Mit einem flüchtigen Kuss wurde der Abschied besiegelt. Während Reni zur Tür ging, druckte sich Zitterbart die Adresse aus. Er wollte schon die angegebene Nummer des Reiterhofs wählen, legte den Hörer aber gleich wieder zurück. Für einen

Moment hatte er den Detektiv vergessen, der sich natürlich nicht telefonisch ankündigte, sondern unangemeldet erschien, um das Terrain zu sondieren.

Im Wagen beschäftigten ihn die Postkarte und das Foto. Alles Mögliche hatte ihm Peter anvertraut und gebeichtet, Karin Weidenblatt aber hatte er verschwiegen. Rückblickend glaubte Zitterbart, Hinweise auf diese Beziehung ausmachen zu können. Anspielungen, Andeutungen, Lächeln in bestimmten Situationen, Nebensätze. Sicher war er sich indes nicht. Vielleicht führte ihn auch die Interpretation einer Äußerung oder Geste aufs Glatteis. Vergeblich suchte er nach einem Motiv, warum Peter ihm eine neue Liebe vorenthalten hatte. Er musste gute Gründe dafür gehabt haben.

Entsprechend neugierig war er, als er auf das Gelände fuhr, dessen beeindruckende Größe die Homepage nicht annähernd vermittelt hatte. Das Tor erinnerte an das einer texanischen Ranch, zu der auch der Name »Isabell« passte, der aus hölzernen Lettern bestand. Die Stallungen und Nebengebäude waren jüngeren Datums und zweckmäßig gehalten. Keine Frage, hier war vor gar nicht langer Zeit nicht wenig Geld investiert worden. Die Anlage wirkte zudem sehr gepflegt und großzügig angelegt, Parkplätze inklusive. Auf zwei Reitbahnen wurden Pferde longiert, auf einer anderen trabte eine Reiterin. Pferde wurden geführt, aufgesattelt und gestriegelt. Der Reiterhof war gut besucht, und das mitten in der Woche.

Zitterbart spazierte vom Parkplatz zu einer der Reitbahnen und beobachtete die Arbeit an der Longe. Das Pferd, eine Haflingerstute, folgte willig der Longenführerin, die jedoch nicht Karin Weidenblatt war. Er ging über eine Art zentralen Platz, markiert durch eine noch junge Eiche, und betrat eine große Reithalle, in der gerade Bahnfiguren eingeübt wurden. Nach wenigen Blicken machte er kehrt, denn auch hier hielt sich niemand auf, der die Gesuchte sein könnte. Er versuchte es rechts bei den Stallungen.

Nur zwei Pferde waren in Boxen interniert, warum auch immer. Zitterbart fehlten die nötigen Kenntnisse. Ein Pferd mit weißer Blesse kam zutraulich an die vergitterte Tür und ließ sich streicheln. Ein schönes Tier, dachte er laienhaft. Aber keine Spur von Karin Weidenblatt.

Er ließ von dem Pferd ab und hatte das Tor fast erreicht, als er die Frau von dem Foto erkannte. Sie kam direkt auf den Stall zu. Eigentlich eine ideale Gelegenheit, sie anzusprechen. Doch sie war nicht allein. Es war ihr Begleiter, der Zitterbart hinter das geöffnete Tor treten ließ. Helmut Brunner. Ihn hatte er am wenigsten hier erwartet.

Beide hatten ihn nicht bemerkt, wahrscheinlich, weil der Zoigl die passionierte Reiterin mit einem Wortschwall nach dem anderen übergoss, ohne dass Zitterbart auch nur ein Wort verstand, was nicht zuletzt an der Mundart lag, die ihm noch immer Probleme bereitete. Weidenblatt ertrug die lauten Worte mit ernster Miene, ihre Hände in den Hosentaschen vergraben.

Nicht nur die beiden kamen näher, auch erste verständliche Worte drangen an seine Ohren.

»… kann doch nicht dein Ernst sein … ja spinnst denn du … Eigendynamik … Blödsinn, so ein Blödsinn …«

Sie hatten das Tor fast erreicht. Er musste sich entscheiden, musste ihnen entgegentreten oder verschwinden. Ohne lange zu überlegen, wählte er die zweite Pferdebox, deren Tür nicht verschlossen war. Sofort ging er in die Knie und somit in Deckung, denn der untere Bereich der Tür war mit Holz verkleidet. Vielleicht konnte er jetzt mehr erfahren. Brunners Stimme näherte sich schnell. Weitere Wortfetzen trafen ein, wurden aber von einem unerwarteten Geräusch übertönt.

Zitterbart drehte sich vorsichtig um. Er war nicht allein. Hinter ihm stand ein Pferd, das in der Box angebunden war. Ein riesiger Kopf kam auf ihn zu, erreichte ihn aber nicht ganz. Das Pferd stülpte die Lippen zurück und zeigte seine Zähne. Dabei stieß es sonderbare Laute aus und scharrte mit den Hufen.

»Was ist denn, Sonja?«, fragte über ihm eine Frauenstimme, die nur Karin Weidenblatt gehören konnte. Mit einem Ruck schloss sie die Tür, hinter der er kauerte.

»Ruhig, ganz ruhig. Das wird schon wieder, Sonja«, tröstete die Reiterin das Pferd, ohne sehen zu können, was diesem missfiel. Es versuchte zu steigen und trat mit den Hufen, die rechts und links neben ihm einschlugen.

»Ruhig, Sonja«, sagte Weidenblatt ohne Erfolg, während sich Zitterbart in die Ecke zwängte, wo ihn die Hufe nicht so leicht erreichen konnten. An Aufstehen war nicht zu denken. Also blieb er, wo er war.

»Nichts zu machen«, stellte die Frauenstimme über ihm fest. »Ich fürchte, der Tierarzt muss noch mal kommen.«

Das offenbar kranke Pferd versuchte, ihn zu beißen, erwischte ihn aber nicht. Der Strick hielt es zurück. Im Moment jedenfalls. Zitterbart musste sich konzentrieren, um den Angriffen zu entgehen.

»Jetzt lenk nicht vom Thema ab!«, fauchte über ihm der Zoigl.

Zitterbart hatte andere Sorgen und keine Ohren für das Gespräch jenseits der Boxentür. Das Pferd wollte ihn unbedingt vertreiben, schnappte nach ihm, schlug nach ihm, zerrte am Strick. Nicht einmal aufspringen konnte er, die Hufe hätten ihn mit Sicherheit erwischt. Mit schnellen Bewegungen wich er den Attacken aus, für Angstgefühle fehlte jede Zeit. Über seine Stirn rann nicht nur Schweiß, sondern auch Blut. Er musste sich am Kopf gestoßen haben, spürte aber keinen Schmerz.

»Ruhig, Sonja, ruhig!«, bemühte sich über ihm weiterhin Karin Weidenblatt, blieb aber ohne Erfolg. Brunner wiederum bedrängte sie mit weiteren Vorwürfen, ohne dass Zitterbart ihnen folgen konnte.

Plötzlich verringerte sich die Zahl der Einschläge, das Pferd wurde etwas ruhiger und gewährte ihm eine Atempause, die er auch genau dafür nutzte, nämlich zum Luftholen.

»… bist du verantwortlich!«, donnerte über ihm Brunner. »Also überleg dir genau, was du jetzt tust!«

Blutend, schwitzend, mit unterdrücktem Keuchen wartete Zitterbart auf den nächsten Satz, in der Hoffnung, wenigstens einen kleinen verwertbaren Hinweis zu erhalten.

Der Klingelton eines Handys vereitelte den Lauschangriff. Es war sein Handy. Wie hätte er auch ahnen können …

Das kranke Pferd reagierte sofort, fletschte seine Zähne und schlug nach ihm. Immerhin war er schnell genug gewesen, das Klingeln zu beenden.

»Hallo?«, hörte er die Stimme Weidenblatts.

Er war entdeckt. Entdeckt und gerettet.

»Hallo? Ich glaube, das blöde Ding spinnt.«

Er war nicht entdeckt. Sie musste den gleichen Klingelton haben wie er.

»Ruhig, Sonja, ganz ruhig«, sagte sie, diesmal mit Erfolg. Vielleicht war Sonja auch nur erschöpft. Jedenfalls beschränkte sich das Pferd nun auf das Blecken der Zähne.

»Jetzt lass doch mal den Gaul in Ruhe«, hörte er Brunner sagen. »Gehen wir wieder nach draußen.«

Dann wurde es still. Zitterbart wartete noch ein paar Minuten, bevor er sich langsam aufrichtete, den Rücken an die Boxenwand gepresst. Das Pferd verfolgte jede seiner Bewegungen mit großen Augen, dicken Lippen und entblößten Zähnen, untermalt von giftigen Lauten. Aber er stand wieder und war unverletzt, von einer kleinen Wunde am Kopf abgesehen. Mit zitternder Hand öffnete er die Tür und zwängte sich aus der Box. Als er die Tür hinter sich schloss und sich an die Wand anlehnte, bahnten sich einige Tränen ihren Weg über seine Wangen. Die Angst hatte ihn erreicht und machte sich in seinem Kopf breit.

Zitternd wischte er sich die Tränen aus dem Gesicht und zupfte sich Stroh aus seinen Haaren und von seiner Kleidung. Hinter ihm stieß Sonja noch immer giftige Laute aus. Ohne sich nach dem Pferd umzusehen, überquerte er den Gang. Er hatte gegenüber ein Waschbecken und einen Spiegel entdeckt. Während er sich die Hände wusch, betrachtete er sein aschfahles, blutverschmiertes Gesicht. Das kalte Wasser brachte wenigstens etwas Farbe zurück und besänftigte auch seine Haare, die nicht mehr länger zu Berge standen.

Es dauerte eine Weile, bis er sich wieder ans Tageslicht traute. Erlebnisse dieser Art waren nun einmal ausgesprochen selten in seinem Leben. Außerhalb des Stalls hatte man nichts von seiner Begegnung mit Sonja gemerkt. Dennoch fühlte er sich beobachtet. So schnell wie möglich wollte er zu seinem Wagen und zurück nach Regensburg fahren.

Auf halbem Weg kam ihm Karin Weidenblatt entgegen. Brunner war nicht zu sehen. Der Zeitpunkt war ausgesprochen ungünstig, denn Zitterbart fühlte sich wie gerädert, aber er konnte die Gelegenheit nicht ungenutzt verstreichen lassen. Also konzentrierte er sich und ging direkt auf sie zu.

»Frau Weidenblatt?«

»Ja?«, sagte die Reiterin fragend und sah ihn an, als würde sie nach einem Namen für sein Gesicht suchen.

»Ich bin Torsten Zitterbart.«

»Der Partner von Peter«, sagte sie ohne jede Begeisterung.

»Kann ich Sie kurz sprechen?«

»Sie haben mir gerade noch gefehlt. Einer Ihrer Kollegen hat mir eben schon den Nerv getötet. Also, was wollen Sie?«

»Peter war mein Freund. Aber von Ihnen habe ich erst kürzlich erfahren.«

»So? Dann war er wohl doch nicht Ihr Freund.«

»Er war es. Ganz bestimmt.«

»Also noch einmal: Was wollen Sie?«, fragte sie laut, sodass zwei Reiterinnen, die ihre Pferde führten, sich nach ihnen umdrehten.

»Ich möchte Sie einfach kennenlernen. Ich würde gerne wissen, mit wem Peter –«

»Was soll denn dieser Quatsch? Sie haben wohl zu viele Rosamunde-Pilcher-Filme gesehen. Peter ist tot. Reicht Ihnen das nicht? Wenn er Ihnen nichts von mir erzählt hat, wollte er wohl auch nicht, dass wir uns kennenlernen. Und ich will es auch nicht. Hoffentlich kommen nicht noch mehr von Ihrer Sorte. Kabarettisten! Was für ein abgedrehter Beruf! Also, lassen Sie mich bitte in Ruhe, ich habe Ihnen nichts zu sagen und Ihren Kollegen auch nicht. Kommen Sie gut nach Hause.«

Weidenblatt warf ihm noch einen bösen Blick zu, drehte sich um und stolzierte mit energischen Schritten in die entgegengesetzte Richtung davon. Die zwei Reiterinnen, denen die Szene nicht entgangen war, kicherten leise.

Zitterblatt schlug eine andere Richtung ein, er wollte nach wie vor zu seinem Wagen. Aber wieder reichte es bloß für ein paar Schritte, dann erinnerte er sich an den Anruf, der das Pferd so erschreckt hatte. Schon fast automatisch zog er sein Handy aus der Tasche. Hanno Auerbach bat um einen baldigen Rückruf. Zunächst hatte Zitterbart keine Lust, ließ sein Smartphone dann aber doch die Nummer wählen. Der Assistent der Münchner Produzentin meldete sich nach dem ersten Klingelton und wirkte sonderbar unbeteiligt.

»Sie treten doch heute Abend in Cham auf? Könnten Sie mir einen Platz reservieren? Möglichst vorn?«

»Soweit ich weiß, ist das Theater ausverkauft. Aber es findet sich bestimmt eine Lösung. Kommen Sie einfach. Ich kläre das«, antwortete Zitterbart, womit das Gespräch auch schon beendet war. Auerbach verzichtete auf ein »Danke«, sondern entschied sich für ein »Okay«.

Ein komischer Zeitgenosse, dachte Zitterbart und setzte seinen Weg fort, war jedoch so in Gedanken, dass er vom Kurs abkam. Plötzlich weckte ein Geräusch seine Aufmerksamkeit. Neben einem der Gebäude auf dem farmartigen Gelände parkte ein roter Lieferwagen, dessen Heckklappe geöffnet war. Vor der Klappe bearbeitete ein Hufschmied mit einer großen Lederschürze vor dem Bauch ein heißes Hufeisen auf einem kleinen, transportablen Amboss mit dem Hammer. Wie der Hufschmied das Eisen erhitzt hatte, erschloss sich ihm nicht. Neben dem Schmied wartete ein Reiter geduldig mit einem Pferd. Als er näher kam, entdeckte Zitterbart im Wagen ein Gestell, an dem verschiedene Hufeisen an hölzernen Haken hingen und auf ihren Einsatz warteten.

Der Schmied schien mit dem Ergebnis seiner Arbeit zufrieden zu sein und wandte sich, das Hufeisen mit einer Zange haltend, dem Pferd zu. Der Reiter hob den rechten Hinterlauf an, und schon qualmte der Huf unter der Hitze des Eisens. Fasziniert verfolgte Zitterbart die Prozedur, die dem Pferd nichts auszumachen schien, nicht einmal das Einschlagen der Hufnägel. Zwischendurch fiel sein Blick immer wieder auf die Galerie der Hufeisen im Wagen. Es waren bestimmt fünfzig oder sechzig Eisen, von denen nur einige glänzten. Die anderen waren stumpf, aber dennoch neu und ohne Rost.

Während ihm sein Fund in den Sinn kam und er sich zum

wiederholten Male darüber ärgerte, das Hufeisen nicht der Polizei übergeben zu haben, beendete der Hufschmied seine Arbeit, legte die Feile zurück und sah unvermittelt Zitterbart an. Es war ein kräftiger, großer junger Mann mit kahl rasiertem Schädel, nicht älter als fünfunddreißig, der stolz sein Kinn hob und langsam seine Handschuhe auszog. Zitterbart war zunächst ein bisschen überrascht, hatte dann aber keine Mühe, dem leicht überheblichen Blick des Schmieds zu widerstehen. Er kannte diesen Blick, der Überlegenheit signalisieren sollte. Er hatte ihn im Schauspielseminar in Göttingen sogar üben müssen, um sich auf bestimmte Rollen vorzubereiten, wie etwa auf die des Reichsvogts Gessler aus Schillers »Wilhelm Tell«. Der offenbar einstudierte Blick des Schmieds, dem jedoch die Bühnenreife fehlte, zeigte also keine Wirkung. Dafür hatte der Mann, der geradewegs auf ihn zukam, noch eine kleine Überraschung parat.

»Reiten Sie auch, Herr Zitterbart?«, fragte der Schmied und zeigte seine alles andere als weißen Zähne.

»Nein«, antwortete Zitterbart so gelassen wie möglich. »Aber das kann sich ja noch ändern.«

12

Als er die Bühne betrat, verebbten alle Gespräche und alle Geräusche. Für einen Moment hätte man die sprichwörtliche Stecknadel fallen hören können. Sämtliche Augen waren auf ihn gerichtet, auf den vor Kurzem noch Tatverdächtigen, auf den Partner eines bekannten Mordopfers, auf die überlebende Hälfte eines Kabarettisten-Duos. Zitterbart wiederum versuchte, im grellen Licht der Scheinwerfer Hanno Auerbach zu entdecken. Irgendwo in der ersten Reihe war ihm vom Theater ein zusätzlicher Platz reserviert worden. Aber wo? Von den Sitzen vor ihm sahen ihn nur unbekannte Gesichter an.

Zitterbart gab die Suche auf und wandte sich seinem Publikum zu. Natürlich begann er sein Programm mit ein paar Worten über Peter Wittmann, wie es wohl auch erwartet worden war. Die Stille übertraf alle Erwartungen. Noch nie hatte er ein ausverkauftes Theater derart lautlos erlebt. Das änderte sich jedoch, als er Donald Trump auf die Bühne zitierte und mit markanten Aussagen Abraham Lincolns konfrontierte. Eigentlich war dieser Dialog für ihn und Peter gedacht gewesen. Nun aber musste er in beide Rollen schlüpfen.

»Ich werde eine große Mauer bauen – und niemand baut Mauern besser als ich, glauben Sie mir«, zitierte er Trump und ahmte Mimik und Gestik des Präsidenten nach. Dann folgte der Staatsmann Lincoln, der erste Präsident, der den Republikanern angehörte, mit den Worten: »Wir sind nicht Feinde, sondern Freunde. Wir dürfen nicht Feinde sein.«

Zitterbart sprang über die Bühne wie ein Waldschrat, schimpfte, redete, gestikulierte, spielte und sang, als wäre es seine Abschiedsvorstellung. Auf der Bühne war er ein anderer, ein Starker, ein Unsterblicher, ein Herrscher. Hier erspielte er sich die Distanz zu seinem profanen Leben, zum Alltag, zum Ärger. Auf der Bühne konnte ihm niemand etwas anhaben, hier war er frei und ungehemmt. Das Geld, das er hier verdiente, sicherte seine Existenz, aber es war nicht der Grund für seine

Leidenschaft, das war das Hochgefühl, das ihm die Bühne verlieh.

Jetzt kam Markus Söder an die Reihe, dessen Vorliebe für Rollen und Verkleidungen ihm entgegenkam. Sofern es die Beleuchtung erlaubte, suchte er Hanno Auerbach im Publikum. Die Gesichter in der ersten Reihe blieben bis zur Pause dieselben. Sein Gast musste in München hängen geblieben oder schlicht zu spät gekommen sein. Doch als er sich für den Applaus nach der letzten Nummer vor der Pause bedankte und sich verbeugte, saß Auerbach unmittelbar vor ihm in der ersten Reihe. Mit ernster, unbewegter Miene, im schwarzen Anzug mit schwarzem Hemd. Es war Zitterbart ein Rätsel, wie Auerbach zu seinem Sitz gelangt war, ohne dass er es bemerkt hatte. Immerhin war die erste Reihe nur ein paar Meter entfernt. Und wo war der Zuschauer geblieben, der zuvor auf diesem Stuhl gesessen haben musste? Zitterbart verbeugte sich ein zweites Mal und grüßte dabei seinen Gast, indem er ihn ansah und kurz die Hand hob. Auerbach erwiderte den Gruß durch ein minimalistisches Nicken.

Kaum hatte Zitterbart die Bühne verlassen, ging er ins Parkett. Hände klopften unterwegs auf seine Schultern, Lob und Zuspruch erreichten ihn, Trost wurde gespendet. Offenbar hatte er den richtigen Ton getroffen. Auerbach aber traf er nicht an, denn der Sitz in der ersten Reihe war leer, als er endlich vor ihm stand. Sein Blick wanderte durch die Reihen und das verbliebene Publikum. Auch an der Bar und in der Toilette wurde er nicht fündig. Achselzuckend kehrte er in seine Garderobe zurück, um die Pause als solche zu nutzen. Unterwegs musste er noch zwei CDs signieren, bevor er sich ein alkoholfreies Bier genehmigen konnte. Viel Zeit blieb nicht, schon mahnte ihn der Inspizient wieder auf die Bühne.

Im zweiten Teil nahm er sich die sozialen Netzwerke vor, die zu Hetzwerken verkommen waren. Während er kuriose Meldungen zitierte, versuchte er, im Gegenlicht die erste Reihe zu erkunden. Auerbach saß wieder an seinem Platz, als wäre er nie weg gewesen. Wieder wirkte seine Miene wie versteinert. Selbst erprobte und bewährte Pointen schienen an ihm abzuprallen. Dabei hatte Zitterbart sein Publikum fest im Griff, riskierte eine

Gratwanderung nach der anderen, ließ weder Populisten noch Grüne aus, trat verbal nach, wenn es sich lohnte und anbot. Lacher und Applaus brandeten an seine Ohren und ermutigten ihn. Nur Auerbach rührte sich nicht, reagierte nicht.

Zitterbart musste sich eingestehen, es vor allem auf seinen Münchner Gast abgesehen zu haben. Ihn hatte er erreichen, ihn hatte er überzeugen wollen, hatte seine analytische Schärfe, seine sprachlichen Fähigkeiten demonstrieren wollen. Aber Auerbach war ein härterer Brocken, als er angenommen hatte.

Vor seiner Garderobe warteten einige Fans und zwei Vertreter der lokalen Presse, die ihm längst bekannte Fragen stellten. Ja, das Leben geht weiter. Ja, er war auch mein Freund, nicht nur mein Partner. Nein, ich wurde nicht verhaftet. Nein, ich habe ihn definitiv nicht ermordet. Nein, es gibt noch keinen neuen Partner. Danke.

Seine Garderobe war leer. Mit Requisiten vollgestopft, ungemütlich, eng, aber menschenleer. Eigentlich hatte er Auerbach hier erwartet, hatte sich ausgemalt, wie er auf dem Stuhl vor dem viel zu kleinen Spiegel saß und ihn regungslos anstarrte. Wahrscheinlich war sein Gast bereits wieder auf dem Weg nach München. Egal, das Publikum war offensichtlich zufrieden gewesen, der Abend ein Erfolg. Zitterbart schminkte sich ab, verstaute seine Perücken und Kostüme und verließ das kleine Theater durch den Bühneneingang. Bis nach Regensburg war es eine gute Stunde durch Nacht, Nebel und Nieselregen.

Er zog den Autoschlüssel aus der Tasche, sah auf und zuckte kurz zusammen. Im fahlen Licht einer Laterne stand Auerbach, als wäre er Humphrey Bogart, wenn auch ohne Hut, aber immerhin mit Zigarette, die er mit einer lässigen Bewegung filmreif entsorgte. Mit einem ungewohnten Lächeln kam er auf ihn zu und reichte ihm die Hand.

»Danke für den tollen Platz. Haben Sie noch ein paar Minuten? Auf ein Glas Wein? Ich müsste mal mit Ihnen reden.«

War das tatsächlich derselbe Hanno Auerbach, den er im Palmengarten kennengelernt hatte? Ungläubig betrachtete Zitterbart das veränderte Gesicht, den veränderten Blick seines Drehbuchbetreuers und erwiderte zögerlich den Händedruck.

»Gut. Ich bring nur schnell meine Sachen zum Auto. Rechts die Straße hoch ist ein kleiner Italiener. Ich weiß natürlich nicht, ob der Ihren Münchner Ansprüchen genügt.«

»Machen Sie sich keine Sorgen.« Auerbach überging die ironische Spitze und folgte ihm zum Wagen.

Der kleine Italiener war fast leer, sodass sie mühelos einen geeigneten Platz fanden. Auerbach bestellte eine Flasche Chianti und verlor ein paar Worte über die jungen Winzer, die in den vergangenen Jahren nicht nur in der Toskana für Furore gesorgt hätten.

»Die schaffen wir gar nicht«, meinte Zitterbart.

»Mühelos«, entgegnete Auerbach und eröffnete das Gespräch, ohne auf den Wein zu warten. Wieder hatte er das Moment der Überraschung auf seiner Seite, denn es folgte eine wahre Lobeshymne: »Ich habe Sie unterschätzt. Sie waren wirklich ausgezeichnet. Und das meine ich ernst. Ich habe selten so ein gutes Programm gesehen. Vor allem aber haben mich Ihre Dialoge beeindruckt. Wie Sie Lincoln gegen Trump ausgespielt haben, das war nicht gut, das war brillant. Sie haben aber auch ein gutes Gespür für Dramaturgie. Der Aufbau Ihres Programms ist gut durchdacht. Ich habe mir nicht vorstellen können, dass Sie nach der Pause noch eine Steigerung schaffen. Aber das war für Sie überhaupt kein Problem. Respekt.«

»Danke«, sagte Zitterbart verwundert. »Ich wiederum hätte nicht gedacht, dass Sie sich überhaupt fürs Kabarett interessieren.«

»Ganz im Gegenteil. Nur fehlt mir mittlerweile die Zeit. Aber die fehlt auch Hjördis. Sie unterschätzt Sie, wie ich es getan habe. Hjördis hält Sie für einen Provinzkomiker. Ein schwerer Fehler, wie ich jetzt weiß.«

Als der Wein in den bauchigen Gläsern atmete, öffnete Auerbach seine schwarze Ledertasche, die wahrscheinlich nicht nur teuer aussah, und zog ein gebundenes Manuskript hervor.

»Ich will Ihnen etwas zeigen«, sagte er und schob ihm mit einer konspirativen Geste das Werk über den Tisch.

»Ein Drehbuch«, stellte Zitterbart nach wenigen Blicken verblüfft fest. »Ein Drehbuch zu unserem Film. Erste Fassung. Wie …?«

»Ein Entwurf. Ich habe ihn geschrieben, nachdem Herr Wittmann mit seinem Treatment bei Hjördis war. Also bereits vor gut einem Jahr.«

Zitterbart blätterte in dem Manuskript herum und las stichprobenartig einige Seiten, während Auerbach sich dem Chianti zuwandte.

»Der kleine Italiener hat guten Wein. Ich weiß gar nicht, was Sie wollen.«

»Eine Erklärung«, antwortete Zitterbart und schlug das Buch zu. »Was soll das? Was läuft hier eigentlich?«

»Eine Erklärung. Genau das ist der Grund für meinen Besuch. Deshalb bin ich gekommen. Allein gekommen. Und wenn mir Ihr Auftritt nicht zugesagt hätte, wäre ich unverrichteter Dinge auch wieder gefahren. Aber Ihr Auftritt war, wie gesagt, superb. Zum Wohl!«

»Zum Wohl«, sagte Zitterbart, griff aber nicht zum Glas. »Das Buch entspricht nicht Peters Treatment, soweit sich das in der Kürze feststellen lässt. Der Plot sieht eher nach einem Til-Schweiger-Film aus. Also, was ist hier los?«

Auerbach lächelte böse. Noch immer trug er die schwarzen Kontaktlinsen. »Hjördis ist los. Was … oder besser gesagt wer denn sonst? Sie hat diesen Entwurf bei mir in Auftrag gegeben. Aber nach ihren höchstpersönlichen Vorgaben und Vorlieben, versteht sich. Natürlich werden die Ideen von Herrn Wittmann nicht völlig unter den Tisch fallen, aber es ist eben doch nicht seine Intention.«

»Und warum das Ganze?«

»Um dem Film ihren Stempel aufzudrücken, um Chefin von Eilimis-Film zu bleiben und vielleicht etwas Geld zu verdienen. So in etwa. Die gute Hjördis gedenkt, dieses Ziel mit einem harmlosen, leicht verdaulichen, provokationsfreien Unterhaltungsfilm ohne hohe Produktionskosten zu erreichen. Ein Film, der vielen gefällt und keinem wehtut.«

»Aber warum dann dieses Theater, um mich zu engagieren?«

»Das hat sie Ihnen doch schon gesagt. Weil Sie eines der Zugpferde für die Werbung sind. Ihr Name als Ex-Partner, Autor … und Verdächtiger … soll helfen, den Film zu verkaufen. Dabei sind Sie nur eine Art Strohmann, den sie auch noch für eine minimale Gage einkaufen will. Eher ein Almosen, wenn Sie mich fragen. Dabei sind wir finanziell durchaus potent. Außerdem hat sie sich dank einer schwer zu deutenden Klausel faktisch alle Rechte am Skript und am Film gesichert. Sie gehen leer aus, Herr Zitterbart. Hjördis benutzt Sie nur. Sie haben doch in Ihrem Programm vorhin selbst erklärt, worauf sich unser System und unsere Eliten stützen. Zum Wohl!«

Diesmal griff auch Zitterbart zum Glas und nahm einen kräftigen Schluck.

»Was wäre denn aus meinem Entwurf geworden?«

»Was kompatibel gewesen wäre, hätte ich in mein Skript eingearbeitet. Sie hätten schon das eine oder andere wiedererkannt. Den Rest hätten wir auf Ihre mangelnde Erfahrung als Drehbuchautor geschoben. Mit ein paar Fachbegriffen hätte ich Sie zum Laien degradiert und mich als Script Doctor verkauft, der rettet, was noch zu retten ist. Ein abgekartetes Spiel.«

Zitterbart fixierte sein Gegenüber, das kaum noch etwas mit jenem arroganten Schnösel gemein hatte, auf den er im Palmengarten getroffen war. Abgesehen von den schwarzen Augen. Es schlummerten offenbar mehrere Seelen in seiner Brust, von denen zumindest eine perfide war. Was trieb ihn an, was war sein Ziel?

»Sie wollen ihren Job.«

Auerbach hob kurz seine Augenbrauen, lächelte und nahm einen Schluck Wein.

»Ich möchte es einmal so formulieren: Mir fehlt das Zeug zum ewigen Assistenten. Ich mache das jetzt schon fünf lange Jahre und …«

»… erledigen dabei fast die gesamte Arbeit«, fuhr Zitterbart fort, »während sie die Chefin raushängen lässt und Sie gnadenlos als Subalternen behandelt.«

»Besser hätte ich es nicht sagen können.«

»Aber welche Rolle kommt mir dabei zu?«

»Seit heute Abend weiß ich, dass Sie die seichte Variante des Buchs niemals akzeptiert hätten. Hjördis' Plan wäre also nicht aufgegangen. Wie ich bereits sagte, Sie werden von ihr unterschätzt. Sie leben in der Provinz, Sie sind nur auf der Bühne extrovertiert, Sie hören gut zu und reden wenig. Sie kennt auch Ihre Biografie nicht. Sie weiß nicht, dass Sie ein ausgebildeter Schauspieler sind und sich mit Dramaturgie auskennen.«

»Wäre dann ein Scheitern des Projektes nicht besser für Sie?«, fragte Zitterbart neugierig.

»Auf keinen Fall. Dann wäre es ja einfach nur vom Tisch. Das passiert vielen Projekten und Ideen und gehört zum Alltag. Nein, nein, ich werde derjenige sein, der das vermeintlich aussichtslose Filmprojekt doch noch rettet und über die eigentliche Produzentin triumphiert. Verstehen Sie? Ich bin der Retter in der Not und stelle damit meine Kompetenz unter Beweis.«

»Sofern ich das Drehbuch ablehne.«

»Genau dann. Und ich werde dafür sorgen, dass zu diesem Zeitpunkt bereits eine schöne Summe in das Projekt geflossen ist. Schließlich kümmere ich mich um die Verträge. Ein Projekt dann aufzugeben ärgert nämlich den Eigentümer der Eilimis-Film«, freute sich Auerbach und füllte Wein nach. »Sehen Sie, eine Flasche ist gar nichts, wenn man das richtige Thema hat.«

»Wer ist eigentlich dieser ominöse Eigentümer, wenn ich fragen darf? Hjördis wollte nicht damit rausrücken. Uli Hoeneß? Horst Seehofer? Münchner Geldadel?«

»Von wegen. Verarmter Oberpfälzer Adel. Verarmt jedoch nur nach außen hin. In Wahrheit ist die Familie stinkreich und zieht an vielen Strippen. Eilimis-Film gehört dazu und ist nicht schlecht finanziert. Mehr kann ich Ihnen beim besten Willen nicht sagen. Ich komme sonst in Teufels Küche. Die Blaublüter können sehr allergisch reagieren, wenn man sie an die Öffentlichkeit zerren will.«

»Schon gut.« Zitterbart, dem der Wein schmeckte, vor allem, weil ihm die Beerennote gefiel, nickte. »Aber wie kommen Sie eigentlich darauf, dass ich Ihr Spiel mitspiele?«

»Weil es eigentlich gar nicht mein Spiel ist, sondern das von Hjördis. Sie will Sie ausbooten, ich aber verschaffe Ihnen die Chance, ein gutes Drehbuch zu schreiben, einen guten Film zu bekommen, Ihren Freund zu würdigen und am Ende auch noch eine gute Gage dafür zu kassieren. Sagen wir, ich mache

Ihnen hiermit ein weitaus besseres Angebot als Hjördis. Und ein ehrliches noch dazu. Dies ist keine Intrige oder eine Kabale, wie Sie als Theatermann sagen würden, sondern vielmehr die Antwort auf eine solche. Ich will lediglich eine Intrige vereiteln. Mehr nicht. Überlegen Sie es sich.«

»Das werde ich«, antwortete Zitterbart und sah in die schwarzen Augen von Hanno Auerbach.

13

»Das ist ja ein Nebel. Dick wie Erbsensuppe. Und kalt ist es auch. Viel kälter als in Regensburg.«

»Du wolltest ja unbedingt hierher.«

»Jetzt mach mir bitte keine Vorhaltungen.«

»Mache ich ja gar nicht«, wehrte sich Zitterbart.

»Unheimlich. Findest du nicht?«, fragte Reni. »Wie in dem Sherlock-Holmes-Film neulich. ›Der Hund der Baskervilles‹.«

»Du übertreibst. Außerdem ist hier kein Moor, und es ist helllichter Tag.«

»Schau mal. Die Polizei hat noch immer alles abgesperrt«, stellte Reni fest, als sie das Flatterband erreichten. »Dort ist es also passiert.«

»Wo genau, weiß man nicht. Dort hinten hat man die Leiche gefunden, unter einem der Farne«, erklärte er und bemühte seinen rechten Zeigefinger.

»Gruselig«, raunte Reni, die respektvoll darauf achtete, das Flatterband nicht zu berühren.

»Die Polizei hat das ganze Gelände mehrmals abgesucht, ohne weitere Hinweise zu finden. Selbst mit Hunden haben sie seine Spur nicht gefunden. Es wandern hier dann doch zu viele Menschen. Er muss wohl auch mehrmals durchs Wasser gegangen sein. Oder er ist gar nicht weit gegangen, sondern nur bis zur nächsten Pfütze. Alles ist möglich.«

Reni sah sich ausgiebig um, ging langsam am Flatterband entlang, bückte sich und versuchte, den Nebel mit ihren Augen zu durchdringen.

»Von wo könnte er gekommen sein? Vorausgesetzt natürlich, er war vorher irgendwo?«, fragte sie schließlich.

»Das ist reine Spekulation. Wie gesagt, die Polizeihunde haben seine Spur nur bis zu einer Pfütze verfolgen können. Dort, hinter dem Felsturm.«

»Wo geht es da eigentlich hin?«

»In eine Senke oder Schlucht. Geologisch kann ich dir das

nicht genau sagen. Keine Schlucht wie in einem Western. Eine Oberpfälzer Schlucht eben. Das Besondere sind die Felstürme, die von irgendeinem Erosionsprozess übrig geblieben sind. Sehen aus wie von einem Riesen aufgetürmt. Die Große Teufelsküche eben. Es gibt auch eine Kleine Teufelsküche.«

»Lass uns mal ein paar Meter gehen«, schlug sie vor. »Verirren können wir uns ja nicht, wir haben ja GPS.«

»Wenn du meinst«, stimmte er ihr zu. »Grade klang es eher nach einer vorgezogenen und beschleunigten Rückreise.«

»So ein Blödsinn! Ich bin neugierig!«, entgegnete sie und suchte nach einem Weg außerhalb des Flatterbandes, der zu den Riesensteinen führte.

»Links«, half er seiner Freundin. »Noch weiter links.«

»Du scheinst dich ja auszukennen.«

»Ich war ja auch schon mal hier. Aber weit bin ich nicht gekommen.«

»Es ist nicht nur kalt hier, sondern auch still«, bemerkte Reni nach den ersten Metern. »Unglaublich still.«

»Keine Autos, keine Stadt, kein Lärm.«

»Das meine ich nicht. Es müssten doch Vögel zwitschern?«

»Hier entlang«, sagte Zitterbart und setzte sich an die Spitze, nachdem er den schmalen Pfad gefunden hatte. »Bleib bitte dicht bei mir.«

»Keine Sorge.«

Wie aus dem Nichts tauchten neben ihnen die ersten Felstürme auf, blieben aber mit ihren Spitzen im Nebel stecken. Keine zehn Meter weiter riss der Nebel auseinander und ließ für kurze Zeit sogar die Sonne durch, bevor er das Labyrinth wieder verschluckte.

»Kalt«, sagte Reni und verkroch sich tiefer in ihrem Mantel.

Zitterbart schwieg, denn er versuchte, sich den Weg zu merken. Es ging abwärts in eine Senke, in der ein Bach floss. Der Boden wurde feucht. War er hier bei seiner ersten Expedition hergegangen? Er wusste es nicht. Der Nebel und das Licht hatten die Landschaft verändert.

»Selbst der Bach ist kaum zu hören«, meinte Reni und lauschte in den Nebel hinein.

»Der Nebel schluckt eben alle Geräusche.«

»Bestimmt.«

Erneut stießen sie auf ein Sonnenloch, das sich unvermittelt vor ihnen auftat. Sie hoben die Hände vor ihre Augen, so grell war das Licht. Reni blieb stehen und genoss für einen Moment die zarte Wärme. Zitterbart spielte Gedankenspiele, befasste sich zum wiederholten Mal mit der Frage, was sein Freund hier gemacht oder gesucht haben könnte.

»Komm! Weiter!«

Sie verließen die Sonnenseite und tauchten unter die nächste Nebelbank, die allerdings nicht bis zum Boden reichte. Mit dem Nebel kehrte die Kälte zurück, wurde die Stille wieder hörbar. Da sich kein Lüftchen regte, schwiegen sogar die Bäume, fehlte das vertraute Rauschen. Dafür ging es bergauf. Aber sie hatten an feste Schuhe gedacht und die Anhöhe schnell erreicht. Rechts vor ihnen erhob sich ein besonders massiger Felsturm. Die einzelnen Elemente sahen aus wie übereinandergeschichtete, riesige, flache Kieselsteine, obwohl dies nicht der Fall war. In den Fugen, die ebenfalls keine waren, wuchsen Moos, Farne und hier und da ein mutiger Baum.

Sie folgten weiterhin dem Pfad, den niemand bewusst angelegt hatte, der nur existierte, weil viele Menschen ihn bereits gegangen waren. Ab und zu verschwand er, wurde feucht, tauchte zwischen Moos und Steinen ab, um plötzlich wieder zu erscheinen. Ob es tatsächlich ein und derselbe war, wussten sie nicht. Nur die Stille blieb.

»Wie weit sind wir gegangen? Was schätzt du?«

»Ich habe keine Ahnung«, antwortete Zitterbart. »Fünfhundert, tausend Meter? Ich weiß es nicht. Willst du noch weiter?«

Reni zögerte, entschloss sich dann aber, noch ein Stück dranzuhängen. Aus purer Neugier.

Im nächsten Sonnenloch, dem bislang größten, blieb sie stehen und genoss erneut die herbstliche Sonne. In einer Senke lagen mehrere Felsen, die vor unbekannten Zeiten einen Turm gebildet hatten. Eingerahmt wurden die Überreste des Einsturzes von Fichten, die den Felsen dicht auf den grünen Moospelz gerückt waren.

»Hier ist nichts«, stellte Reni fest.

»Wie meinst du das?«

»Na, hier ist nichts, was Peter gesucht haben könnte. Nichts außer Natur. Hier gibt es nur Steine, Moos und Bäume.«

»Wir wissen doch gar nicht, ob er hier überhaupt gewesen ist«, entgegnete er.

»Du hast doch gesagt, er hätte Waldboden an seinen Schuhen gehabt.«

»Das hat die Polizei gesagt. Aber sie hat auch gesagt, dass der natürlich hier überall zu finden ist. Mit anderen Worten: Waldboden ist in einem Wald keine Seltenheit.«

»Blödmann.«

Sie verließen das Sonnenloch und mussten mehrere Höhenmeter überwinden, bevor der Pfad sie auf einen Slalomkurs schickte. Sofern es der Pfad war. Irgendwann erreichten sie eine kleine Anhöhe, die ebenfalls in einem Sonnenloch lag. Nebelfetzen klebten an einem Felsturm und schienen über die Sonne zu spotten. Ein fast kahler Baum, wie von Caspar David Friedrich gemalt, zog ihre Blicke auf sich.

»Es reicht. Lass uns umkehren«, maulte Reni. »Mir ist kalt. Ich brauche einen Tee.«

»Deine erste gute Idee heute«, sagte Zitterbart.

»Darf man hier im Wald eigentlich Feuer machen?«

»Bestimmt nicht. Willst du den Tee etwa hier kochen?«

»Wohl kaum. Hier hat aber jemand Feuer gemacht«, antwortete Reni und deutete auf einen schwarzen Fleck auf dem ebenen felsigen Boden. Zitterbart ging zu ihr, bückte sich und wischte mit zwei Fingern über den Boden, die er zur Nase führte.

»Tatsächlich. Hier hat jemand ein Feuer gemacht. Ein großes sogar.«

»Es sind keine verkohlten Zweige oder Asche mehr da.«

»Als hätte jemand die Reste zusammengefegt«, wunderte er sich. »Nur der geschwärzte Untergrund ist noch da.«

»Den kann man ja auch schlecht mitnehmen.«

»Wohl wahr. Aber warum sollte sich jemand diese Mühe machen?«

»Um nicht erwischt zu werden«, sagte Reni. »Oder es war ein Förster.«

Zitterbarts Finger wischten noch einmal über den Boden, bevor er nach einem herumliegenden Zweig griff und in dem schwarzen Fleck bohrte.

»Ich glaube, die Feuerstelle wurde nicht nur einmal benutzt. Die verkohlte Schicht ist ziemlich dick.«

»Kampfgriller können hartnäckig sein«, meinte Reni und betrachtete den imposanten Felsturm, an dessen Gipfel der Nebel klebte. Ihr Blick hatte den Fuß des Felsens erreicht, als er an einem weiteren schwarzen Fleck hängen blieb, der etwa so groß wie ein Schuh war. Er war auch nur zu sehen, weil das Sonnenlicht den Fleck wie mit einem Spotlight illuminierte.

»Was ist das denn?«, fragte sie und ging in die Knie.

»Asche«, analysierte Zitterbart. »Da ist sie also geblieben. Jedenfalls ein Teil.«

Er wischte mit der Hand über den Fleck und legte ein Symbol oder Zeichen frei, das jemand in den Felsen geschlagen hatte.

»Jemand hat die Furchen mit feuchter Asche zugeschmiert. Keine Ahnung, was es bedeutet.«

»Ist es alt?«, fragte Reni.

»Ich muss leider wieder passen.«

»Vielleicht waren es Kinder?«

»Kann schon sein.«

Reni ging in die Knie und betrachtete das Symbol.

»Ich weiß nicht, aber irgendwie kommt mir das bekannt vor. Ich hab das schon mal gesehen. Keine Ahnung, wo. Aber ich kenne es«, sagte sie und stand wieder auf. »Ist ja auch egal.«

Dank der umliegenden Felsen sah die Lichtung wie künstlich geschaffen aus, aber es gab niemanden, der die Felstürme errichtet hatte, niemand hatte den Boden geebnet. Das Rondell, das die Felsen umschlossen, war natürlichen Ursprungs.

»Ob er hier war?«

»Peter? Ich glaube nicht, dass wir das herausfinden werden. Und falls ja, was hätte er hier gemacht? Nürnberger Bratwürste gegrillt?«

»Hier kann man nichts machen. Hier kann man nur wandern«, meinte Reni. »Die Natur genießen, einsam sein, frieren und wandern. Komm, gehen wir. Von dort sind wir gekommen.«

»Sicher? Ich dachte, von dort?«

»Von dort«, wiederholte sie und zückte ihr Smartphone. »Mist, kein Netz.«

Zitterbart stellte sich vor den Felsturm und überlegte. Wozu besaß er ein bestens trainiertes Gedächtnis?

»Wir hatten die Sonne im Rücken und sind auf den Turm dort zugelaufen. Stimmt. Du hast recht. Wir sind von dort gekommen.«

»Was war das?« Reni erschrak und schmiegte sich an ihn.

»Was war was?«

»Dieses Knacken. Als wäre jemand auf einen Zweig getreten. Hast du das nicht gehört?«

»Nein. Hab ich nicht«, antwortete er und horchte in den Nebel hinein. »Ich höre nichts. Bestimmt ein Tier. Ein Eichhörnchen oder ein Igel. Du hast dich so nach einem Geräusch von Mutter Natur gesehnt.«

»Das war kein Igel! Lass uns verschwinden. Mir ist das zu unheimlich hier.«

Sie richteten ihre Blicke auf den Boden und vertrauten sich dem Pfad an, der sich durch Felsen, Moos, Farn und Bäume schlängelte. Doch schon nach wenigen Minuten wurden sie unsicher und blieben unter dem nassen Nebel stehen.

»Sind wir wirklich von hier gekommen?«, fragte Zitterbart, der mit seinem Gedächtnis haderte. »An die Steigung kann ich mich gar nicht erinnern.«

Reni hielt ihr Smartphone in die Höhe, ohne eine Antwort zu erhalten.

»Nichts zu machen. Bleiben wir am besten auf dem Pfad.«

Nach wenigen Metern blieben sie erneut stehen. Diesmal hatte auch Zitterbart das Knacken gehört.

»Still!«

Er drehte sich um und versuchte, den Nebel und den herbstlichen Wald mit seinen Sinnen zu durchdringen.

»Glaubst du mir jetzt!«

»Sei doch mal still!«, zischte er.

»Das kam von dahinten«, hauchte sie und verharrte reglos. Doch der Wald schwieg und gab nichts preis.

Nach einigen Sekunden lösten sie sich aus ihrer Erstarrung und sahen sich verschämt an.

»Hoffentlich hat uns niemand gesehen«, meinte Zitterbart mit leiser Stimme und setzte sich wieder in Bewegung. »Im Wald knackt immer etwas. Und wir sind ausgesprochene Städter.«

»Es geht abwärts. Das ist auf jeden Fall richtig«, sagte sie und setzte sich an die Spitze. »Der Felsenturm kommt mir bekannt vor. Weit kann es ja nicht sein.«

»Nein«, stimmte ihr Zitterbart zu, obwohl er sich nicht sicher war.

Unter diesen Bedingungen konnte er Entfernungen nur schwer abschätzen. Aber das war nicht das Einzige, was ihn beunruhigte. Es war etwas, das er ihr nicht mitteilen konnte. Nur ein Gefühl. Es war das vielen Menschen bekannte Gefühl, beobachtet zu werden. Der Begriff »Paranoia« schoss ihm durch den Kopf, er verwarf ihn jedoch gleich wieder, da er sich noch nie verfolgt oder heimlich beobachtet gefühlt hatte. Er neigte nun wirklich nicht zum Verfolgungswahn. Dennoch ließ ihn das unbestimmte Gefühl nicht los. Auch glaubte er, entfernte Geräusche wahrzunehmen, die mit Sicherheit nicht von Igeln oder Eichhörnchen stammen konnten. Immer öfter sah er sich um, konzentrierte sich nicht auf den Pfad, sondern auf den Nebel, der hinter ihnen dichter zu werden schien. Vergeblich wartete er auf ein Sonnenloch oder eine Lichtung. Stattdessen stellten sich ihnen die Bäume in den Weg, zwangen sie, den Pfad zu verlassen.

»Stopp!«, rief Reni unvermittelt und blieb im selben Moment stehen, sodass er sie fast angerempelt hätte.

»Was ist denn?«

»Das ist«, sagte sie und zog ihn neben sich. Vor ihnen klaffte ein Abgrund. Er war weder besonders tief noch irgendwie gefährlich, aber dennoch führte eine steile Böschung hinab, die nicht ohne Weiteres zu bewältigen war. Auf dem Grund der Senke stapelten sich die moosbewachsenen Reste eines alten, längst zusammengesackten Turms, die schwer passierbar aussahen.

»Zurück«, entschied Reni und übernahm wieder die Führung. »Wir hätten vorhin nach rechts gehen sollen. Halb so wild. Wir sind gleich wieder auf dem Pfad.«

Zitterbart nickte und folgte ihr. Jetzt brauchte er sich nicht mehr umzusehen, denn jetzt gingen sie den Geräuschen und unsichtbaren Augen entgegen. Sofern ihm seine Sinne nicht einen Streich gespielt und seine Phantasie die Stille nicht ein wenig bearbeitet hatte.

Als sie die Stelle erreichten, die Reni gemeint hatte, blieben sie kurz stehen.

»Hab ich es doch gewusst«, stellte sie erleichtert fest. »Dort geht es weiter. Wir müssen nur noch …«

Er hatte sich nicht täuschen lassen. Die knackenden Zweige waren ihnen auf den Fersen. Wortlos tauschten sie Blicke aus und setzten ihren Rückweg fort. Mit beschleunigten Schritten. Nicht nur Zitterbart sah sich jetzt um, sondern auch Reni. Der Nebel hinter ihnen aber blieb makellos und ohne Schatten, während der Wald wieder verstummt war.

»Hier!«, rief sie fast und änderte den Kurs um ein paar Grad. »Nur noch über den kleinen Hügel.«

Der Aufstieg war überraschend unangenehm, denn der feuchte Waldboden gab immer wieder unter ihren Füßen nach. Das änderte sich auch nicht, als sie endlich den Gipfel erreichten. Reni verlor zunächst die Bodenhaftung und dann das Gleichgewicht. Zitterbart versuchte noch, sie zu halten, hatte jedoch kein Glück und wurde von ihr in die Tiefe gerissen. Sie kugelten und rutschten ein paar Meter und landeten in dem Bach, der durch die Teufelsküche kroch.

Das Wasser war eiskalt, und das half ihnen schnell wieder auf die Beine. Kaum standen sie im Bach und sahen sich verblüfft und dann erleichtert an, setzte sich die Sonne durch und zwang den Nebel zurück ins Felsenlabyrinth. Ein traumhafter Herbsttag. Wie ihn die Meteorologen vorhergesagt hatten.

»Ist dir etwas passiert?«

»Nein«, antwortete sie. »Alles okay. Nur meine Hose kann ich vergessen. Sieh dir diesen Riss an.«

»Ich bin nass bis auf die Knochen«, kommentierte er seinen Zustand und nahm sie in den Arm. Tropfend und frierend stapften sie zum Auto, ohne hinter sich etwas zu hören. Das kalte Wasser und die Sonne hatten auch sein Gefühl, beobachtet zu werden, aufgelöst. Der Spuk war verflogen.

»Was war das?«, fragte Reni zähneklappernd, als sie in den alten Volvo stiegen, dessen Sitze Kummer gewohnt waren.

»Ich weiß es nicht«, antwortete er ebenso verlegen wie nachdenklich. »Wahrscheinlich doch ein Tier. Bestimmt aber unsere Köpfe. Wenn du weißt, was ich meine.«

14

Der Lichtkegel der kleinen Taschenlampe fuhr über Holzdielen unterschiedlicher Breite und tastete sich an einem Balken empor, der von weißem Putz eingerahmt war. Die Dielen murrten ab und zu, als würden sie den nächtlichen Besuch missbilligen. Wie viele Füße diese Dielen bereits betreten hatten, ließ sich allenfalls ahnen. Eines aber war sicher, die Füße des Astronomen Johannes Kepler zählten auf jeden Fall dazu, der in diesem Haus die letzten Monate seines Lebens verbracht hatte, bevor er 1630 gestorben war.

Eine Glasvitrine tauchte im Lichtkegel auf, der jedoch nicht auf der darin ausgestellten Uhr verweilte. Das Licht hatte ein anderes Ziel, huschte nervös über einen Tisch, auf dem Feder und Tinte für den längst verstorbenen Astronomen bereitstanden. Kurz hielt der Lichtkegel inne, da Reni einem fernen Geräusch nachging, setzte dann aber seinen Weg fort.

»Warum müssen wir das mitten in der Nacht machen?«, fragte Zitterbart fast lautlos. »Nur weil du einen Schlüssel hast?«

»Das habe ich dir vorhin schon gesagt. Weil ich es dir jetzt zeigen will und nicht morgen. Außerdem ist mir das Haus tagsüber zu voll, und du bist mir zu bekannt. Ich will einfach nicht, dass wir beobachtet und belauscht werden und schon wenige Minuten später auf Facebook zu finden sind. Okay?«

»Ja, ja, du hast gewonnen«, murrte er und folgte dem Lichtkegel, der nach kurzer Suche auf einem betagten Papier oder Pergament landete, das in einer flachen Vitrine lag.

»Das ist von Kepler«, flüsterte Reni.

»Ach was«, antwortete Zitterbart. »Und das im Keplerhaus.«

»Blödmann.«

Auf dem Papier oder Pergament, das konnte er nicht erkennen, hatte der Astronom Kreise, Dreiecke und Rechtecke gezeichnet und beschriftet. »Cubus«, »Tetrahedron«, »Dodecahedron«, las Zitterbart im fokussierten Licht der kleinen Taschenlampe.

»Jetzt sag nicht, dass wir deswegen hierhergekommen sind.«

»Genau deswegen. Es geht um die Lage der Planeten. Sieh mal hier. Der Saturn.«

»Saturni orbis«, las er, und dann »aphelius, medius, perihelio«.

»Verstehe kein Wort, Frau Museumspädagogin.«

»Kepler schreibt nicht nur die Namen der Planeten, er nutzt auch die damals noch allgemein üblichen astronomischen beziehungsweise astrologischen Symbole für die Planeten«, dozierte sie.

Zitterbart stieß auf ein Zeichen, das wie ein Kreuz mit einem Schwanz an der rechten Seite aussah.

»Das ist das Symbol für den Saturn«, erklärte sie. »Der elegante Bogen symbolisierte eine Sense oder Sichel. Für die Alchemisten war es zugleich das Zeichen für Blei.«

»Faszinierend«, maulte Zitterbart mit ironischem Unterton. »Da hat sich der nächtliche Ausflug ja wirklich gelohnt. Wir haben das alte alchemistische Zeichen für Blei entdeckt. Der Nobelpreis ist uns sicher.«

»Lass das bitte. Und sieh dir das Symbol einmal genau an«, hielt sie ihm entgegen und veränderte den Fokus der Taschenlampe.

Zitterbart kniff seine Augen zusammen, suchte aber vergeblich nach einer Antwort.

»Das Zeichen in der Teufelsküche«, half sie schließlich nach. »Es ist dieses Symbol.«

»Sicher?«

»Ganz sicher. Ich wusste, dass ich es kenne, konnte es nur nicht einordnen. Erst als ich heute Vormittag eine Schulklasse durch das Haus geführt habe, ist es mir wieder eingefallen.«

»Das also war dein großes Geheimnis«, sagte er. »Die Überraschung ist dir gelungen. Mit anderen Worten, auch Kepler war in der Teufelsküche.«

»Jetzt sei doch bitte einmal ernst! Es ist dieses Zeichen, das dort jemand in den Stein gemeißelt hat.«

»Das gebe ich ja zu, liebe Reni. Es ist dieses Zeichen. Aber was hat es zu bedeuten, falls es überhaupt etwas zu bedeuten hat?«

»Na, das weiß ich auch nicht. Das müssen wir herausfinden.«

»Toll. Was aber ist, wenn irgendein Zeitgenosse Keplers es in den Stein gehauen hat? Aus Spaß oder weil der Saturn gerade sein Karma versaut hat? Und dann ist da noch die Frage, was es mit Peter zu tun hat.«

Reni ließ die Lampe sinken, sah auf den Boden und rang ihre Enttäuschung nieder. »Ich dachte, es wäre eine Spur. Weil jemand das Zeichen zugeschmiert hat. Da wollte doch jemand etwas vertuschen.«

»Oder aber er war ein Schmierfink. Ein Kind, das mit der nassen Asche gespielt hat. Auch wenn du es nicht glaubst, auch heute gibt es noch Kinder, die wissen, was man mit Matsch alles anstellen kann.«

»Aber wenn …?«

In diesem Augenblick ging plötzlich das Licht an.

»Hab ich doch gesagt«, hauchte Zitterbart. »Saturn ist schlecht fürs Karma. Wie sieht dein Plan aus?«

Reni sah ihn zunächst hilflos an. Er glaubte, ihr Herz pochen zu hören.

»Hier gibt es keine Verstecke«, flüsterte sie, überlegte, drehte den Kopf nach links und rechts, sah aus dem Fenster.

»Hinter die Tür!«, zischte sie ihn plötzlich an. »Geh hinter die Tür! Schnell!«

»Was …?«

»Du sollst hinter die Tür!«

Zitterbart hatte keine Wahl. Auf Zehenspitzen durchmaß er den Ausstellungsraum und verschwand hinter der antiken Tür. Viel Platz war nicht, das Versteck war alles andere als ideal und bot auch nur einer Person Platz. Im Spiegelbild einer der Vitrinen konnte er sehen, wie sich Reni bückte und etwas auf den Boden legte.

»Hallo? Ist jemand da?«, rief eine ihm unbekannte Stimme, die zu einem älteren Mann gehören musste. »Ich habe die Polizei bereits alarmiert, also kommen Sie heraus!«

»Herr Severin?«, antwortete Reni überrascht. »Sind Sie es?«

»Frau Ehrl?«, fragte die Stimme, begleitet von schnellen Schritten auf der Treppe.

»Ich bin hier oben!«

Die Dielen knarrten, die Schritte näherten sich. Im Spiegelbild der Vitrine konnte Zitterbart einen beleibten Mann mit rundem Kopf und grauem Haar erkennen, der auf seine Freundin zuging.

»Frau Ehrl? Was machen Sie denn hier?«

Zitterbart war gespannt auf ihre Antwort.

»Ich suche meinen Autoschlüssel«, sagte Reni verzweifelt. »Da ich ihn zu Hause und im Büro nicht gefunden habe, muss ich ihn heute Vormittag hier vergessen oder verloren haben. Es ist die letzte Möglichkeit. Sonst liegt er irgendwo auf der Straße.«

»Ihren Autoschlüssel?«, wiederholte die Stimme ungläubig.

»Ja, meinen Autoschlüssel. Dummerweise habe ich nur noch einen. Die Ersatzschlüssel habe ich längst verloren. Genauer gesagt ist es der letzte Ersatzschlüssel, den ich vermisse. Ich hoffe, er ist hier irgendwo.«

»Sie hätten mich doch anrufen können, Frau Ehrl«, sagte der Mann vorwurfsvoll. »Was glauben Sie, was Sie mir für einen Schrecken eingejagt haben?«

»Tut mir sehr leid, das war nicht meine Absicht. Was ist mit der Polizei?«

»Ach so, ja, die hatte ich gar nicht angerufen«, sagte der Mann, den Zitterbart nur im gläsernen Spiegelbild sehen konnte. »Ich hatte zufällig nur so ein komisches Licht gesehen. Warum haben Sie eigentlich kein Licht gemacht?«

»Na, dann hätten Sie bestimmt die Polizei gerufen.«

»Da haben Sie natürlich recht. Lassen Sie uns den Schlüssel suchen.«

Es dauerte nur ein paar Sekunden, dann meldete der Mann im Spiegel den zu erwartenden erfolgreichen Abschluss seiner Suche.

»Hier ist er ja!«

»Super! Ich danke Ihnen!«

»So, jetzt sollten wir aber gehen. Sonst erscheint die Polizei doch noch. Kommen Sie, Frau Ehrl, ich bringe Sie zur Tür.«

Die Spiegelbilder lösten sich auf, wenig später stand er im Dunkeln. Das fahle Licht, das durch die verhüllten Fenster drang, verwandelte den Raum in ein Schattenreich. Es dauerte, bis sich seine Augen halbwegs an die Dunkelheit gewöhnt hatten. Als er kein Geräusch mehr wahrnahm, tastete er sich aus seinem

Versteck und rang mit seinen Emotionen. Reni hatte sich bestens aus der Affäre gezogen, ihn aber im dunklen Universum Johannes Keplers zurückgelassen. Und warum hatte ihr Wikipedia nicht gereicht? Jetzt saß er in der Falle, anstatt zu Hause in Ruhe einen Dornfelder zu trinken. An einem der wenigen freien Abende, die ihm verblieben waren. Alles wegen eines blöden Planetensymbols.

»Au!«

Eine Vitrine oder ein Tisch hatte sich ihm in den Weg gestellt. Er fasste sich ans Knie und spitzte gleichzeitig die Ohren. Sein Aufschrei war kurz, aber laut gewesen. Sollte Herr Severin nochmals erscheinen, brauchte er eine andere Erklärung als seinen Autoschlüssel. Aber Keplers letztes Refugium blieb still wie der Wald bei Tirschenreuth. Halb gebückt und mit ausgestreckten Armen erforschte er das Schattenreich, um weitere Konflikte mit Möbeln und Vitrinen zu vermeiden. Die Tür mied er, denn dahinter lauerte das Treppenhaus mit einem gefährlichen Abgrund.

Das Smartphone.

Reni.

Wurde auch Zeit.

»Ist bei dir alles klar? Ist er weg?«

»Wer ist weg?«, fragte Hjördis von Sonthofen.

»Niemand. Ich hatte jemand ganz anderen erwartet.«

»Das habe ich gemerkt. Ist bei dir denn alles klar, wenn wir schon bei dieser Frage sind?«

»Alles bestens.«

»Warum sprichst du so leise?«

»Das erklär ich dir später. Was gibt es denn?«, flüsterte er. »Ich habe nicht viel Zeit.«

»Machen wir es kurz«, sagte sie schlecht gelaunt. »War Hanno bei dir?«

Mit dieser Frage hatte Zitterbart gerechnet und sich dafür entschieden, das Angebot des Assistenten zunächst für sich zu behalten.

»Natürlich. Wir haben über das Drehbuch gesprochen. Du willst ja nicht ewig warten.«

»Sonst nichts?«

»Was meinst du damit?«

»Hat er dir … irgendetwas erzählt?«, fragte sie spitz. »Von mir?«

»Da musst du schon deutlicher werden. Unser Thema war das Drehbuch«, stellte er sich dumm.

»Keine kleinen Geheimnisse aus den Tresoren der Eilimis-Film?«

»Wie kommst du darauf?«

»Lieber Torsten«, sagte sie mit kühler Arroganz, »ich kenne die Branche, ich kenne die Menschen, die in dieser Branche arbeiten, und ich kenne Hanno. Er ist ein phantastischer Kollege, aber auch ein phantasierender. Ab und zu bilden sich Blasen in seinem Kopf, wenn du weißt, was ich meine. Dicke Blasen. Meistens sind sie harmloser Natur. Aber mitunter können sie auch gefährlich sein. Gefährlich, weil sie nichts mit der Realität zu tun haben.«

»Und vor einer derartigen Blase willst du mich natürlich bewahren.«

»Du hast es erraten. Also, was ist?«

»Nichts ist«, log er mit schauspielerischer Perfektion. »Es ging ums Drehbuch. Er hat sich eine Vorstellung angesehen und Vorschläge gemacht. Ein bisschen Terminplanung, ein bisschen Brainstorming, das war alles. Dann ist er wieder gefahren. Was hast du erwartet?«

Die Produzentin ließ sich Zeit. Er ahnte die Skepsis, die mit ihrem Zögern verbunden war, er konnte sie fast spüren.

»Gut. Belassen wir es dabei. Nur so viel: Sollte dir Hanno eine seiner kruden Blasen servieren, ruf mich an. Okay? Sofort. Du kennst ihn nicht. Und: Vertrau mir!«

»Klar, mache ich. Bis dann. Tschüss«, flüsterte er in die Schattenwelt und bugsierte sein Smartphone zurück in seine Jackentasche. »So ein Mist. Ich hätte mich nicht darauf einlassen sollen«, sagte er zu sich selbst.

Während das Drehbuch in seinem Kopf herumzuspuken begann, überlegte er, ob er auf Renis Anruf warten oder selbst anrufen sollte. Da er den Hausmeister nicht kannte, wusste er auch nicht, wie anhänglich er war, wie lange er Reni in Beschlag nahm. Jetzt war er es, der zögerte, der nicht wusste, was er tun sollte. Die Dunkelheit des Raums war nicht mehr ganz so überwältigend. Vielleicht sollte er einfach versuchen, zum Eingang zu gelangen. Reni könnte ihm aufschließen und ihn schnell entwischen lassen.

Die ausgestreckten Hände in erhöhter Alarmbereitschaft, arbeitete er sich durch die Nacht, fand die passende Tür und das Treppenhaus. Noch nie war er von einem Handlauf so angetan wie in diesem Moment. Ein Filmtitel kam ihm in den Sinn und ließ ihn kurz schmunzeln. »Nachts im Museum«. Die Treppe ächzte und knarrte wie zu Keplers Zeiten, ganz egal, wie er seine Füße auch aufsetzte und mit seinem Körpergewicht belastete. Alle drei, vier Schritte legte er eine kurze Pause ein, rechnete aber nicht wirklich mit dem Erscheinen des Hausmeisters.

Unbehelligt erreichte er das Erdgeschoss, in das kaum noch ein Lichtstrahl drang. Ihm blieben nur seine Erinnerung an den Hinweg und eine vage Silhouette, die er als Tür deutete. Bis dahin musste er es schaffen. Er ließ den Handlauf los und sondierte mit seinen Händen die vor ihm liegende Dunkelheit. Der Boden verhielt sich ruhig, das Knarren hatte ein Ende. Dafür erreichten ihn nun unbekannte Geräusche, deren Ursache und Entstehungsort unklar waren. Ein Tier kam ebenso in Frage wie Fußgänger auf der Straße. Vielleicht schlich irgendwo eine Katze durch die Nacht, in der Hoffnung, eine Maus zu erwischen. Im Dunkeln neigte das Ohr dazu, jedem verhaltenen oder fernen Laut Bedeutung beizumessen.

Zitterbart kam gut voran, die Silhouette wuchs, die Tür kam näher. Mögliche Hindernisse hatte sein Gedächtnis nicht gespeichert. Jetzt war der passende Zeitpunkt gekommen. Er zog sein Smartphone aus der Tasche und wollte Renis Nummer wählen, doch er hatte das Gerät nicht richtig gegriffen. Polternd fiel es auf den Boden und bleib dort mit aktiviertem Display liegen. Die integrierte Taschenlampe fiel ihm erst jetzt ein. Er bückte sich und kehrte mit dem Smartphone in die Vertikale zurück, ein rettendes Licht in der Hand. Eine ganz andere Hand legte sich indes auf seine Schulter. Zitterbart zuckte zusammen.

»Ahh!«

Ein zweites Mal an diesem Abend entfuhr ihm ein kurzer

Aufschrei. Blitzschnell drehte er sich um. Aber es war nicht der beleibte Mann, es war nicht Severin.

»He, ich bin's doch nur«, flüsterte seine Freundin.

»Mensch, Reni! Hast du mich erschreckt. Wie kommst du denn hierher?«, schnaufte er erleichtert.

»Durch die Hintertür.«

15

In Amberg ging es durch die Vordertür. Zitterbart steckte unvermittelt in einer Menschentraube fest, die in den Saal des Congress Centrums drängte. Gurgelnde Lacher und fast euphorische Rufe brandeten an seine Ohren. Bierflaschen wurden johlend in den Nachthimmel gestoßen. Die Stimmung aber war nicht nur entspannt, sie war auch aufgeladen, ohne dass er den Grund dafür erkennen konnte. Die Indizien waren nicht zu übersehen. Hier wurde gerempelt, dort geschimpft, dann wieder geschoben, gestoßen und gedrängelt. Zitterbart registrierte dieses Knistern mit Sorge.

Es wurde noch enger, denn die Meute musste ein Nadelöhr passieren, das von Kartenabreißern flankiert wurde. Hinter der Tür teilte sich die Meute. Zitterbart blieb kurz stehen und suchte seinen Kollegen Norbert Neugirg, vor allem bekannt als Hauptmann der Altneihauser Feierwehrkapell'n. Im Gedränge waren sie getrennt worden. Sosehr er sich auch bemühte, Neugirg blieb verschollen. Dafür streifte sein suchender Blick den eines Unbekannten, der ihn fixierte. Das war keine Seltenheit, denn Zitterbart besaß, wie andere Kabarettisten auch, einen nicht geringen Grad an Prominenz. Verantwortlich dafür waren nicht zuletzt die regelmäßigen Fernsehauftritte. Dieser Blick jedoch war kein Wiedererkennungsblick, sondern folgte anderen Motiven. Als Zitterbart ihn erwiderte, sah der unbekannte Mann einen Moment zur Seite, fixierte ihn aber kurz darauf wieder. Zitterbart sah nun zwar auf die noch leere Bühne, verfolgte den Unbekannten aber aus den Augenwinkeln. Ein großer Mann, etwa eins achtzig, kräftig, mit schulterlangen schwarzen, wahrscheinlich gefärbten Haaren. Sein Blick wirkte fragend, als ob er sich darüber wunderte, Zitterbart hier zu sehen.

»Da bist du ja!«, riss ihn Norbert Neugirg aus seiner Beobachtung. »Ich habe schon nach dir gesucht.«

»Das war ja auch ein Gedränge«, sagte Zitterbart.

»Wir sitzen ziemlich weit hinten. Ungewohnt, oder? Der Blick von der Bühne ist uns vertrauter.«

»Allerdings«, stimmte Zitterbart zu und sah zum Eingang. Der Unbekannte war verschwunden.

An diesem Abend stand keiner von ihnen auf der Bühne, sondern Helmut Brunner als der Zoigl. Die Idee, sich die Show des Comedians anzusehen, stammte von Norbert Neugirg. Sein Kollege hatte ihn angerufen und mit Karten überrascht.

»Was hab ich dir gesagt, der füllt inzwischen jeden Saal mit seinem Schmarrn. Aber das ist eine andere Sache. Ich bin froh, dass du kommen konntest und dir das selbst anhörst.«

»War gar nicht so leicht. Die Reni war ganz schön sauer«, sagte Zitterbart und zog seinen Mantel aus, bevor er sich setzte.

»Ich hab nur die zwei Karten bekommen«, rechtfertigte sich Neugirg.

»Schon gut. Also, du kennst das Programm schon?«

»Nein. Aber die Lizzy kennt es. Und die hat mir erzählt, dass der Zoigl ganz schön über dich herzieht. Der spielt sich auf der Bühne als wahrer Freund vom Peter auf und wirft dir vor, von seinem Tod zu profitieren. Du hättest noch nie so viele Engagements gehabt wie jetzt.«

»Hatte ich auch nicht«, gab Zitterbart zu. »Du weißt ja, wie das ist. Wenn du in Veitshöchheim bei der ›Fastnacht in Franken‹ warst, steht das Telefon bestimmt auch nicht still.«

Neugirg nickte.

»Und bei mir ist es seit dem Mord so. Du glaubst nicht, wie der Willi, der Dürnberger und die anderen auf mich eingeredet haben. Jeder Veranstalter will mich plötzlich. Sogar Privatleute rufen an. Soll ich etwa absagen?«

»Nein. Wie sagt man so schön in Amerika? The show must go on. Egal, was passiert. Das sind die Gesetze des Showbusiness. Und die gelten auch in der Oberpfalz. Ein Beweis dafür, dass es universelle Gesetze sind. Aber dennoch, der Brunner macht Stimmung gegen dich.«

»Ein Heuchler ist das, weiter nichts. Ein Trittbrettfahrer. Der hat doch den Peter gar nicht gekannt.«

»Und jetzt behauptet er, dem Peter das Koksen abgewöhnt

und ihn zum Biertrinker gemacht zu haben. Sagt die Lizzy. Das ist aber noch nicht alles. Er rühmt sich, dich aus ›Kabarett aus der Oberpfalz‹ geworfen zu haben.«

»Das kommt an, oder?«, fragte Zitterbart eher rhetorisch als ernsthaft.

»Ich will es mal so sagen: Bei seinem Publikum kommt das an.«

»Warum macht der das? Hast du eine Ahnung? Was hat der gegen mich? Mag der keine Zugereisten?«

»Das glaub ich nicht. Darum geht es dem nicht. Ehrlich gesagt, ich weiß es nicht. Aber was du gerade gesagt hast, das stimmt auf jeden Fall. Der Brunner ist ein Trittbrettfahrer. Der profitiert von Peters Tod. Auf deine Kosten. Während du angerufen wirst und auf der Bühne den Peter eben nicht zum Thema machst, bringt der sich mit Peter ins Gespräch. Das ist seine Masche. Du wirst sehen, der macht sich zum Anwalt vom Peter und dich zum Schuldigen. Hast du mal eines seiner Interviews gelesen?«

»Hab ich, Norbert, hab ich. Aber was soll ich tun? Mit ihm reden?«

»Das bringt nichts. An deiner Stelle …«

Applaus donnerte los und übertönte das Gespräch.

»Zoigl, Zoigl, Zoigl!«, skandierte das Publikum.

Ein großer Mann schlenderte auf die Bühne. Ein Mann in Siegerpose. Ein Mann mit breiten Schultern, imposantem Brustkorb und tätowierten Armen, die aus einem knappen schwarzen, mit einem Totenkopf bedruckten T-Shirt ragten. Wie bei den Aufnahmen für die Fernsehaufzeichnung, die Zitterbart hatte verlassen müssen, steckte sein schon fast kahler Kopf in einem roten Tuch, seine schwarze Lederhose und sein beachtlicher Bauch wurden von roten Hosenträgern gehalten.

»Das ist sie. Die neue Lichtgestalt des Oberpfälzer Kabaretts. Allerdings ganz ohne Licht«, meinte Neugirg, ohne von jemandem gehört zu werden. »Es ist nur eine Gestalt.«

Der Applaus donnerte weiter. Erst als Brunner auf ein Ende des Beifalls drängte, ebbte dieser langsam ab.

»Servus, meine Freunde!«, johlte er in sein Headset-Mikrofon.

»Servus, Zoigl!«, antworteten große Teile des Publikums im Chor.

Nach dem Begrüßungsritual marschierte der Comedian über die Bühne wie ein aufgescheuchter Gockel und zog über alles her, was ihm nicht passte. Sein Spott galt vor allem Menschen mit Abitur, Menschen, die Bücher lasen, Menschen, die Fußballstadien mieden, Menschen, die moderne Kunst liebten, Menschen, die Bier nur in kleinen Dosen zu sich nahmen. Dabei ließ er in seinen Tiraden nichts Fäkales und Anales aus, sodass sich Zitterbart und Neugirg mehrfach erstaunt ansahen.

»... da kann man nur noch brunzen, egal, wo man steht ...«, blödelte der Zoigl, und die Fans grölten, »... bloß brunzen kann man da noch, brunzen, sag ich euch, brunzen!«

Noch vor der Pause kam er dann auf Peter Wittmann zu sprechen, stellte ihn als Opfer großstädtischer, finsterer, moderner Mächte hin, als Opfer von Dealern, die er »Rauschgiftverkäufer« nannte, als Opfer von Kollegen, die seine Not und sein Leiden nicht erkannt hätten.

»... da hat der Zitterbart mal selbst gezittert, als die Bullen ihn eingesackt haben. In der Zelle, da hat er dann mal das echte Leben kennengelernt, der zittrige Bart. Und echte Menschen getroffen, keine verwöhnten Austernschlürfer und Schampustrinker. Sensibel will er sein, der werte Herr Kollege, sensibel, empfindsam und mitfühlend. Hineinversetzen will er sich, der bessere Herr, in andere Menschen. Sensibel will er sein, sensibel.«

Der Zoigl wiederholte das Wort »sensibel« so oft, bis der Saal kochte. Warum er kochte, erschloss sich Zitterbart nicht. Vielleicht, dachte er, war er tatsächlich nicht sensibel genug. Als der Jubel verflog, outete sich Brunner als einziger und wahrer Peter-Versteher.

»Doch ich, euer Zoigl, ich hab ihn gemocht, den Peter, die arme, missverstandene Sau. Ein guter Typ war er, der Peter, einer von uns, keiner von denen. Servus, bis nach der Pause!«

»Die Lizzy hat nicht zu viel versprochen«, meinte Neugirg, als man sich wieder verständigen konnte. »Der zieht ganz schön vom Leder.«

»Fragt sich nur, warum«, sinnierte Zitterbart mit ernster Miene. »Der kennt mich doch überhaupt nicht.«

»Den Peter kannte er doch auch nicht.«

»Bis vor Kurzem hätte ich gesagt: bestimmt nicht. Aber jetzt bin ich mir da nicht mehr so sicher.«

»Das musst du mir erklären.«

»Ich bin da kürzlich über ein paar unbekannte Seiten und Freunde von Peter gestolpert. Das ist alles. Ich weiß also nicht, wer noch dazugehört«, sagte er. »Ich weiß es einfach nicht. Aber ausgerechnet dieser Brunner …?«

»So oder so, du hast ihn doch am besten gekannt.«

»Das habe ich auch mal gedacht«, sagte Zitterbart. »Gehen wir? Oder willst du dir den Rest auch noch antun?«

»Bestimmt nicht«, antwortete Neugirg. »Wir können ja irgendwo noch ein Bier trinken.«

»Nach der Ansage müssen wir sogar ein Bier trinken«, sagte Zitterbart und war froh, Brunner den Rücken kehren zu können.

Die Pause war zu Ende. Um den Saal zu verlassen, mussten sie gegen den Strom schwimmen, was sich als riskant erwies. Immer wieder wurden sie angerempelt und zur Seite gedrängt. Die Stimmung war nach wie vor aufgeladen und entlud sich an denen, die offenkundig den Saal verließen. Zitterbart spürte plötzlich seinen Magen, den ein Hieb getroffen hatte. Kein ernst zu nehmender Boxhieb, aber dennoch ein spürbarer Schlag.

»Spießrutenlaufen«, bemerkte Neugirg. »Das ist ganz und gar nicht meine Sportart.«

»Meine auch nicht«, stimmte ihm Zitterbart zu, den urplötzlich ein Gefühl beschlich, das ihn auch schon in der Teufelsküche bedrängt hatte. Von einer Sekunde zur anderen glaubte er, einen Blick in seinem Nacken zu spüren. Sie waren offenbar nicht die Einzigen, die gegen den Strom schwammen. Kurz vor der Tür musste er einem Entgegenkommenden ausweichen, der ein Bier zu viel erwischt hatte. Eine perfekte Gelegenheit, sich schnell und unauffällig umzudrehen. Es war der Mann mit den langen schwarzen Haaren, der ihn nach der Kartenkontrolle angestarrt hatte. Der Unbekannte unternahm noch den Versuch, mit einer schnellen Drehung zwischen den letzten Zurückströmenden unterzutauchen, war aber zu langsam. Zitterbart hatte ihn erwischt.

»Du musst mir einen Gefallen tun«, flüsterte er Norbert Neugirg zu. »Ich erkläre es dir später.«

»Ich bin ganz Ohr.«

»Wir trennen uns. Ich nach links, du nach rechts. Falls mir jemand folgt, folge ihm. Ich wüsste gerne, wer das ist.«

»Scheint eine passende Aufgabe für mich zu sein«, flüsterte Neugirg und reichte ihm seine Hand. Dann ging jeder seiner Wege.

Schon nach wenigen Metern durch die Nacht war sich Zitterbart sicher, den Unbekannten wieder hinter sich zu haben. Er folgte ihm mit großem Abstand, zu hören war er dennoch. Zitterbart bog in eine schmale Seitenstraße ein, um sich von störenden Straßengeräuschen zu befreien. Die Schritte wurden klarer, der Mann hatte sich tatsächlich auf seine Fährte gesetzt.

Vor einem Schaufenster hielt er kurz an, um einem Schnürsenkel zu einem frischen Knoten zu verhelfen. Eine Szene wie aus einem Film. Nur dass es kein Film war. In der Scheibe, hinter der bereits unverhohlen die Weihnachtszeit lauerte, sah er das vage Spiegelbild einer Gestalt, die so tat, also würde auch sie die Auslagen eines kleinen Ladens bewundern. Neugirg konnte er indes nicht sehen. Sobald Zitterbart sich wieder in Bewegung setzte, setzten auch die Schrittgeräusche wieder ein. Der letzte Zweifel war somit zerstreut.

Zitterbart sah demonstrativ auf die Uhr und gab Gas, um bei der nächsten sich bietenden Gelegenheit, einer weiteren schmalen Straße, nach rechts abzubiegen. Hinter der Hausecke blieb er stehen. Umgehend änderten auch die Schritte seines Verfolgers den Takt.

Zitterbart brauchte nur einige Augenblicke zu warten, dann stand der Mann vor ihm. Überrumpelt, überrascht, mit großen Augen. Fast wäre er ihm direkt in die Arme gelaufen.

»Kann ich Ihnen irgendwie helfen?«, fragte Zitterbart freundlich. »Oder geht es nur um ein Autogramm?«

Überfordert, die Augen noch immer aufgerissen, glotzte ihn der Mann an, sprach aber kein Wort.

»Dann sagen Sie mir doch bitte, wer Sie sind und was Sie wollen?«

»Ich …«

Mehr brachte er nicht heraus, er drehte sich abrupt um und fiel Norbert Neugirg in die Arme, der wie aus dem Nichts um die Ecke kam.

»Nicht so eilig, junger Mann«, sagte sein Kollege. »Wir wollen Ihnen doch bloß helfen.«

Diesmal reagierte der Unbekannte schneller, stieß Neugirg unsanft zur Seite und lief mit schnellen Schritten die schmale Straße hinauf. Ihn zu verfolgen war sinnlos, zumal Zitterbarts Kollege erst einmal Luft holen musste.

»Was war das denn?«, fragte er keuchend. »Was will der von dir?«

»Wieder eine Frage, die ich nicht beantworten kann«, erklärte Zitterbart. »Aber ein Zufall war das nicht.«

»Hat es was mit Peter zu tun?«

Zitterbart nickte. »Da bin ich mir ausnahmsweise einmal sicher.«

16

Eine ekelhafte Melodie fraß sich in seinen Schlaf und beendete ihn. Seine rechte Hand, Zitterbart war Bauchschläfer, verließ die geliebte Wärme unter seinem Federbett und ertastete sein Smartphone, das zugleich sein Wecker war. Sein Daumen vertrieb routiniert die Störung, seine Hand zog sich unter die Decke zurück.

Der Ekel kehrte zurück, holte ihn zurück.

»Das darf doch nicht wahr sein!«

Zusätzlich zur Hand verließ nun auch der Kopf die Daunen.

»Ja doch!«

Seine Hand erwischte das Smartphone nicht richtig und stieß es vom Nachttisch, ohne die Melodie zu beeindrucken. Erst jetzt wurde ihm bewusst, dass es gar nicht die des Weckers war. Seine Hand tauchte nach unten ab und hob das flache Gerät auf.

»Wissen Sie eigentlich, wie spät es ist?«, murrte er unter der Decke.

»Gleich zehn«, antwortete Petra Schneckenreiter, als hätte sie diese Frage erwartet.

»Glaub ich nicht.«

»Ist aber so.«

»Was gibt es denn so Wichtiges so früh am Morgen?«

»Wir haben uns entschlossen, eine Sondersendung für Peter aus dem Boden zu stampfen«, erklärte die Redakteurin. »Am nächsten Sonntag. Live.«

»Lass mich raten: Diesmal darf ich dabei sein.«

»Du solltest dich bei Günther Jauch bewerben«, säuselte Schneckenreiter. »Besser noch: Du musst sogar dabei sein. Erst wenn du zusagst, rufe ich die anderen an.«

Zitterbart kam aus seinem Versteck gekrochen.

»An wen hast du gedacht?«

»Die üblichen Verdächtigen. Lizzy, Norbert, Bernd und vielleicht ein paar Gäste. Wer gerade Zeit hat.«

»Was ist mit dem Brunner?«

»Ihr mögt ihn nicht.«

»Dann sind wir schon zwei, die zum Jauch gehen«, sagte er. »Wenn der kommt, komm ich nicht.«

»Der ist doch völlig harmlos, der Brunner«, verteidigte Schneckenreiter den Comedian. »Er spukt ein paar große Töne, kommt martialisch daher, hat aber einen weichen Kern. Ist alles nur Show. Du solltest ihn mal live sehen.«

»Hab ich. Gestern in Amberg. Und du?«

Die Redakteurin stockte kurz, bevor sie antwortete: »Auf YouTube.«

»Immerhin. Na, dann weißt du, was da abgeht.«

»Vor allem weiß ich, wer da hingeht. Junge Leute nämlich«, ließ sich die Redakteurin nicht beirren. »Und die brauchen wir. Junge Leute. Sonst gehen wir unter.«

Zitterbart wusste, dass er sie nicht überzeugen konnte. Andererseits wollte er Brunner nicht das Feld überlassen. Er mochte sich als Peter-Versteher in Szene setzen. Doch zumindest eines war Brunner bestimmt nicht gewesen, Peters bester Freund. Das war immer noch er.

»Lass ihn am Anfang auftreten, ich mach die Schlussnummer.«

»Aber er –«

»Das ist mein letztes Wort.«

Schneckenreiter schnaufte. Zitterbart sah sie direkt vor sich, mit den Augen rollend, sich über ihn ärgernd, an ihrer Zigarette ziehend, den Rauch durch die Nase ausstoßend. Doch sie hatte keine Wahl. Sie brauchte ihn.

»Okay, du hast die Schlussnummer. Das letzte Wort.«

»Dann bin ich dabei. Wann sind Proben?«

»Ich habe meine Produktionsleitung schon aufgescheucht. Am Samstag. Wir haben nur einen Tag. Edi führt Regie. Du hast ausnahmsweise zehn Minuten. Und vergiss nicht: Wir senden live und in Farbe. Text bitte spätestens bis Freitag.«

»Die Tagesdispos für Samstag und Sonntag bitte auch«, forderte Zitterbart.

»Abgemacht. Lass dir etwas Passendes einfallen. Es geht um Peter. Vergiss das nicht.«

»Keine Sorge. Und vergiss du die Quote nicht.«

»Keine Sorge. Ich denke an nichts anderes.«

Zitterbart schlüpfte in Bademantel und Hausschuhe und schlurfte in die Küche, um die Kaffeemaschine zu starten. Ohne Kaffee hatte er Probleme, zu dem vorzudringen, was allgemein als Wirklichkeit bekannt war. Während die Maschine spülte und gurgelte, schlurfte er zur Haustür und sammelte die Post und die Zeitungen ein. Eine dicke Rechnung war darunter, die ihn jedoch nicht aus der Ruhe brachte. Sein Konto war bestens gerüstet.

In der Küche war die Maschine inzwischen startklar und reagierte umgehend auf seinen Knopfdruck. Mit der Tasse in der Hand zog er die Pfanne aus dem Regal und holte die Eier aus dem Kühlschrank. Rührei war der zweite Wirklichkeitsbaustein seines Lebens. Rührei mit Bacon. Das hatte er sich schon in Göttingen angewöhnt. Mit Vollkorntoast. Der letzte Baustein war die Zeitung. Viele Zeitungen. Das verlangte schon sein Beruf. Die Süddeutsche, die Zeit, die taz, die Neue Zürcher. Und natürlich die regionalen Blätter. Die las er zuletzt. Wenn das Rührei schon kalt wurde, was ihn jedoch nicht störte.

An diesem Morgen ging es um die K-Frage. Ein Thema, das geeignet war, ihm den Appetit zu verderben. Nach kurzer Durchsicht legte er die großen Blätter zur Seite und nahm sich die kleinen vor. Hier hatten es korrupte Bürgermeister und andere Betrüger in die Schlagzeilen geschafft, Unfälle und regionale Meisterschaften, Stadtratssitzungen und immer wieder der grenzübergreifende Drogenhandel. Auch ein Einbruch. In Weiden waren Unbekannte in die Wohnung eines pensionierten Historikers eingebrochen.

Zitterbart wollte sich schon dem nächsten Artikel zuwenden, als er an dem Ortsnamen Tirschenreuth hängen blieb. Der Historiker war lange Zeit an der Regensburger Universität aktiv gewesen. Die Einbrecher waren von dem alten Mann überrascht worden, worauf sie ihn niedergeschlagen und erheblich verletzt hatten. Anschließend hatten sie seine Wohnung und sein Archiv in ein Chaos verwandelt. Die Polizei sah in dem Verhalten der offensichtlich amateurhaft agierenden Einbrecher ein bekanntes Muster und tippte auf einen Fall von Beschaffungskriminalität.

Die Täter, so die Vermutung, mussten aus dem Drogenmilieu stammen und bei dem alleinstehenden, gut situierten Senior leichte Beute erwartet haben.

Der Ortsname, den Zitterbarts selektive Wahrnehmung aufgespürt hatte, tauchte erst im letzten Absatz auf. Der Historiker hatte sich im Ruhestand um die Regionalgeschichte bemüht und mehrere Bücher veröffentlicht. Das nächste sollte Tirschenreuth behandeln. Doch das Erscheinen des bereits angekündigten Buchs war äußerst fraglich, da der Historiker mit einer Kopfverletzung und schlechten Prognosen im Krankenhaus lag.

Zitterbart war Assoziationen gewohnt, sie waren nicht nur Teil seines Berufs, er hatte sie auch am Theater in Göttingen üben müssen, um besser improvisieren zu können. Er war gewissermaßen ein Assoziationsexperte. Um ein neues Programm zu schreiben, brauchte er nur ein paar Zeitungen zu lesen, schon keimten die Ideen, schon erschuf sein Kopf neue Begriffe, Wortspiele und Bilder.

Nichts anderes geschah auch jetzt. Ohne sein Zutun, ohne bewusste Konzentration stellte er eine Verbindung zwischen Peters Tod und dem Einbruch her.

»Es geht nicht um Drogen«, murmelte er leise vor sich hin. »Es geht um etwas ganz anderes. Etwas, das mit Tirschenreuth zu tun hat. Da wollte jemand verhindern, dass dieses Buch erscheint.«

Zitterbart stand auf, stellte seine Kaffeetasse unter den Auslauf und drückte die entsprechende Taste.

»Das Buch. Was steht in diesem Buch?«, fragte er sich, während die Pumpe der Maschine brummend arbeitete. »Auch Peter hat an einem Buch gearbeitet. Ein Drehbuch zwar, aber ein Buch. Buch ist Buch. Und beide Autoren wurden aus dem Verkehr gezogen.«

Er stellte die Tasse auf den Tisch und holte das Drehbuch aus seinem Arbeitszimmer, das Hanno Auerbach ihm unter dem Siegel der Verschwiegenheit überlassen hatte. Das Drehbuch und das Treatment von Peter. Zurück in der Küche schob er die Zeitungen zur Seite und begann zu blättern und zu lesen.

»Tirschenreuth«, sagte er. »Hjördis hat doch gesagt, Tirschenreuth könnte einer der Drehorte sein. Warum ausgerechnet Tirschenreuth? Bei dem Plot käme jeder andere Ort in der Oberpfalz in Frage. Warum also nicht Schwandorf, Oberviechtach, Grafenwöhr oder Sulzbach-Rosenberg? Woher kennt eine Münchner Produzentin, die nichts so sehr verachtet wie die Provinz, woher kennt die ausgerechnet Tirschenreuth?«

Zitterbart kämpfte sich durch die Seiten des Drehbuchs, stieß nicht auf den Ortsnamen und auch auf keine Spur. Enttäuscht schob er es zu den Zeitungen und las zum wiederholten Mal Peters Treatment. Aber er kannte das Ergebnis schon vorher, Tirschenreuth fand keine Erwähnung. Peter hatte zwar ein Roadmovie skizziert, aber keine Orte genannt. Sein Thema war ihm wichtiger gewesen, die Verführbarkeit des Einzelnen und der Gesellschaft. Seine kleine Reisegruppe war vielen Verlockungen ausgesetzt, aufgereiht wie Perlen auf einer Schnur. Die Orte spielten in dem Treatment eine untergeordnete Rolle. Es war eben nur ein Treatment, in dem der Plot dargelegt und die Charaktere vorgestellt wurden. Die Orte waren dem Drehbuch überlassen worden, das aber nicht existierte. Abgesehen natürlich von Auerbachs Version.

»Trotzdem«, sagte Zitterbart ärgerlich zu sich selbst. »Es muss etwas auf diesen paar Seiten stehen. Etwas, das ich übersehe, weil ich nicht weiß, was es ist.«

Er legte das Treatment zur Seite, sprang auf und marschierte durch die Küche.

»Diesen alten Professor müsste man interviewen. Aber das kann dauern, bis der wieder einsatzbereit ist. Falls überhaupt. Oder seine Wohnung durchsuchen. Nein, sinnlos. Ich weiß ja nicht, wonach ich suchen sollte. Abgesehen von dem Chaos dort.«

Zitterbart umrundete den kleinen Küchentisch, blieb stehen und fixierte das Treatment.

»Ich könnte aber noch mal in Peters Wohnung. Der muss doch Material gesammelt haben. Letztes Jahr hat der mich doch vollgenölt mit seinem Film. Hätte ich doch bloß besser zugehört. Von Augen hat er doch gesprochen. Einen halben Vortrag über Augen hat er gehalten. Spät war es. Und nüchtern waren wir auch nicht mehr.«

Er schloss seine Augen und versuchte, den Abend zurückzurufen, der ihm in den Sinn gekommen war.

»Augen. Was war mit den Augen? Augen, Augen, Augen. Aber was für Augen? Wessen Augen?«

Er öffnete die seinen wieder und stand ratlos vor den Resten seines kalten Rühreis. Von dem Abend, an dem Peter ihn in seine Pläne eingeweiht hatte, war nicht mehr viel geblieben.

»Ich hab es vergessen«, musste er sich schließlich eingestehen, setzte sich wieder und trank lauwarmen Kaffee. »Ich geh in seine Wohnung. Am besten gleich.«

Zitterbart ließ die Tasse stehen, ließ die Zeitungen und das Drehbuch liegen, ging ins Schlafzimmer und zog sich an.

Keine halbe Stunde später stand er vor der Tür von Mr. Tregennis, über den er eigentlich nichts wusste. Er kannte nicht einmal den Beruf, den der Mann aus Cornwall ausgeübt hatte, er wusste nur, dass er immer zu Hause war. Das Klingelgeräusch war inzwischen vertraut, auch das missmutige Gesicht und die spröden Lippen.

»You again? Was wollen Sie?«

»Ich muss noch einmal in die Wohnung von Peter Wittmann«, sagte er betont artig. »Es fehlt noch eine Seite von einem Skript. Die brauche ich unbedingt. Am Sonntag gibt es eine Show im Fernsehen. Eine Show, die an ihn erinnert.«

Der Mann sah ihn an, ohne den Türspalt zu vergrößern.

»Eine Show? Für Mr. Wittmann?«

»So ist es, Mr. Tregennis. Er war ein bekannter Mann. War übrigens die Polizei zwischenzeitlich einmal da?«

»The police? No, die hat sich hier nicht blicken lassen.«

»Sonst jemand?«

Der Mann aus Cornwall neigte seinen Kopf ein wenig zur Seite und sah ihn an, als hätte er die Frage nicht verstanden.

»Was anyone there? In the meantime? Except for the police?«, sagte Zitterbart, obwohl er sicher war, dass Tregennis die Frage verstanden hatte.

»Eine Frau«, antwortete Tregennis zögernd. »Am Sonntag. Aber nur sehr kurz. Ten minutes.«

»War sie im Haus?«

Tregennis hob seine Schultern.

»War es diese Frau?«, fragte Zitterbart und zeigte ihm das Foto von Karin Weidenblatt.

Wieder hob Tregennis seine Schultern.

»Ich habe sie nur kurz gesehen. Aus dem Fenster. Sie ist ums Haus gelaufen.«

»Gut, dann würde ich mich über den Schlüssel freuen, Mr. Tregennis.«

Der Mann begann auf seiner spröden Unterlippe zu kauen und stellte sich erneut dumm.

»Mr. Tregennis, ich brauche diese Seite, diesen Text. I need that script! For Mr. Wittmann! Okay? Please!«

Während Tregennis weiterhin auf seiner Lippe kaute, streckte er seine Hand durch den Türspalt und reichte ihm den Schlüssel. Anscheinend hatte er ihn immer griffbereit.

»Aber machen Sie schnell. Ich will keinen Ärger.«

»Keine Sorge, bin gleich zurück.«

Zitterbart sondierte das Umfeld, wie es sich für eine konspirative Maßnahme gehörte, und ging zur Hintertür, die er sorgsam wieder von innen verschloss. Um ganz sicherzugehen, wartete er kurz und lauschte. Doch im Haus rührte sich nichts. Auf spitzen Zehen, was gar nicht erforderlich war, schlich er sich schnell ins Wohnzimmer, das ja auch Peters Arbeitszimmer gewesen war.

Hatte sich hier etwas verändert? Er konnte nichts ausmachen. Alles schien unberührt zu sein. Vielleicht war es der unbekannten Besucherin nicht gelungen, ins Haus zu gelangen. Oder sie besaß einen Schlüssel, wusste aber ganz genau, was sie wollte. Oder aber … Es war müßig, über ihre Absichten zu spekulieren. Er hatte andere Ziele.

»Der Laptop ist weg. Aber vielleicht hat er irgendwo noch seine Schmierzettel«, sagte er leise, denn er kannte Peters Arbeitsweise. »Wo könnten die …?«

Seine Augen glitten über Bücher und Regale, über Ordner und Leerstellen. Die Polizei oder jemand anderes hatte hier und da etwas mitgehen lassen. Bücher, die Peters Tresore gewesen waren, wollte er sich diesmal nicht vornehmen. Er hatte Größeres im Visier. Ihm war klar, dass willkürliches Suchen sinnlos war. Das hatte schon sein erster Fund gezeigt. Er musste gezielt vorgehen und begann mit den Ordnern, die im Wohnzimmer verblieben waren. Er stieß auf Abrechnungen und Verträge, auf Quittungen und Steuerbescheide, aber nicht auf Texte oder Notizen. Ein Ordner enthielt nur Zeitungsausschnitte mit Kritiken von Auftritten, ein anderer Briefe und ausgedruckte E-Mails von Fans und Redakteuren, offensichtlich unsortiert. Zitterbart las einige, ohne auf einen Hinweis zu stoßen. Ganz hinten im Ordner stieß er auf ein Trennblatt aus beigefarbenem Karton. Vermutlich als Schlussseite gedacht oder als Titelblatt einer niemals eröffneten Rubrik. Das Trennblatt trug keine Beschriftung. Dennoch sah Zitterbart nach und stieß auf ein letztes Blatt, auf der sich eine Bleistiftzeichnung befand. Bei näherem Hinsehen entpuppte sich die Zeichnung als Wegbeschreibung, als minimalistische Landkarte. Leider fehlte eine Legende, abgesehen von einem Kreis, den Zitterbart als Ziel interpretierte. Auch war die Karte nicht eingenordet, dafür aber mit Entfernungsangaben in Form von Zahlen versehen. Dreizehn Streckenabschnitte mit dreizehn Zahlen. Die Rückseite war leer.

»Toll«, sagte Zitterbart und sah auf die Uhr. Es wurde Zeit, wollte er die Freundschaft mit Mr. Tregennis nicht aufs Spiel setzen. Die Karte steckte er ein, sofern es tatsächlich eine war, und wanderte noch einmal mit seinem Blick durch den Raum.

»All things must pass«, sagte er laut und zog sich zurück.

17

»Die Leiche ist noch immer nicht freigegeben. Das habe ich gerade im Radio gehört. Die Rechtsmediziner, die haben nämlich –«

»Und ich habe gerade eine Pizza mit Meeresfrüchten bekommen«, entgegnete Zitterbart.

»Entschuldige bitte«, sagte Reni, die sich Spaghetti mit einer Gorgonzolasoße bestellt hatte. »Ich wollt doch nur … also Peters Beerdigung … also die findet noch nicht statt.«

»Das habe ich mir dann schon gedacht. Wie wäre es denn mit einem anderen Thema?«

»Donald Trump hat jetzt –«

»Reni, wir sind beim Essen! Wie schmeckt es dir, ganz nebenbei?«

»Gut. Der Gorgonzola ist nicht so streng. Schmeckt gut.«

»Mir auch. Die Shrimps sind etwas trocken, aber das lässt sich bei Pizza bekanntlich nur schwer vermeiden. Dafür ist der Teig klasse. Wer hat dir diesen Italiener empfohlen?«

»Die Susi. Eine Kollegin«, sagte Reni und füllte ihren Mund.

»Ach ja, die Susi. Kenn ich die eigentlich?«

»Ich glaube nicht«, antwortete Reni mit frisch geleertem Mund. »Sie macht auch Führungen im Keplerhaus.«

»Apropos Keplerhaus, hat sich dieser Severin noch mal bei dir gemeldet?«

Auf die Antwort musste er warten, denn seine Freundin musste erst die Pasta versorgen.

»Nein, das hat der längst vergessen.«

»Dieses Symbol, das hättest du mir übrigens auch im Internet zeigen können. Du brauchst bloß ›Saturn‹ einzugeben.«

»Danke für den Tipp! Ich wollte es dir aber dort zeigen, wo ich es gefunden habe. Darüber hinaus war es eine seltene Gelegenheit, dich auch einmal dorthin zu bringen, wo ich arbeite.«

Zitterbart wusste natürlich, dass sie recht hatte. Zumindest, was ihre Arbeit betraf. Schon lag ihm ein Versprechen für die

Zukunft auf der Zunge, das er jedoch gleich wieder mit einem Stück Pizza herunterschluckte. Er würde es doch nicht halten können. Ihm blieb nur, sie um Nachsicht zu bitten.

»Unsere Berufe haben einfach eine zu geringe Schnittmenge«, meinte er.

»Besonders deiner«, fügte sie hinzu.

»Mea culpa. Ich bin einfach zu viel unterwegs. Noch Wein?«, fragte er und zog die Flasche aus dem Weinkühler. Seine Freundin nickte und kaute.

»Hast du dir schon etwas für den Sonntag überlegt?«

»Hab ich«, antwortete er und nahm einen kleinen Schluck.

»Ich hoffe, es ist ein Seitenhieb auf diesen Zoigl dabei.«

»Das ist gar nicht so einfach«, sagte er kauend. »Immerhin ist der Abend Peter gewidmet. Es ist nicht der richtige Ort, um Konflikte dieser Art auszutragen.«

»Trotzdem!«

»Trotzdem habe ich mir etwas überlegt. Es muss nur subtil genug sein, das ist alles. Und ich muss diesen Brunner überfordern. Er wird wieder den Freund und Peter-Versteher geben. Ich bin also im Vorteil. Ist aber noch nicht ganz spruchreif.«

»Schade«, sagte Reni, die genau wusste, dass ihr Lebensfährte nie etwas Halbfertiges preisgab.

»Warte es doch ab. So, und jetzt …? Das gibt's doch nicht!«

Maßlos erstaunt sah sich Zitterbart mit einem Augenpaar konfrontiert, das einem Mann mit schulterlangen schwarzen Haaren gehörte. Der Mann war ebenso überrascht wie er und verharrte für einige Sekunden, bevor er abdrehte.

»Das ist der Mann, der mich verfolgt hat«, erklärte Zitterbart, sprang von seinem Platz auf und folgte ihm bis zur Tür. Keuchend kehrte er schon nach kurzer Zeit zurück.

»Nichts zu machen, der ist mir an Jugend deutlich überlegen.«

»Was macht der hier? Das kann doch kein Zufall sein«, mutmaßte Reni aufgeregt.

»Die Welt ist klein. Selbst in der Oberpfalz. Natürlich war es ein Zufall. Sonst hätte er mich nicht so angestarrt.«

Einer der Kellner kam an ihren Tisch und sah sie abwechselnd an: »Gibt es ein Problem? Wurden Sie belästigt?«

»Nein, alles in Ordnung«, antwortete Zitterbart. »Das heißt, eigentlich doch, wenn Sie so fragen. Ja, wir wurden belästigt. Sagen Sie, kennen Sie zufällig diesen Gast? Ist es etwa ein Stammgast? Hatte er hier einen Tisch reserviert?«

Der Kellner drehte sich um und rief: »Toni? Vieni qui subito!«

Toni erschien umgehend und stellte sich erwartungsvoll den Wünschen seiner Gäste, worauf Zitterbart seine Fragen wiederholte.

»Sì, signore. Nein, kein Stammgast. Er hatte einen Tisch bestellt. Für vierzehn Uhr.«

»Darf ich fragen, auf welchen Namen?«

Toni sah den Kellner an, der umgehend seine Zustimmung gab.

»Sì, signore. Auf den Namen Müller.«

»Kein Vorname?«

»No, nur Müller. Für vier Personen. Da drüben. Tisch zwei«, erklärte Toni und lächelte ihn an.

»Grazie«, bemühte sich Zitterbart. »Tut mir leid, dass ich Ihren Gast verscheucht habe.«

»Ist schon in Ordnung. Er hat Sie ja belästigt«, entgegnete der Kellner.

»Danke.«

»Müller«, spottete Reni, nachdem die beiden Italiener wieder gegangen waren. »Das ist ja sehr hilfreich.«

»Rembremerdeng wäre leichter gewesen.«

»Den Namen gibt es doch gar nicht.«

»Bei Karl Valentin schon«, widersprach er.

»Spaß beiseite, was ist das … für ein Typ? Was will der von dir?«

»Wenn ich das wüsste«, grübelte Zitterbart und hatte plötzlich ein Bild vor Augen. »Ich hab den doch schon mal gesehen. Aber wo?«

»Du hast doch so ein phänomenales Gedächtnis.«

»Das schon, aber kein perfektes.«

»Und das fällt dir jetzt ein?«

»Wahrscheinlich, weil es jetzt bei Tageslicht und aus der Nähe war. Keine Ahnung. Ich hab ihn aber kürzlich irgendwo gesehen«, sagte er und lehnte sich zurück.

»Denk nach!«

»Das versuche ich gerade«, sagte er und schloss die Augen, um sie gleich wieder zu öffnen. »Auf einem Foto. Bei Peter. Im Ordner mit den gesammelten Kritiken. Auf einem Zeitungsfoto. Da stand er neben oder schräg hinter Peter. Er hatte seine Augen auch so weit aufgerissen wie gerade eben. Das muss der Grund sein, warum ich auf ihn gekommen bin.«

»Es gibt also eine Verbindung zu Peter«, sagte Reni.

»Wenn ich mich nicht irre. Komm, essen wir und gehen noch mal in seine Wohnung.«

»Na, dann guten Appetit. Unser Essen ist nämlich längst kalt«, stellte Reni fest. »Dieser blöde Typ hat uns alles verdorben.«

»Wir lassen uns die Pizza und die Pasta einpacken«, schlug Zitterbart vor, »und machen sie uns später warm.«

»Wie romantisch. So habe ich mir das immer vorgestellt«, maulte seine Freundin, ließ Gabel und Löffel fallen und sah ihn enttäuscht an.

»Ist etwas nicht in Ordnung mit dem Essen?«, fragte der Kellner, den sie nicht hatten kommen sehen.

Zitterbart sah seine Freundin und dann den Kellner an. Er hatte keine Wahl.

»Es ist leider kalt geworden. Unsere Schuld. Könnten Sie es uns erwärmen? Wäre das möglich?«

»Sì, signore.«

Der Anflug eines Lächelns huschte über ihr Gesicht, während Zitterbart innerlich aufatmete. Zitterbart hatte die Neugier gepackt. Er wollte wissen, wer dieser Mann war, und hoffte auf eine klärende Bildunterschrift. Natürlich konnte er auch rein zufällig auf das Foto gelangt sein.

Am frühen Nachmittag parkten sie in der Nähe von Peters Haus und gingen den Rest des Wegs zu Fuß. Schon von Weitem sahen sie, dass sich etwas tat.

»Langsam«, mahnte Zitterbart. »Sie müssen uns nicht unbedingt sehen.«

»Und wenn schon«, meinte Reni. »Es ist nicht verboten, hier zu spazieren. Dass du ständig Peters Wohnzimmer besuchst, wissen sie ja nicht.«

Vor dem Haus standen zwei Polizeifahrzeuge. Mehrere Beamte waren damit beschäftigt, Kartons in die Wagen zu verladen.

»Ich wette, da ist auch der Ordner drin«, stöhnte Zitterbart.

»Wieso kommen die eigentlich jetzt auf die Idee, das ganze Zeug mitzunehmen?«

»Keine Ahnung«, ärgerte er sich. »Die Wege von Frau Degenhardt sind unergründlich. Vielleicht haben sie eine neue Spur, die sie überprüfen wollen. Was weiß ich.«

Trotz der neuen Lage kehrten sie nicht um, sondern schlenderten weiter und stellten sich zu anderen Voyeuren, die der Durchsuchung beiwohnten. Die Aktion währte indes nicht lange, nach fünf oder sechs Kartons war bereits Schluss. Die Haustür wurde abgeschlossen und versiegelt, die Beamten stiegen in ihre Fahrzeuge und fuhren davon. Die beiden Journalisten, die fast im selben Augenblick eintrafen, kamen zu spät. Nach kurzer Diskussion entschlossen sie sich, wenigstens die Schaulustigen zu befragen. Zitterbart und Reni winkten ab und überquerten die Straße. Die beiden Journalisten folgten ihnen, da sie den bekannten Kabarettisten erkannt hatten. Während einer Fragen stellte, machte sein Kollege Fotos. Da Zitterbart nicht auf sie einging, zogen sie sich schließlich zurück.

»Ich bin gespannt, was die schreiben«, sagte Reni.

»Ich nicht«, meinte Zitterbart. »Da sie nichts in Erfahrung gebracht haben, werden sie dem Leser gemischte Vermutungen servieren. Es sei denn, die Kripo gibt ihnen noch ein paar Tipps.«

»Komisch, so vor diesem Haus zu stehen«, sagte Reni. »Ich finde, es hat sich seit Peters Tod verändert. Es sieht anders aus. Ich weiß nicht, wie ich das begründen soll, aber es sieht anders aus.«

»Ich weiß, was du meinst. Mir ist es im Wohnzimmer so ergangen. Es war nicht mehr das Wohnzimmer, in dem wir gefeiert, getrunken und gestritten haben. Jetzt ist es definitiv nicht mehr sein Wohnzimmer, und mein letzter Besuch war tatsächlich mein letzter Besuch.«

Die Polizeiaktion hatte nicht nur Schaulustige auf den Plan gerufen, sondern auch Mr. Tregennis, den Nachbarn, der seine Tür halb geöffnet hatte. Mit unverhohlener Neugier beäugte er das Paar, von dem ihm ja nur Zitterbart bekannt war. Sein gesteigertes Interesse galt daher Reni.

»Mr. Tregennis«, erklärte Zitterbart und hob zum Gruß kurz seine Hand. »Stammt aus Cornwall. Niemand weiß, wovon er lebt und warum er ausgewandert ist. Er hat als mein Schlüsselmeister fungiert. Verlässt praktisch nie sein Haus.«

»Und ob er das tut«, entgegnete sie.

»Woher weißt du?«

»Weil ich ihn schon ein paarmal im Keplerhaus gesehen habe. Letzte Woche zum Beispiel.«

18

Vorsichtig öffnete Zitterbart die Garderobentür.

»Er ist noch nicht da«, begrüßte ihn Norbert Neugirg. »Kannst ruhig reinkommen.«

»Mein neuer Partner!«, strahlte Lizzy Aumeier.

»Träum weiter.« Zitterbart schüttelte den Kopf und zwängte sich in den Raum, der eigentlich viel zu klein für seine Aufgabe war. Hinter den beiden Kollegen stand Bernd Regenauer und wartete darauf, von einer der beiden Maskenbildnerinnen bearbeitet zu werden.

»Alles klar bei dir?«, fragte er.

»Alles klar«, antwortete Zitterbart. »Bis auf Peter natürlich. Aber wem sag ich das. Deshalb sind wir ja hier.«

»Dieser Brunner leider auch«, fauchte Aumeier.

»Ach komm«, sagte Regenauer. »Der sucht auch bloß seine Nische.«

»Und wenn schon«, hielt sie ihm entgegen. »Der spielt sich als alter Kumpel vom Peter auf. So etwas geht einfach nicht.«

»Aber es weiß doch jeder, dass dem Torsten diese Rolle zukommt«, entgegnete Regenauer. »Das ist halt seine Masche. Er will auch zum erlauchten Kreis derer gehören, die den Peter gekannt haben.«

»Allerdings auf meine Kosten«, warf Zitterbart ein. »Ich war mit Norbert in seiner Show. Der hat ganz schön auf mich geschossen. Ach was, er hat auf uns alle geschossen.«

Regenauer sah ihn verwundert an.

»Na, Bernd, das hast du nicht gewusst«, frotzelte Aumeier.

»Hab ich auch nicht«, gab er zu.

»Egal«, sagte Zitterbart. »Ich verabschiede mich wieder und lass mich später schminken. Es ist besser, wenn ich ihm nicht über den Weg laufe. Ein Mord in der Szene reicht.«

»Verstehe«, versuchte Neugirg zu nicken, denn er hatte einen dicken Pinsel im Gesicht.

»Das verstehe ich auch. Aber ich verstehe nicht, warum die

Schneckenreiter den überhaupt eingeladen hat«, beschwerte sich Aumeier. »Und wenn der zehnmal jeden Saal füllt. Hier geht es doch um etwas anderes als die Quote.«

»Auch auf die Gefahr hin, dass ich mich wiederhole, Lizzy: Träum weiter«, sagte Zitterbart. »Also, bis später.«

Er schloss die Tür und suchte sich im Zuschauerraum einen schattigen Platz. Der war schnell gefunden, nämlich in der letzten Reihe. Ein Platz, der von der Bühne aus nicht zu sehen war. Vor ihm, im grellen Scheinwerferlicht, tanzten Beleuchter, Aufnahmeleiter, Kamerafrauen und -männer, Kabelhelfer und der Regisseur über die Bühne und trafen letzte Vorbereitungen für die Proben. Es waren heiße Proben geplant, in Kostüm und Maske.

Im Prinzip ging es darum, dass alle Beteiligten die Nummern der Kabarettisten und Comedians einmal gesehen hatten. Das musste reichen. Moderationsproben waren auch noch angesetzt, Lizzy Aumeier sollte durch den Abend führen und Stationen aus dem Leben von Peter Wittmann in Erinnerung rufen. Das war auch schon das ganze Konzept, über Nacht zusammengezimmert von der Redaktion. Aber warum nicht? Zitterbart war froh, dass sich die Redaktion überhaupt dazu durchgerungen hatte. Bei einem Kabarettisten. Allerdings bei einem sehr bekannten.

Der Regisseur war fertig. Ihm war es sogar gelungen, die versammelte Redaktion vom Ort des Geschehens zu entfernen. Jetzt war es Aufgabe der Aufnahmeleiter, den ersten Kollegen auf die Bühne zu lancieren.

Bernd Regenauer erschien und wurde sofort auf eine Position gedrängt, die mit farbigem Klebeband markiert wurde. Der Regisseur, das Textbuch in der Hand, bat um den Vortrag, um anschließend die Kameras einrichten zu können.

Während Regenauer sich Peters Lieblingsthema vornahm, die sinn- und grundlos Prominenten, die durch die Medien geisterten, ohne dass sich deren Qualifikation für diesen Job erschloss, bemerkte Zitterbart eine Bewegung im Augenwinkel. Zunächst achtete er nicht darauf, denn den Proben wohnten immer Freunde, Partner oder Verwandte bei. Das war nichts Ungewöhnliches. Die suchten sich fast immer einen Platz in den vorderen Reihen. Neben ihm, auf der rechten Seite der hinteren Reihe, hatte jedoch jemand, wie er, der Dunkelheit den Vorzug gegeben. Zitterbart konnte nicht einmal eine Silhouette erfassen. Ohne die schwache Reflexion einer Brille, eines Rings oder eines anderen Schmuckstücks hätte er die Anwesenheit gar nicht bemerkt. Doch ab und zu traf ein Lichtstrahl von der Bühne bei ihnen ein und sorgte für ein schwaches Glitzern, das dem Glimmen einer Zigarette ähnelte.

Unter anderen Bedingungen wäre ihm der unbekannte Zuschauer völlig egal gewesen. Die Zeiten und seine vom Zoigl verachtete Sensibilität hatten sich jedoch geändert. Er fühlte sich beobachtet, war nicht mehr entspannt, konnte dem hintergründigen Humor seines Kollegen nicht mehr folgen. Nervös schwenkte er seinen Kopf immer wieder nach rechts und versuchte, die Dunkelheit zu durchdringen, kam jedoch nur ein paar Plätze weit. Über die Gewissheit, in einiger Entfernung jemanden neben sich zu haben, kam er nicht hinaus. Das frustrierte ihn mit der Zeit, machte ihn sogar aggressiv. Er wollte aufspringen und den Unbekannten stellen, hielt sich aber zurück, da ihn die Frage bedrängte, inwieweit er noch echte von falschen Verfolgern unterscheiden konnte.

Vorn nahmen die Proben Fahrt auf. Plötzlich stand Brunner im Rampenlicht und gab den Zoigl. Er riss Zitterbart aus seinen Gedanken, denn auf diesen Auftritt hatte er eigentlich gewartet. Er wollte wissen, was Brunner in dieser Sendung riskierte, um noch darauf reagieren zu können. In einer Livesendung war das kein Problem. Brunner legte los, Zitterbart spitzte die Ohren.

»… möchte ich mich zunächst vor einem der ganz Großen verneigen und bin dankbar, ihn gekannt zu haben …«

Größer hätte die Überraschung nicht ausfallen können. Brunner hatte offenbar Kreide gefressen. Seiner Nummer fehlte alles Perfide, fehlte die Wut, fehlte jede Zote, die unterhalb der Gürtellinie angesiedelt war. Auf der Bühne stand ein anderer Zoigl als jüngst in Amberg. Zitterbart spürte, wie der Comedian kämpfte, wie er um seine Worte bemüht war, wie er jegliche Angriffsfläche kaschierte und seinerseits auf Angriffe verzichtete. Seine Absicht war es, so schien es zumindest, als einer von vielen

Kollegen der Zunft auf der Bühne zu stehen. Er wollte den Eindruck erwecken, ebenfalls Kabarettist zu sein, obwohl er dies nicht war und sich in seinem Programm sogar ausdrücklich vom Kabarett distanzierte. Zitterbart konnte nur verwundert lauschen.

»Der Peter, der ist in falsche Kreise geraten, genauer gesagt in einen falschen Kreis. Aber das zu klären ist Aufgabe der Polizei. Unsere Aufgabe ist es, an ihn zu erinnern. Etwa mit der Geschichte vom Kallmünzer Zahnsteinsammler, die er so gerne erzählt hat. Der Zahnsteinsammler aus Kallmünz war nämlich …«

Natürlich kannte Zitterbart die Nummer. Einer von Peters Klassikern. Aber er konnte sich nicht auf die Version vom Zoigl konzentrieren, weil der Unbekannte neben ihm unruhig wurde. Die Stuhlreihe des kleinen Theaters übermittelte ihm eine plötzliche Aktivität. Zitterbart sah auf die Bühne. Es musste etwas mit Brunners Vortrag zu tun haben, denn die Nummer von Bernd Regenauer hatte der Unbekannte bewegungslos ertragen. Er war also wie er wegen Brunner gekommen, wollte ebenso wie er wissen, was der über Peter sagte.

Zitterbart lehnte sich in seinem Sitz zurück, um noch unsichtbarer zu sein, und kniff gleichzeitig die Augen zusammen. Doch die Dunkelheit erwies sich als zäher Gegner.

»… war auch so eine Marotte vom Peter. Der konnte sich da hineinsteigern, konnte sich echauffieren, wie sonst nur noch Edmund Stoiber …«

Wieder bebte die Stuhlreihe. Es war kein starkes Beben, aber ein deutlich spürbares. Ein nervöses Beben, das auf das Bühnengeschehen reagierte.

»… zum Abschluss noch ein kleines Gedicht vom Peter: Der Sündenbock als Gärtner. Bekanntlich ist der Mörder talentiert als Gärtner, doch auch als …«

Die Magnitude veränderte sich, die Stärke des Bebens nahm zu. Zitterbart stierte ein weiteres Mal in die Dunkelheit, obwohl er wusste, wie aussichtslos auch dieser Versuch sein würde. Immerhin bewegte sich das schwache Glitzern durch die Nacht.

»… triumphiert der feige Mord auch an diesem lichten Ort.«

In diesem Augenblick veränderte sich das Bühnenlicht. Brunners Nummer war zu Ende. Da Zitterbart noch immer in der

Dunkelheit fahndete, erfasste er für einen Sekundenbruchteil die Umrisse einer schwarz gekleideten Gestalt. Und hielt abrupt den Atem an. Die Augen, in die er so flüchtig sah, waren die einer Maske, einer Fratze, einer Grimasse, eines Totenschädels. Das durch den Raum zuckende Licht ließ viele Möglichkeiten offen und verstieß die Gestalt plötzlich wieder in die Dunkelheit der letzten Reihe.

Im selben Augenblick sprang der Unbekannte auf und floh in die Nacht. Dabei musste er sich allerdings noch einmal kurz ins Licht begeben, da er notgedrungen eine Tür öffnen musste. Die Gestalt im Türspalt gehörte einer eher zierlichen Person, vielleicht einer Frau, doch es konnte genauso gut ein Mann sein. Von der Maske, sofern der Flüchtige tatsächlich eine trug, war von hinten nichts zu erkennen, der Kopf wurde zum Großteil vom hohen Kragen eines schwarzen Mantels verdeckt. Ein paar blonde Haarsträhnen waren noch zu erkennen, dann schnappte die Tür zu.

Zitterbart rang nur kurz mit seinen Gefühlen. Sollte er der Gestalt nachgehen, oder wurde er langsam paranoid? Er sprang aus dem Sitz und ging durch die Stuhlreihe, stieß sich das Knie, erreichte dennoch schnell die Tür und stand im Licht. Der Unbekannte konnte eigentlich nur ein Ziel haben, den nächsten Ausgang. Zitterbart rannte los, passierte eine weitere Tür, übersprang drei Treppenstufen, legte sich in eine Kurve und hatte den Ausgang im Visier. Die Schwingtür rührte sich nicht. Er steppte auf die Straße und schaute in beide Richtungen. Ein paar vereinzelte Passanten, die nicht zu der schwarzen Gestalt passten. Und einer der Beleuchter, der einen großen Karton in Händen hielt.

»Wie lange bist du schon hier draußen?«, fragte Zitterbart.

»Schon zu lange. Ich warte auf einen Kollegen. Aber der kommt einfach nicht. Was gibt's denn so Eiliges?«

»Hat jemand diesen Ausgang benutzt? Vor ein, zwei Minuten?«

»Bestimmt nicht«, antwortete der Mann.

»Danke«, sagte Zitterbart und stand auch schon wieder im Theater. Kurz sah er auf die Uhr, denn er wollte seine Probe nicht verpassen. Noch hatte er Zeit.

»Er ist also immer noch im Haus«, sprach er mit sich selbst. »Es gibt ja noch andere Ausgänge. Es muss jemand sein, der das Theater kennt. Er hat sich ja auch unbemerkt eingeschlichen.«

Er entschied sich für den Bühneneingang an der Rückseite des Theaters und gab wieder Gas. Er wählte einen Weg, der nicht gleich zur Bühne führte und demnach nicht stark frequentiert war. Dennoch kamen ihm Fernsehmitarbeiter und Theaterleute entgegen, darunter sogar der Inspizient.

»He, George, grüß dich. Sag mal, ist dir ein schwarz gekleideter Typ begegnet? Könnte auch eine Maske tragen?«

»Nee, aber euer komischer Regisseur.«

»Danke.«

Dennoch lief er weiter. Der Unbekannte konnte auf anderen Wegen zum Bühneneingang gelangen. Auf einer Treppe wurde es eng, dann folgten zwei Türen und ein schmaler Gang, bevor in dem kleinen Eingangsbereich stand. Zwei weitere Türen mündeten auf dieses Miniaturfoyer. Eine davon spuckte in diesem Augenblick die schwarze Gestalt samt Maske aus. Es war eine schwarze, verzerrte, entstellte Parodie der bekannten Guy-Fawkes-Maske.

Er muss den Weg durch den Keller genommen haben, dachte Zitterbart. Nach einer Schrecksekunde nahm er die Verfolgung auf. Der Unbekannte hatte auf dem Absatz kehrtgemacht und war von der Tür regelrecht verschluckt worden.

Da ist jemand sehr sportlich, stellte Zitterbart keuchend fest.

Er hatte Mühe, mit dem Tempo mitzuhalten, das die Gestalt vorgab. Eine Tür erwischte er besser als sie und holte auf. Zitterbart fuhr seinen rechten Arm aus, doch es reichte noch nicht. Wie aus dem Nichts betrat ein Bühnenarbeiter den Gang und wurde von der Gestalt über den Haufen gerannt. Ihr Verfolger hatte weniger Glück und scheiterte bei dem Versuch, über den Gestürzten zu springen, da dieser im selben Augenblick versuchte aufzustehen. Zitterbart fiel der Länge nach hin und rutschte über den ausgetretenen Teppich. Er hörte das Schließen einer Tür. Als er sich wieder aufgerichtet hatte, war der Maskierte verschwunden.

»Shit!«, zischte Zitterbart und fasste sich kurz ans Schienbein.

»Ihr seid damisch!«, schimpfte der Bühnenarbeiter und setzte seinen Weg fort. »Künstler. Was soll man da sagen?«

»Das alte Türenspiel«, meinte Zitterbart, denn vor ihm gab es reichlich Auswahl. Er befand sich vor den Garderoben. Mit äußerster Vorsicht öffnete er die erste Tür, hinter der sich ein schwarzes Loch verbarg. Mit einem schnellen Griff zum Schalter erzwang er Durchblick. Eine leere Garderobe, zwei Schminkspiegel, Kleiderständer ohne Kostüme.

Die nächste Tür öffnete er ebenso vorsichtig, immer darauf gefasst, sich einem Gegner stellen zu müssen. Es brannte Licht, eine benutzte Garderobe, eine Person, vergraben in Kostümen.

»Hab dich!«, rief Zitterbart und stürzte sich auf die unbekannte Gestalt. Es regnete Kostüme, ein Kleiderbügel traf ihn am Kopf, unter ihm rumorte es.

»Nicht so stürmisch!«

Die Stimme kannte er.

Lizzy Aumeier.

»Double shit!«, schnaufte er und arbeitete sich aus dem Kleiderberg.

»Ich hab ja gewusst, dass du auf mich stehst«, sagte die Kabarettistin, nachdem sie das Licht der Welt wieder erblickt hatte. »aber dass es so schlimm ist …?«

»Lizzy. Liebe Lizzy. Es tut mir leid, ich habe dich für jemand anderen gehalten.«

»Das kann nicht sein, das geht nämlich gar nicht.«

»Ob du es glaubst oder nicht, ich verfolge einen Verdächtigen. Schwarz gekleidet mit einer schwarzen Maske«, erklärte er, stand auf und schlüpfte durch die Tür. »Sorry.«

Auf dem Gang waren die schnellen Schritte nicht zu überhören. Er hatte das Türenspiel verloren, aber nicht den Krieg. Wieder gab er Gas, sprang über Treppenstufen, hechtete durch Türen, bahnte sich Wege durch entgegenkommende Mitarbeiter.

»Was ist denn in den gefahren?«, schickte ihm jemand eine Frage hinterher.

Für Gegenfragen nach dem Flüchtigen fehlte ihm die Zeit. Den Schritten nach zu urteilen holte er auf. Eine Tür noch und er stand wieder vor dem Ausgang. Auf der Straße traf er auf den

Beleuchter, der noch immer mit seinem Karton vorm Bauch wartete.

»Er ist nach rechts«, rief er Zitterbart zu, doch es war bereits zu spät. Er erheischte noch einen letzten Blick auf den schwarzen Mantel, dann bog der Unbekannte in die nächste Seitenstraße ein. Ihm fehlte die Luft, dieses Rennen weiter fortzusetzen.

»Der sah ja aus wie der Zorro«, meinte der Beleuchter.

»Aber er war's nicht«, keuchte Zitterbart. »Glaub mir, er war's nicht.«

19

»Und du musst dir das wirklich selbst ansehen?«

»Ja, es geht nicht anders. Ich muss es mit eigenen Augen sehen. Die Bilder im Internet reichen mir nicht«, verteidigte sich Zitterbart.

»Klingt altmodisch. Und das aus deinem Mund«, bemerkte Reni, die neben ihm im Volvo saß.

»Das ist es sicher auch. Aber ich brauche das nun einmal so.«

»Fehlt bloß noch das Wort ›authentisch‹.«

»Das ist nicht einmal verkehrt«, nickte er. »Es drückt den Abstand aus, auf den man im digitalen Zeitalter verzichtet. Den Abstand zwischen dem Original und einem Haufen Pixel. Ich will es mit eigenen Augen sehen, verstehst du? Mich ein bisschen unabhängig von den Medien machen, selbst zu einem Urteil kommen.«

»Das klingt jetzt aber nach Immanuel Kant.«

»Freut mich, das zu hören«, lachte er. »Ja, wenn du so willst, ist es durchaus der Versuch, mich aus einer gewissen Unmündigkeit zu befreien.«

»Na, dann viel Erfolg.«

»Jetzt mach dich nicht lustig, Reni.«

»Mach ich doch gar nicht. Sag mir lieber, warum du dir einen geklauten Stein ansehen willst.«

»Den kann ich mir nicht ansehen, denn er ist geklaut worden, wie du eben gesagt hast. Ich will mir das Loch ansehen, in dem er gesteckt hat«, erklärte er.

»Wer klaut einen Stein aus einer Stadtmauer?«, fragte Reni. »Das ist doch völliger Blödsinn. Und dann dieser enorme Aufwand. Bohrhämmer, Meißel, was weiß ich. Für einen blöden Stein.«

»Für einen besonderen Stein«, warf Zitterbart ein. »Wir sind da. Am besten, wir parken vorm Schmidt-Haus.«

Da genügend Plätze frei waren, entfiel die Parkplatzsuche. Reni warf noch einen längeren Blick auf das von Karl Schmidt gestaltete Haus im Zentrum von Nabburg, einer gut sechstausend

Einwohner zählenden Kleinstadt an der Naab, bevor sie nach Norden gingen. Über den Oberen Markt gelangten sie zum Obertor, einem achteckigen Turm aus dem 15. beziehungsweise 16. Jahrhundert. Ein paar Meter vom Obertor entfernt hatten sich bereits ein paar Neugierige eingefunden, zu denen sich nun auch Zitterbart und seine Freundin gesellten. Ein Flatterband hinderte sie daran, sich der Stadtmauer zu nähern. Für den Verkehr war die Straße gesperrt.

In der Wand der Stadtmauer, die aus verschiedenen Feldsteinen bestand, klaffte ein Loch von einem halben Meter Durchmesser. Jeder Laie konnte sehen, was in der Nacht zuvor geschehen war.

»Einen Krach hat das gemacht«, berichtete einer der Passanten, ein älterer, kleiner Mann. »Ich wohne zwei Straßen weiter, in der Rotbühlstraße, und selbst ich bin sofort aufgewacht. Es war gerade Mitternacht. Aber lange hat es nicht gedauert. Die waren schnell. Als die Polizei kam, waren die längst über alle Berge.«

»Das ist keine Kunst«, sagte eine rundliche Frau lachend und provozierte weitere Lacher.

»Wenn ihr mich fragt«, kommentierte eine andere Passantin, »braucht die Polizei nur die Irrenhäuser abzuklappern. Es fehlt bestimmt einer, und schon wissen sie, wer es war.«

»Das kann nur ein Irrer gewesen sein«, stimmte ihr der alte Mann zu. »Aber es müssen zwei gewesen sein. Ich habe zwei Maschinen gehört.«

»Na gut, dann fehlen eben zwei«, korrigierte sich die Frau.

»Cäsar und Napoleon. Wetten?«, sagte die rundliche Frau und verließ die kleine Versammlung, die aber gleich wieder durch Neuzugänge komplettiert wurde.

»Wer klaut denn einen Stein?«, fragte eine gerade eingetroffene Schülerin.

»Meine Frage«, flüsterte Reni ihrem Freund zu.

»Eine gute Frage«, pflichtete ihr Zitterbart bei und zog sie ein paar Meter zur Seite. »Die Antwort liefert der Stein selbst. Es war nämlich ein besonderer Stein.«

»Ich weiß. Der Teufelsschuh. Trotzdem, es ist auch nur ein Stein. Ich verstehe nicht, was der mit Peters Tod zu tun haben könnte.«

»Ich auch noch nicht«, gestand Zitterbart. »Aber er hat etwas damit zu tun.«

Reni sah ihn verwundert an.

»Jetzt mach es nicht so spannend!«

»Peter wurde in der Nähe der Großen Teufelsküche ermordet. Der gestohlene Stein ist der Teufelsschuh.«

»Jetzt verstehe ich. Der Teufel höchstpersönlich steckt dahinter. Mensch, Torsten, das ist doch nur so ein blöder Zufall. Das sind bloß Namen, die sich irgendwann einmal irgendjemand ausgedacht hat. Die haben nichts mit der Gegenwart oder der Realität zu tun. Ich kenne deine überbordende Phantasie. Verrenn dich da nicht in etwas.«

»Keine Sorge, das tue ich bestimmt nicht. Ich lote nur ein paar Möglichkeiten aus. Möglichkeiten, für die sich die Polizei nicht interessiert«, rechtfertigte er sich mit dem Rücken zur Wand.

»Wo geht's jetzt hin? Das war doch bestimmt noch nicht alles?«

»Ich habe am Vormittag Friedrich Rotwang angerufen.«

»Den Namen kenn ich doch. Das ist dieser Sammler von Märchen und Sagen. Der diese tollen Bücher herausgibt.«

»Genau der«, sagte er. »Wir statten ihm jetzt einen Besuch ab, um ein bisschen mehr zu erfahren.«

»Das klingt am wenigsten unlangweilig«, stimmte sie zu. »Und wir brauchen hier nicht länger in der Kälte zu stehen. Du hast doch alles gesehen, oder?«

»Mit eigenen Augen.«

Sie machten Platz für nachrückende Neugierige und gingen zurück zum Auto. Der Himmel hatte sich ein Betongrau zugelegt und ließ kaum einen Sonnenstrahl passieren. Auf manchen Dächern hielt sich weiß der Frost, obwohl es längst wieder über null war. Auch der Winter lotete seine Möglichkeiten aus.

Rotwang wohnte in einem stattlichen Altbau am Ostufer der Naab mit Blick auf die Altstadt von Nabburg, die auf einem Felsen über dem Fluss thronte.

Der Mann, der ihnen öffnete, war eine bekannte Person. Zumindest in der Oberpfalz. Der Eigentümer eines kleinen Verlags hatte vor vielen Jahren lokale und regionale Sagen und Märchen für sich entdeckt und durchforstete nun, mit einem Diktiergerät bewaffnet, die Oberpfalz. Ältere Bürger, Bibliotheken und private Sammlungen zählten zu seinen bevorzugten Opfern. Die Ergebnisse seiner Arbeit erschienen natürlich im eigenen Verlag. Bibliophile Bücher, die vor allem in der Weihnachtszeit zahlreiche Käufer fanden. Zudem war Rotwang regelmäßig auf Lesereise, die man in seinem Fall eher als »Erzählreise« bezeichnen konnte. Für ihn begann jetzt die Hochsaison; das graue Wetter war bestes Erzählwetter. Rotwangs Gesicht wiederum erwies sich als perfektes Erzählgesicht. Ein runder Kopf mit Bart, jenem von Richard Attenborough nicht unähnlich. Dazu ein runder, aber dennoch nicht dicker Körper.

»Kommen Sie rein«, bat der Mann um die sechzig lächelnd und führte sie in eine Märchenhöhle voller skurriler Dinge. Sie kamen aus dem Staunen nicht mehr heraus. Wolpertinger aller Art bevölkerten betagte Schränke und nicht mehr ganz weiße Wände, dicke wie alte Bücher, in Leder gebunden, lagen auf Anrichten und Tischen, in Apothekerflaschen und Gläsern lagerten Phantasiesubstanzen wie Drachentränen oder Froschfedern. Hier und da verzierten sonderbar geformte Baumwurzeln oder Zweige die wenigen freien Flächen an den Wänden. Bilder zeigten märchenhafte Brunnen, Wassermühlen und Schlösser, in kleinen Vitrinen waren Haare verschiedener Märchenfiguren zu bewundern.

»Das gehört zu meinem Beruf«, entschuldigte sich Rotwang. »Ich bin längst mehr Märchenonkel als Verleger.«

»Da gibt es nichts zu entschuldigen«, sagte Zitterbart. »Welchen Eindruck würde es denn machen, wenn ein Journalist oder Fernsehteam Sie in einer modernen Wohnung mit Schleiflackmöbeln antreffen würde. Imagepflege ist wichtig.«

»Na, dann bin ich erleichtert, dass Sie meine Sammelleidenschaft verstehen. Es ist ja nur ein Spaß. Nehmen Sie es also mit Humor.«

»Das tun wir«, sagte Reni.

»Nehmen Sie doch bitte Platz«, bat Rotwang und wies ihnen eine alte Couch zu, während er in einem speckigen Ledersessel versank. »Sie kommen wegen des Teufelsschuhs, Herr Zitterbart. Eine üble Sache. Wer klaut schon einen Stein?«

»Meine Frage«, sagte Reni und warf Zitterbart einen vielsagenden Blick zu.

»Waren Sie dort? Sie deuteten so etwas am Telefon an.«

»Ja, wir haben uns den Schaden angesehen. In der Stadtmauer klafft ein großes Loch.«

»Vandalen!«, schimpfte Rotwang. »Ein geradezu barbarischer Akt! Jugendliche, wenn Sie mich fragen. An Stelle der Polizei würde ich mal bei eBay nachsehen, ob der Stein schon angeboten wird. Oder was denken Sie?«

Zitterbart zuckte mit den Schultern.

»Ich weiß es nicht.«

»Beabsichtigen Sie, diese frevelhafte Tat in Ihr nächstes Programm einzubauen? Ich habe übrigens die Livesendung am Sonntag gesehen. Ausgezeichnet, muss ich sagen. Ganz nach meinem Geschmack. Dabei fällt mir ein: mein herzliches Beileid noch zu dem Verlust Ihres Partners. Wie peinlich, Sie nicht gleich darauf angesprochen zu haben.«

»Macht nichts. Ist schon in Ordnung. Aber Sie haben völlig recht. Dieser Diebstahl schreit förmlich danach, kabarettistisch aufbereitet zu werden. Genau deshalb habe ich Sie angerufen. Mir fehlen die Hintergründe.«

»Ihnen fehlt die Sage«, sagte Rotwang in seinem Sessel. »Die kann ich Ihnen liefern. Darf ich Ihnen zuvor etwas anbieten? Einen Glühwein vielleicht? Meine Frau macht den besten Glühwein der Oberpfalz. Keine Widerrede. Sophie? Kommst du mal?«

In der Tür des Wohnzimmers und Märchenmuseums erschien eine Frau mit langen grauen Haaren, ein in die Jahre gekommenes Schneewittchen oder Dornröschen. Sie trug ein langes violettes Kleid und schenkte ihnen ein märchenhaftes Lächeln. Zitterbart stand sofort auf und reichte ihr die Hand, gefolgt von Reni.

»Bleiben Sie sitzen«, sagte die schlanke Frau und stellte ein kleines Tablett, auf dem Becher dampften, auf einen Beistelltisch.

»Sie trinken keinen Glühwein?«, fragte Reni.

»Nein, ich lasse Sie jetzt allein. Ich habe noch viel zu tun«, antwortete sie und entschwand mit einem weiteren Lächeln.

»Meine Frau leidet unter Migräne«, erklärte Rotwang. »Sie überspielt ihren Schmerz, wie Sie vielleicht bemerkt haben.«

»Das tut mir leid«, sagte Zitterbart.

»Ist schon gut. Kommen wir auf die Sage zurück. Ich habe da mehrere Versionen gehört. Je nachdem, wer sie erzählt. Es gibt gedruckte Versionen, die sogar im Internet auftauchen. Hier also eine gängige Fassung: Vor langer Zeit beabsichtigte der Burggraf zu Nabburg, für seine Dienerschaft eine eigene Kapelle zu errichten. Er beauftragte den Hofbaumeister mit dieser Aufgabe und war vom Ergebnis so begeistert, dass er eine ganz besondere Weihezeremonie plante. Er lud nicht nur Grafen und Ritter ein, sondern auch die Bürger von Nabburg. Der Bischof von Regensburg sollte die Weihe vornehmen. Ganz Nabburg freute sich. Bis auf den Teufel, der vom Rotbühl aus das Geschehen verfolgte.«

»Rotbühl?«, fragte Zitterbart.

»Ein Berg hier in der Nähe«, antwortete Reni. »Eher ein Hügel.«

»Ganz genau. Als dann eines Tages die Kapelle fertig war und die feierliche Zeremonie begann, war der Teufel derart aufgebracht, dass er seinen linken Schuh auszog und in Richtung Nabburg schleuderte. Er verfehlte jedoch die Kapelle und traf die Stadtmauer, die wiederum dem Einschlag standhielt. Seither steckt der Teufelsschuh neben dem Obertor in der Mauer. Das ist auch schon die ganze Geschichte«, erklärte Rotwang und nahm sich einen Becher vom Tablett.

Auch Reni und Zitterbart griffen zu und testeten vorsichtig das heiße Getränk.

»Wirklich gut«, urteilte Reni.

»Guter Wein und gute Gewürze. Das ist das ganze Geheimnis«, verriet der Märchenonkel.

»Glauben Sie, dass der Diebstahl etwas mit dieser Sage zu tun hat?«, fragte Zitterbart.

»Aber selbstverständlich«, antwortete Rotwang ohne Umschweife. »Oder glauben Sie, jemand hat dringend günstiges Baumaterial gebraucht?«

»Nicht wirklich.«

»Natürlich wurde der Stein aus der Mauer gebrochen, weil er der Teufelsschuh aus der Sage ist. Warum denn sonst? Es ist zwar eine völlig absurde und blöde Idee, aber das Motiv ist die Sage.«

»Was werden die Diebe mit dem Stein machen?«, fragte Reni.

»Da gibt es viele Möglichkeiten. Ich denke, sie werden ihn früher oder später in die Naab werfen oder anderweitig verschwinden lassen. Er hat ja keinen materiellen Wert. Es ist eben nur ein alter Stein. Die Stadt wird das Loch stopfen, und der Vorfall wird vergessen werden. Die Welt hat andere Sorgen.«

»Das hört sich für einen Märchenerzähler aber sehr rational an«, bemerkte Zitterbart.

»Das ist es sicher auch«, gab Rotwang zu. »Aber eine andere Sichtweise gibt es da nicht. Allenfalls könnte man den Stein, wie ich vorhin schon bemerkt habe, an einen Souvenirjäger verkaufen.«

»Das ultimative Oberpfalzsouvenir.« Reni schüttelte den Kopf.

»Genau in der Art«, lachte Rotwang und wandte sich dem Glühwein zu.

Zitterbart tat es ihm gleich und hing dabei seinen Gedanken nach. Er stellte sich den oder die Diebe vor, die sich nachts vor der Mauer einfanden und ihre mitgebrachten Bohrhämmer in Stellung brachten. Ein großer Aufwand und ein großes Risiko. Der Tatort bot kaum Fluchtmöglichkeiten, man saß dort in der Falle. Ohne laute Geräte aber wäre der Stein nicht zu entfernen gewesen. Vandalismus hielt er also für nicht plausibel, behielt aber seine Meinung für sich.

»Sagen Sie, Herr Rotwang, wie sieht es denn mit einer Sage über die Große Teufelsküche aus?«, fragte er schließlich.

»Ich fürchte, da muss ich Sie enttäuschen. Ich habe mittlerweile zwar viele Exkursionen unternommen, um zu retten, was noch zu retten ist. Bis nach Tirschenreuth bin ich allerdings noch nicht vorgedrungen. Vielleicht schaffe ich es im kommenden Jahr.«

Eine gute Stunde später saßen Zitterbart und Reni wieder im Auto. In ihren Ohren hallten noch immer die sagen- und märchenhaften Sätze ihres Gastgebers nach, der es sich nicht hatte nehmen lassen, das eine oder andere Märchen vorzutragen.

Jeder hielt ein Märchenbuch von Friedrich Rotwang in Händen, das der Herausgeber ihnen geschenkt und natürlich mit einer ellenlangen Widmung versehen hatte. Geschrieben mit einer echten Gänsefeder und echter Sepiatinte.

»Immerhin«, stöhnte Reni. »Er hat uns wieder gehen lassen.«

»Wenn das kein geborener Erzähler ist …«, stöhnte auch Zitterbart und startete den Motor.

20

Schritte näherten sich, die Dielen knarrten.

Sie waren zu zweit.

Die Treppe. Sie kamen die Treppe hinauf.

Unverständliches Getuschel erreichte seine Ohren.

Sie blieben stehen. Wahrscheinlich, um zu lauschen.

Aber er rührte sich nicht, bewegte nicht einmal seinen kleinen Finger, hielt den Atem an.

Sie gingen weiter, schlichen die Treppe hinauf, waren fast bei ihm.

Aber Zitterbart hatte ein gutes Versteck. Hinter der langen Truhe aus Keplers Zeiten war er nicht so leicht zu entdecken.

Die zwei Besucher blieben stehen, das vertraute Knarren erstarb. Sie hatten den ersten Stock erreicht.

Was hatten sie vor? Was wollten sie von ihm?

Leider konnte Zitterbart den Kopf nicht über den Rand der Truhe recken. Sie hätten ihn unweigerlich gesehen.

Das Knarren setzte wieder ein, sie hatten sich für einen der Räume entschieden. Zitterbart ahnte, für welchen. Er wartete, bis er das leichte Quietschen der alten Türangeln vernahm und dieses wieder verstummte. Sie mussten den Ausstellungsraum betreten haben.

Er wartete noch kurz und riskierte dann einen schnellen Blick.

Nicht hinter der Tür, wie erwartet, sondern vor ihr stand ein Mann. Sie hatten ihn in eine Falle gelockt. Der Mann hatte keine Mühe, ihn zu entdecken, schließlich war helllichter Tag.

Zitterbart musste sein Versteck verlassen, so schnell wie möglich. Mit einem gewagten Sprung überwand er die alte Truhe und rannte los. Vor der Tür, die er anvisierte, stellte sich ihm plötzlich eine Frau in den Weg. Ihrer finsteren Miene nach zu urteilen war sie zu allem entschlossen. Also änderte er seinen Fluchtplan, schlug einen Haken und erklärte nun die Treppe zum Ziel, um ins Erdgeschoss zu gelangen. Er hatte die ersten Stufen geschafft, als sich ihm eine zweite Frau am Fuß der Treppe in den Weg stellte.

Notgedrungen blieb er stehen. Und gab auf.

»Was sollte denn das werden?«, rief Hjördis von Sonthofen, die seine Flucht vereitelt hatte.

»Die Traumsequenz. Das hatte ich dir doch schon erklärt. Ich halte es für eine gute Idee, den Schauplatzwechsel zu nutzen, um den Zuschauer ein bisschen in die Irre zu führen«, argumentierte Zitterbart nüchtern. »Er soll nicht gleich merken, dass es sich um einen Traum handelt.«

»Ein Traum? Sieht mir mehr nach einer albernen Edgar-Wallace-Parodie aus.«

»Edgar Wallace?«, wiederholte Zitterbart irritiert.

»Genau. Mit Lizzy Aumeier als seltsamer Gräfin, Norbert Neugirg als unheimlichem Mönch und dir als Frosch mit der Maske. So sah das gerade jedenfalls aus. Und deshalb hast du mich allen Ernstes an diesen seltsamen Ort zitiert? Für diese billige Einlage?«

Oben auf der Treppe erschienen Lizzy Aumeier und Norbert Neugirg und verfolgten frustriert die Szene, die sich weiter unten abspielte.

»Weil ich dir unbedingt die Stimmung des Keplerhauses vermitteln wollte. Der Traum ist schließlich eine Schlüsselszene«, legte Zitterbart nach.

»Dieser Alptraum bestimmt nicht«, spottete die Münchner Produzentin.

»Wir finden ihn spannend«, entgegnete Lizzy Aumeier.

»Wenn man auch noch bedenkt, dass alles in Schwarz-Weiß ist«, sagte Norbert Neugirg, »ist doch die Irritation für den Zuschauer noch viel größer.«

Hjördis von Sonthofen ließ ihren Blick stumm und mit versteinerter Miene von einem zum anderen wandern. Sie trug ein Kostüm im Retrodesign, das auch Veruschka oder Audrey Hepburn in den 1960ern gut gestanden hätte. Wie immer war jede ihrer Bewegungen ein Auftritt, eine Inszenierung, hinter der ihr wahres Ich nicht zu erkennen war.

»Kinder, Kinder, so kann man doch keinen Film machen.

Seid mir nicht böse, aber das sind studentische Ideen. So etwas kann sich Bully Herbig erlauben, aber doch nicht wir. Denn wir drehen einen Film von Erwachsenen für Erwachsene. Ein Roadmovie, verbunden mit der üblichen Sinnsuche, keinen Coming-of-Age-Film, keinen Franken-Tatort. Ein Film, in dem Peter, unsere Hauptfigur und Alter Ego von Peter Wittmann, die verschiedensten Menschen trifft, die ihn an alte Freunde und Weggefährten erinnern. Schon vergessen?«

»Nein, liebe Hjördis, das habe ich nicht vergessen«, antwortete Zitterbart ruhig. »Aber du scheinst etwas vergessen zu haben, nämlich, dass du mich als Drehbuchautor engagiert hast. Und der wird ja wohl den einen oder anderen Vorschlag machen dürfen? Oder habe ich da etwas missverstanden? Steht vielleicht insgeheim schon alles fest?«

»Natürlich nicht!«, widersprach die Produzentin, doch Zitterbart hatte sie längst ertappt.

Für ihn war es nicht schwer, eine Lüge am Gesicht abzulesen. Daran konnte ihre Selbstinszenierung nichts ändern. Hanno Auerbach, der nicht mit nach Regensburg gekommen war, hatte also recht gehabt. Es ging tatsächlich um seinen Namen, nicht um seine Ideen, nicht um seine Dialoge, nicht um seinen kabarettistischen Witz. Nur aus diesem Grund hatte er die kleine Szene mit seinen Kollegen eingeübt. Um sie zu überführen.

»Lieber Torsten, das Drehbuch ist natürlich deine Sache.« Hjördis kam auf ihn zu und schlug einen sanften, versöhnlichen Ton an. »Aber es muss auch ein richtiges Drehbuch werden. Ein Drehbuch für ein Roadmovie, wie unser Freund Peter es sich in seinem Treatment gewünscht hat.«

»Dort ist aber von einem Traum die Rede. Ein Traum, der ihn überhaupt dazu inspiriert, München zu verlassen und eine Reise in die Oberpfalz anzutreten«, erklärte Zitterbart. »Und da der Film-Peter unzufrieden, unglücklich und frustriert ist, könnte der Traum doch so aussehen. Eine paranoide Situation. Peter fühlt sich verfolgt. Von unbekannten Mächten. Wir könnten diesen Traum im Stil des expressionistischen Films drehen. Mit schiefen Wänden und verformten Treppen. Wie in ›Das Cabinet des Dr. Caligari‹ oder wie in ›Nosferatu‹.«

»Nein, könnten wir nicht«, wollte sie erneut aufdrehen, fing sich aber schnell wieder. »Lieber Torsten. Wir drehen keinen Kunstfilm, sondern einen Unterhaltungsfilm, und das weißt du auch. Schau mal, wir dürfen das Publikum nicht überfordern. Die Bilder müssen sich sofort und von selbst erschließen, verstehst du?«

»Hast du einen Gegenvorschlag?«, lenkte er ein.

»Wie wäre es damit: Wir drehen einen Farbfilm, folglich ist auch die Traumsequenz in Farbe. Peter liegt im Bett, dann eine Unschärfeblende, und wir sind im Traum. Dort sehen wir Jana, Peters Freundin, die sich von ihm losreißt und davonläuft. Peter bleibt mit ausgestreckten Armen zurück. Drehort ist eine Sommerwiese. Wir wiederholen das Loslassen der Hände mehrere Male. Das ist ein prägnantes Bild, das nicht missverstanden wird.«

Genau so stand es in dem Drehbuchentwurf, den Zitterbart von Auerbach zugespielt bekommen hatte.

»Scheußlich kitschig«, kommentierte Lizzy Aumeier von der Treppe. »Passt aber gut zu einem Heimatfilm. ›Die Fischerin vom Matterhorn‹.«

»Erinnert mich eher an einen Schlagerfilm mit Roy Black«, spottete Norbert Neugirg.

»Dann ist es ja genau das, was wir suchen«, grinste Hjördis. »Retro ist in. Schlager auch. Wir übertreiben den Kitsch, dann wirkt es postmodern. Was meinst du? Also, überleg es dir.«

»Das werde ich tun, liebe Hjördis«, sagte Zitterbart. »Die Traumszene soll uns nicht im Wege stehen.«

»Und deswegen dieses ganze Theater«, stöhnte Hjördis. »Tu mir bitte einen Gefallen und schicke mir einfach deinen Entwurf. Halte dich an das Treatment. Weiche nicht vom Wege ab. Das wird mir viele Fahrten in die Provinz ersparen. Hanno erledigt dann den Rest. Okay?«

Die Produzentin sah nervös auf die Uhr.

»Es wird jetzt wirklich Zeit, ich muss zurück. Ein wichtiges Meeting. Ich will nicht in die Rushhour kommen.«

»Danke, dass du dir die Zeit genommen hast«, sagte Zitterbart.

»Für dich immer. Das weißt du doch«, sang sie gönnerhaft, umarmte ihn kurz und deutete einen Kuss auf die Wange an.

Seinen Kollegen rief sie noch »Danke« und »Tschau, tschau« zu, dann balancierte sie auf ihren High Heels davon.

»Na, hab ich zu viel versprochen?«, fragte Zitterbart, nachdem nichts mehr zu befürchten war.

»Zu wenig«, meinte Neugirg. »Viel zu wenig.«

»Das ist ja ein Gerät«, staunte Aumeier. »Mit der war Peter befreundet?«

»Ja, das war er.«

»Hat sich dein Verdacht nun bewahrheitet?«, fragte Neugirg. »Ich meine, hat sich unsere kleine Inszenierung gelohnt?«

»Ja, das hat sie«, sagte Zitterbart. »Sie spielt nur ein Spiel.«

»Glaubst du, sie hat etwas gemerkt?«, fragte Aumeier.

»Kann schon sein. Aber das schadet nicht. Im Gegenteil. Sie muss damit leben, dass wir neue Regeln in ihr Spiel einfügen. Habt ihr noch ein paar Minuten? Da wären noch paar ein Dinge.«

»Klar, haben wir.«

»Ich habe Auerbach versprochen, ihn umgehend anzurufen. Das bin ich ihm schuldig. Dauert aber nicht lange.«

»Wir sind bei Kepler«, sagte Neugirg.

Zitterbart blieb unten, holte sein Smartphone aus der Tasche und rief den ewigen Assistenten an. Die Mailbox. Er hatte auch schon einen Verdacht. Bestimmt war Hjördis schneller gewesen und las ihm jetzt die Leviten. Oder schmiedete neue Pläne. Er ging nach oben und schloss sich Aumeier und Neugirg an.

»Das ging aber schnell«, meinte seine Kollegin.

»Besetzt. Ich gebe ihm noch ein paar Minuten«, sagte er.

»Warst du schon einmal hier?«, fragte Aumeier.

»Sogar schon nachts«, antwortete Zitterbart. »Die Reni hat einen Schlüssel.«

»Na, ihr seid mir ja zwei«, grinste Aumeier. »Nackt im Museum. Oder?«

»So ähnlich, meine Sexgöttin«, konterte er. »Aber eigentlich –«

Sein Smartphone. Der Anrufer war nicht schwer zu erraten.

»Komme gleich wieder«, sagte Zitterbart und verließ den Raum. Er hatte sich nicht geirrt, es war Auerbach.

»Sie haben Hjördis ja ganz schön auf die Palme gebracht.«

»Das war keine große Herausforderung.«

»So oder so, es hat bestens funktioniert. Sie ist zutiefst verunsichert, sie weiß nicht mehr, was sie von Ihnen halten soll. Als ich ihr gesagt habe, dass Sie den Vertrag schon unterschrieben haben, ist sie blass geworden.«

»Wie –«

»Ich weiß einfach, wann sie blass wird«, versicherte Auerbach. »Ich muss es nicht wirklich sehen.«

»Was hat sie vor?«

»Da müssen Sie sich noch etwas gedulden. Dafür braucht sie immer etwas Zeit. Aber eine erste Maßnahme hat sie mir schon aufgetragen: Ich soll Sie anrufen und Ihnen sagen, dass Sie uns jede fertige Seite einzeln mailen sollen.«

»Vertrauen ist gut, Kontrolle ist besser«, zitierte Zitterbart.

»Darin ist sie spitze«, sagte Auerbach. »Ein echter Kontrollfreak.«

»Den Gefallen werde ich ihr nicht tun. Jede Seite einzeln.«

»Es bleibt bei unserer kleinen Absprache?«, fragte Auerbach vorsichtig.

»Na klar.«

»Gut, dann bis morgen.«

Zitterbart legte auf und lächelte. Er war mitten im Spiel und hatte den Status der Spielfigur abgestreift. Nur in einem anderen Spiel war er noch immer Figur und nicht Spieler. Zum Spielen fehlten ihm noch zu viele Informationen. Aber das sah er als eine Frage der Zeit an. Die Presse, ob print oder online, berichtete kaum noch über die Ermittlungsarbeit der Polizei. Sie schien auf der Stelle zu treten. Die erneute Hausdurchsuchung bei Peter hatte offenbar ebenfalls keine Fortschritte gebracht.

Er steckte das Smartphone weg und ging zurück in den Ausstellungsraum. Aumeier und Neugirg standen vor der ihm bekannten Zeichnung Keplers.

»Kennst du das auch? Die Planetenbahnen?«, fragte Aumeier.

»Natürlich. Wozu ist Reni Museumspädagogin.«

»Dieser Kepler, das war schon ein schlauer Mann«, meinte Neugirg. »Wenn man bedenkt, mit welch einfachen Teleskopen die damals gearbeitet haben.«

»Kepler soll sogar eines erfunden haben. Das nach ihm benannte Kepler-Fernrohr«, gab Zitterbart mit seinem Wissen an. »Aber sicher ist das nicht. Wisst ihr übrigens, was das für Zeichen sind?«

»Das sind die alten Symbole für die Planeten«, wusste Neugirg. »Die gibt es schon lange. Die haben früher auch die Astrologen und Alchemisten verwendet.«

»Ich weiß«, sagte Zitterbart. »Das hier ist zum Beispiel das Zeichen für den Saturn.«

»Ist mir bekannt«, sagte Neugirg. »Aber weißt du denn auch, wie dieses Symbol im Volksglauben heißt, wie es von den Abergläubischen genannt wird?«

Jetzt musste Zitterbart passen.

»Teufelshaken. Der geschwungene Schwanz kann nämlich als Sichel angesehen werden, die das Kreuz kappt. Als Teufelshaken ist das Saturnzeichen also ein antichristliches Symbol. Das dürfte jedoch für den Herrn Kepler keine Rolle gespielt haben. Der wollte bloß wissen, wie sich der Saturn um die Sonne bewegt. Eigentlich ist das ja ganz einfach mit den Planetenbahnen. Also der Saturn zum Beispiel, der …«

Aber da hörte Zitterbart schon nicht mehr zu.

21

»Ich habe übrigens Ihre Sendung am Sonntag gesehen«, sagte Degenhardt. »Sehr gelungen. Und auch berührend. Wirklich beachtlich, was Sie und Ihre Kollegen da auf die Beine gestellt haben. Peter Wittmann muss wirklich sehr beliebt gewesen sein. Doch deshalb sind Sie bestimmt nicht zu mir gekommen.«

»Danke für das Lob«, begann Zitterbart. »Sie haben natürlich recht. Ich würde gerne, sofern es Ihnen möglich ist, etwas über den Stand der Ermittlungen erfahren. Die Zeitungen üben sich in Zurückhaltung. Wenn man von den Verlautbarungen Brunners absieht.«

»Sie meinen diesen Zoigl?«

»Genau den.«

»Jetzt stimme ich Ihnen zu«, sagte die Hauptkommissarin. »Der lässt ja nichts aus, um sich in Szene zu setzen.«

»Haben Sie ihn eigentlich … befragt?«

»Den Zoigl? Nein, ich sehe auch keinen Grund. Soweit wir bislang in Erfahrung bringen konnten, hat er Peter Wittmann nicht einmal gekannt. Es wundert mich daher, dass er in der Presse immer wieder diesen Eindruck erweckt.«

»Das wundert nicht nur Sie.«

»Dann stellen Sie ihn doch mal zur Rede«, schlug Degenhardt vor.

»Das werde ich tun.«

»Ach ja, der Stand der Ermittlungen. Ehrlich gesagt, da gibt es nicht viel zu berichten. Auch wenn es Ihnen nicht gefällt, wir sind nach wie vor davon überzeugt, dass die Tat in einem Zusammenhang mit Drogenmissbrauch steht. Wir haben ein paar bekannte Mitglieder der hiesigen Drogenszene verhört, sind aber nicht weitergekommen. Ermittlungen dieser Art dauern.«

»In eine andere Richtung ermitteln Sie nicht?«, fragte Zitterbart arglos.

»Sie meinen das Tatwerkzeug? Wittmann wurde tatsächlich mit diesem Hufeisen erschlagen. Das Blut hat für die Rechtsmedizin ausgereicht. Natürlich haben wir versucht, herauszufinden, woher das Hufeisen stammt. Doch leider treten wir auch hier auf der Stelle. Hufeisen kann man überall kaufen. Sogar im Internet.«

»Keine neuen Spuren in der Teufelsküche?«

»Nein, keine. Wir wissen nicht einmal, ob er dort überhaupt gewesen ist. Die Kollegen von der Spusi halten dies eher für unwahrscheinlich. Wittmann muss auf dem Parkplatz, der ja nicht einmal ein offizieller ist, seinen Mörder getroffen haben. Was hätte er auch zwischen diesen sonderbaren Felsen machen sollen?«

»Eine gute Frage«, warf Zitterbart ein.

»Oder auch nicht. Denn unsere Hunde haben keinerlei Drogenspuren gefunden. Und die finden in der Regel jedes Drogenversteck. Die einzige Möglichkeit, die wir in Betracht gezogen haben, ist eine Flucht. Erschlagen wurde er aber dennoch auf dem Ihnen bekannten Gelände. Es tut mir leid, Ihnen nicht mehr sagen zu können. Wir finden den Täter. Verlassen Sie sich darauf.«

Zitterbart bedankte sich, stand auf und verließ das Büro der Hauptkommissarin. Bestimmt hatte sie ihm einiges verschwiegen, nicht aber Wesentliches. Sie hatte sich festgebissen und setzte auf Zeit und Hartnäckigkeit. Irgendwann, so schien sie zu hoffen, würde der Täter sich verraten, würden Informanten ihn verpfeifen, würde er einen Fehler machen.

Im Wagen wartete Reni auf ihn, der er eine kurze Zusammenfassung des Gesprächs gab. Ratlos sahen sie sich eine Weile an.

»Das war ja zu erwarten«, meinte sie.

»Ein Satz von dem Brunner will mir nicht aus dem Kopf«, dachte Zitterbart laut nach. »Er hat nicht von falschen Kreisen gesprochen, in die Peter geraten sei, sondern von einem falschen Kreis. Der Maskierte ist daraufhin ganz nervös geworden.«

»Was könnte er damit gemeint haben? Ein falscher Kreis?«

»Einen konkreten, einen, den er kennt. Wir müssen mit Brunner reden«, setzte Zitterbart seine Überlegungen fort. »Irgendetwas weiß der. Der war ja auch in dem Pferdezirkus von dieser Weidenblatt. Ich wehre mich zwar sehr dagegen, aber vielleicht hat er den Peter doch gekannt. Vielleicht aus diesem Kreis, von dem er gesprochen hat?«

»Den er aber als falschen bezeichnet hat«, half Reni nach.

»Stimmt auch wieder. Komischerweise hat er nur in der Probe diese Formulierung benutzt. Als ob er gewusst hätte, dass dieser Maskierte im Theater sitzt.«

»Dann könnte es eine Warnung gewesen sein. Oder sogar eine Drohung«, schlug Reni vor.

»Nach dem Motto: Passt auf, ich weiß Bescheid«, murmelte er nachdenklich. »Es hilft nichts, wir müssen mit dem Brunner reden. Ob ich ihn einfach mal anrufe? Was meinst du?«

»Aber versau es nicht. Sei friedlich und verrate ihm vor allem nicht gleich am Telefon, was du wirklich von ihm willst.«

Zitterbart nickte, zog sein Smartphone aus der Tasche und ließ es nach der Nummer fahnden.

»Der wird Augen machen«, meinte Reni.

»Pst«, sagte er und tippte mit dem Finger aufs Display. Das flache Gerät wählte.

»Servus, hier ist die Gaby.«

»Hallo, hier ist der Torsten.«

»Torsten? Kenn ich nicht.«

»Torsten Zitterbart.«

Das Smartphone legte eine kurze Pause ein.

»Der Partner vom Peter?«

»Genau der«, antwortete er betont freundlich. »Ich würde gerne mal den Helmut sprechen.«

Es folgte eine weitere Pause.

»Den Helmut? Der ist gerade auf der Piste. Worum geht es denn?«, fragte Gaby, deren Stimme einen aktiven Kaugummi vermuten ließ.

»Um Berufliches. Wir müssen dringend ein paar Dinge klären.«

»Klingt stark nach Ärger.«

»Ärger? Wie kommst du denn darauf? Wir müssen nur mal reden. Schließlich werden wir uns in Zukunft öfter über den Weg laufen. Nicht zu vergessen der Film.«

Kleine Pause.

»Film? Was für ein Film?«

»Na, Peters Film. Das müsstet ihr doch wissen?«, sagte Zitterbart verwundert.

»Peters Film? Geht das nicht ein bisschen genauer?«, fragte die Frau gereizt.

»Na ja, Peters Film eben. ›Peters Mondfahrt‹. Sein letztes großes Projekt. Das Treatment ist von ihm, ich schreibe das Drehbuch. Viele Kollegen spielen mit. Wird von einer Münchner Produzentin finanziert und kommt im nächsten Jahr in die Kinos. Das kann doch nicht an euch vorbeigerauscht sein? Das glaub ich einfach nicht.«

Jetzt gab es wieder eine Pause. In seinem Ohr rumpelte es, als würde sie die Hand auf das Mikro halten und mit jemandem reden.

»Ach so, klar, verstehe«, antwortete sie, als sei ihr alles gerade wieder eingefallen. »Und da soll der Helmut mitmachen?«

»Kann schon sein. Genau darüber würde ich gerne mit ihm reden. Aber wenn das für dich Ärger bedeutet …?«

»Das konnte ich ja nicht ahnen, Mann.«

»Also, wann hat er Zeit?«

Die übliche kurze Funkstille.

»Heute läuft gar nichts mehr. Ich weiß nicht, wann der Helmut wieder zurück ist. Morgen ist auch schlecht, da sind wir den ganzen Tag in Würzburg. Frühestens übermorgen. Kennst du das Schmierentheater?«

»Rate mal«, antwortete er staubtrocken.

»Sorry. Also im Schmierentheater um … sieben?«

»Abgemacht. Im Schmierentheater um sieben.«

»Bis dann.«

Zitterbart beendete das Gespräch mit einem Fingertippen und steckte das Smartphone weg.

»Geht doch«, sagte Reni.

»Alles eine Frage des Köders.«

»Die zwei fragen sich jetzt, was da hinter ihrem Rücken läuft und warum ihnen niemand einen Tipp gegeben hat. Die platzen bestimmt vor Neugier.«

»Ich möchte zu gerne wissen, wen die jetzt alles anrufen. Komm, ruf du die Lizzy an, ich den Norbert. Schnell!«

Nachdem sie die Kollegen eingeweiht und vorgewarnt hatten, startete Zitterbart den Motor.

»Wird aber auch Zeit. Ich friere wie ein Schneider«, sagte Reni. »Komm, wir fahren zu mir, und ich mache uns einen Glühwein.«

»Später«, entgegnete Zitterbart. »Wir machen vorher noch einen kleinen Ausflug.«

»Oh nein. Bitte nicht. Wohin willst du denn?«

»Nach Schwandorf. Ich dreh auch die Heizung auf.«

»Also zu dem Ponyhof von Karin Weidenblatt.« Reni rollte mit den Augen.

»Du bist so eine Pferdenärrin. Wolltest du dir dieses Reiterparadies nicht schon immer einmal ansehen? Und dich dort ein wenig umsehen?«

»Ach so ist das, ich soll für dich spionieren! Du bist doch der Detektiv!«

»Aber ich bin auch bekannt. Aus Funk und Fernsehen.«

»Auf keinen Fall! Kommt gar nicht in die Tüte! Das kannst du gleich vergessen!«

Nach einer endlos scheinenden Fahrt, während der die Heizung des alten Volvos gegen die fast schon winterliche Kälte eines trüben Herbsttages ankämpfte, suchte Zitterbart einen Parkplatz, der von der großzügigen Anlage aus nicht einsehbar war. Wie schon bei seinem ersten Besuch war der Reitstall gut besucht. Die meisten Fahrzeuge waren bullige SUVs, die Klientel von Karin Weidenblatt zählte offenbar nicht zum Prekariat.

»Frustrierte Arztfrauen«, sagte Reni.

»Ein reines Vorurteil«, erwiderte Zitterbart. »Frust gibt es auch in anderen Berufen. Bist du so weit?«

»Ja, ja, ich geh ja schon!«

»Und vergiss nicht: Wir haben uns nie gesehen.«

»Keine Sorge, ich werde dich in kürzester Zeit vergessen«, sagte Reni, stieg aus und machte sich widerwillig auf den Weg.

Zitterbart blieb sitzen, um etwas Zeit verstreichen zu lassen. Sein Blick glitt über die verschiedenen Gebäude und verharrte dann bei den Monstertrucks, die vorgaben, noch zur Kategorie der Pkws zu gehören. Er stieg aus und schlenderte an den Fahrzeugen vorbei. Reni war bereits im großen Tor verschwunden. Sieben SUVs und zwei Kleinwagen, die winzig gegenüber den Riesen wirkten. Sieben schwarze SUVs. Das konnte natürlich ein Zufall sein, denn Schwarz war bei SUVs nicht gerade eine seltene Farbe. Wenn sie nicht schwarz waren, dann weiß oder silbermetallic. Vielleicht war auch Schwarz bei Reitern eine aktuelle Modefarbe.

Zitterbart umrundete die SUVs und betrachtete die martialisch anmutenden Kühlerfronten. Zwei der Wagen hatten Nabburger Kennzeichen, zwei waren aus Regensburg, drei aus Schwandorf. Weiter hinten standen noch weitere Autos, doch sein Interesse war längst erloschen. Er spazierte durch das Tor und hielt Ausschau nach Karin Weidenblatt, konnte sie aber nicht entdecken. Auch Reni bekam er nicht zu Gesicht, was angesichts der Größe der Anlage nicht verwunderlich war. Er ging zu dem Platz, an dem er bei seinem ersten Besuch auf den Hufschmied gestoßen war, doch an diesem Tag wurde kein Pferd beschlagen.

Vor dem großen Stallgebäude überlegte er, kurz bei Sonja vorbeizuschauen, verspürte dann aber keine Lust dazu. Er hatte es auf Karin Weidenblatt abgesehen und wollte ein weiteres Mal den Film als Köder nutzen, in der Hoffnung, mit ihr ins Gespräch zu kommen. Nach kurzem Zögern betrat er doch den Stall und fand Sonjas Box leer vor. Hinter dem geöffneten Tor fand er einen guten Platz, um unbemerkt große Teile des Geländes zu überblicken. Eines musste man den Reitern lassen: Vom nasskalten Herbstwetter ließen sie sich nicht von ihrem Hobby abhalten. Es wurde longiert, dressiert und geflüstert, was die Gerten hergaben. Er hoffte, Reni irgendwo zu entdecken, aber sie blieb unsichtbar.

Nach ein paar Minuten verließ er seinen Beobachtungsposten und ging zur Halle, um auch dort seine Augen offen zu halten. Vielleicht konnte er hier seine Zielperson aufspüren. Auch sah er den Fleiß, der auf der Reitbahn in Lektionen investiert wurde. Befehle wurden gerufen, Bahnfiguren wiederholt, Reitschüler ermahnt. Zitterbart war diese Welt fremd, so fremd wie die der Apnoetaucher, Bierdeckelsammler oder Kaninchenzüchter. Er umrundete die Reitbahn und kehrte zum Eingang zurück, ohne auf ein bekanntes Gesicht gestoßen zu sein.

Als ihm ein Mann in grauer Arbeitskleidung mit einem Sattel unterm Arm entgegenkam, fragte er kurz: »Wo finde ich Karin Weidenblatt?«

»Karin?«, wiederholte der Mann. »Da haben Sie Pech. Die ist heute nicht da.«

»Danke.«

Zitterbart gab auf und spazierte zum großen Tor zurück. Jetzt war er es, der sich nach einer heißen Tasse Tee und einem Lebkuchen sehnte. Aber vielleicht hatte Reni etwas erfahren. Noch immer konnte er sie nirgends entdecken. Dafür kam ihm am Tor eine Frau entgegen, die er nicht sofort einordnen konnte. Als sie ihn anlächelte, erkannte er sie.

»Hallo, Herr Zitterbart! Schön, Sie auch noch zu treffen«, begrüßte ihn die Frau des Märchenonkels, die ihr langes graues Haar zu einem Zopf geflochten hatte. Trotz des trüben Nachmittags, der sich erfolgreich gegen das Sonnenlicht zur Wehr setzte, wirkte sie jünger als bei der ersten Begegnung. »Ihre Frau habe ich auch schon getroffen.«

»Das freut mich«, sagte er, vor allem, weil ihm nichts Besseres einfiel. »Sie reiten auch?«

»Ich? Wo denken Sie hin? Ich habe nur meine Nichte abgesetzt. Sie ist allerdings eine passionierte Reiterin«, lächelte sie. »Und Sie?«

»Ich?«, wiederholte er. »Nein, Pferde mögen mich nicht.«

»Aber Ihre Frau reitet doch?«

»Noch nicht«, antwortete er. »Deshalb sind wir ja hier. Hat sie Ihnen das nicht erklärt?«

»Nicht so direkt«, sagte Frau Rotwang, deren Wangen tatsächlich rot waren. »So, jetzt muss ich aber. Viel Spaß noch, Herr Zitterbart.«

»Ja, danke. Wiedersehen«, sagte er und verfolgte sie mit seinem Blick.

Dabei galt seine Aufmerksamkeit gar nicht ihr, sondern dem Wagen, in den sie stieg. Es war keiner der monströsen SUVs, sondern ein roter Fiat 500, den er vorhin keines Blickes gewürdigt hatte. Kaum war sie aus seinem Blickfeld verschwunden, kehrte Reni zu ihm zurück.

»Wo warst du denn? Ich hab dich überall gesucht!«, beschwerte er sich ein bisschen.

»Du hast bestimmt nicht überall gesucht, Torsten. Sonst hättest du mich ja gefunden«, konterte sie und strahlte über beide Ohren. »Rate mal, wen ich getroffen habe?«

»Frau Rotwang.«

»Die auch, ja. Aber die meine ich nicht.«

»Sondern?«

»Karin Weidenblatt. Du, die ist ja total nett. Die müssen wir unbedingt mal einladen. Peter war ihre große Liebe. Aber das erzähle ich dir auf der Fahrt. Komm, mir ist kalt.«

22

Zitterbart drückte auf die Klingel. Es dauerte lange, bis jemand die Tür öffnete.

»Ach, du bist es«, begrüßte ihn eine Frau mit tiefer Stimme und Zigarette in der Hand. »Komm rein. Was treibt dich zu uns?«

»Ich bin mit dem Brunner verabredet.«

»Na, dann viel Spaß. Der hat heute eine Laune«, sagte sie, drehte sich um und ging voraus. »Er müsste in der Garderobe sein.«

Zitterbart folgte ihr, hätte die Garderobe aber auch ohne sie gefunden. Er mochte Hanne Tischler, die seit Jahren darum kämpfte, ihre Kleinkunstbühne über Wasser zu halten. Ein Acht-Stunden-Tag war für sie ein unerfüllbarer Traum.

Sie klopfte, wartete aber nicht auf eine Antwort, sondern öffnete umgehend die Tür.

»Der Torsten ist da.«

»Ah, mein neuer Freund!«, sagte Brunner grinsend, der mitten in dem kleinen Raum stand und von seiner Freundin bühnenkostümiert wurde.

»Halt still!«, mahnte Gaby und fummelte an seinen roten Hosenträgern herum.

»Setz dich«, sagte Brunner und wies mit dem Finger auf einen niedrigen Hocker, der in einer Ecke stand.

Zitterbart zog es vor, stehen zu bleiben. Auf Spielchen wollte er sich gar nicht erst einlassen. Und er kannte die Spielchen.

»Du drehst an Film?«

»Ich? Nein, das macht der Regisseur«, antwortete Zitterbart lakonisch. »Aber ich schreibe das Drehbuch.«

»Die Idee is vom Peter, hat mir die Gaby erzählt.«

»Jetzt halt endlich still!«, fauchte seine Freundin, die in schwarzem Leder steckte und sich eine Punkfrisur hatte machen lassen, die wunderbar in die 1980er Jahre gepasst hätte.

»Peter. Das ist das Stichwort«, fuhr Zitterbart fort und fixierte ihn provokant. »Du kanntest doch den Peter. Oder?«

»Klar kannte ich den«, bellte Brunner zurück, der den Ton richtig gedeutet hatte. »Das war nicht nur *dein* Freund.«

»Das hab ich auch gar nicht behauptet. Er hat nur nie ein Wort über dich verloren.«

»Kann ich was dafür? Also, lieber Torsten, das scheint dich ja wahnsinnig zu piesacken. Dabei ist es ganz einfach. Ich hab deinen Kumpel bei einer Bekannten kennengelernt.«

»Bei der Karin«, warf Gaby ein. »War mal meine Reitlehrerin. Und jetzt hör endlich auf zu zappeln! Oder mach's allein!«

»Der Peter, ja, mit dem hab ich mich gut verstanden. Der hat mich überhaupt auf die Idee gebracht, auf die Bühne zu gehen. Ohne den Peter wär ich immer noch Roadie und würde Boxen schleppen. Aber der Peter, der hat erkannt, dass i die Leut zum Lacha bringa ko. Wenn du weißt, was ich meine?«

»Und ob.«

»Weißt du, was mir der Peter gesagt hat? Probier's doch einfach einmal aus! Genau das hab ich gemacht«, grinste Brunner. »Und jetzt werd ich auch noch Filmstar!«

»Darüber müssen wir noch reden.«

»Was müssen wir? Willst du mich nicht dabeihaben?« Er wurde laut und sah Zitterbart mit funkelnden Augen an. »Ich dachte, deswegen bist du gekommen?«

»Bin ich auch.« Zitterbart blieb bewusst ruhig und freundlich. »Aber ich würde zunächst gerne wissen, warum du so über mich herziehst in deinem Programm.«

Gaby hatte endlich seine roten Hosenträger verarztet.

»Weil du ihn hast hängen lassen, den Peter«, antwortete Brunner, nun wieder leiser.

»Tut mir leid, aber ich kann dir nicht folgen. Könntest du da vielleicht etwas deutlicher werden?«

»Das kann ich leider nicht.«

»Du hast etwas von einem falschen Kreis gesagt«, erinnerte ihn Zitterbart.

»Kann schon sein. Ist aber besser, du weißt nichts. Ich hab jedenfalls versucht, ihn … Komm, vergiss es, Mann. Ich bin Comedian. Ich mach mich lustig über andere Leute. Über jeden. Auch über dich.«

In dem Moment sprang die Garderobentür auf, und Hanne trat ein, natürlich mit Zigarette.

»Helmut, es wird Zeit. Dein Publikum wird unruhig.«

»Bin schon unterwegs. Und wir zwei sprechen uns noch. Wegen diesem Film. Da bin ich nämlich dabei. Kannst dich drauf verlassen!«

»Das werden wir ja sehen.«

»Nach der Show! Hier in der Garderobe!«

»Wenn es sein muss. Und wenn du noch einen kleinen Tipp für mich hast? Du weißt schon …«

»Pass lieber auf dich auf. Du hast nämlich keine Ahnung, was da …« Er baute sich drohend vor Zitterbart auf und zerrte an seinen Hosenträgern, dass sich seine Gaby die Hände vor die Augen hielt. »Nach der Show! Und verpiss dich bloß nicht!«

Zitterbart sagte kein Wort und verließ die Garderobe.

»Jetzt komm halt!« Hanne blieb mahnend in der Tür stehen.

»Bin ja schon da!«, donnerte Brunner.

Auf halber Strecke zur Bühne wurde Zitterbart von Brunner überholt, der an ihm vorbeistampfte wie ein wildes Tier. Er drückte Zitterbart regelrecht an die Wand und versetzte ihm einen spürbaren Schlag in den Rücken. Sekunden später stand er schon vor seinem johlenden Publikum.

»Ist was passiert?«, fragte Hanne besorgt.

»Nichts. Du hattest recht. Der Herr Comedian hat heute schlechte Laune. Das ist alles. Hast du noch einen Platz für mich?«

»Wenn dir ein Klappsitz ganz hinten reicht?«

»Wunderbar.«

»Na, dann komm mal mit.«

Er folgte ihr, ohne Brunners Rempler zu spüren, der wohl eher symbolischen Charakter gehabt hatte. Hinter der letzten Reihe, direkt an der Wand, befand sich tatsächlich noch ein Klappsitz, unbequem, aber ausreichend.

Das Publikum war ein anderes als in der großen Halle in Amberg, es war nüchterner und nicht so leicht zu überzeugen. Schon nach wenigen Minuten war klar, dass der Zoigl einen harten Kampf vor sich hatte. Zitterbart kannte diese Situation nur zu gut. Fast tat ihm der Quereinsteiger leid, dem noch das Gespür für das Publikum fehlte, der nur *sein* Publikum kannte, nicht aber *das* Publikum. Der Zoigl hatte den Dialog zwischen Bühne und Parkett noch nicht umfassend verstanden. Also verfiel er nach kurzer Zeit aufs Witzerzählen, wie andere Comedians auch. Aber auch das musste man beherrschen. Dennoch, Brunner hielt sich tapfer, und Zitterbart wusste, dass er schnell Erfahrungen sammeln würde. Auf ihre Weise lag Schneckenreiter tatsächlich richtig, den Brunners gehörten große Teile der Zukunft.

Die Pause fiel kurz aus, der Andrang auf die kleine Bar hielt sich in Grenzen. Statt Bierflaschen gehörte hier Proseccogläsern die Lufthoheit. Zitterbart hörte gemischte Meinungen, die den Abend ganz gut trafen. Ab und zu grüßte ihn ein bekanntes Gesicht, aber auch Unbekannte warfen ihm Blicke zu.

Im zweiten Teil setzte Brunner den Kampf fort, verzichtete aber auf jegliche Angriffe auf ihn. Stattdessen nahm er vegane Ernährung und Waldorfschüler aufs Korn, was aber auch nur bedingt ankam. Erst als er die FIFA attackierte, erholte sich die Stimmung in dem winzigen Theater. Einen Erfolg konnte er dennoch nicht feiern. Umso gespannter war Zitterbart auf Brunners Laune.

Nach einer Zugabe, die aus einem Witz mit längst abgelaufenem Haltbarkeitsdatum bestand, schwamm Zitterbart wieder einmal gegen den Strom, denn das Publikum hatte andere Ziele. Schnell huschte er durch den schmalen Gang und hatte seine Strategie fest im Blick. Er wollte die Erschöpfung nach der Show nutzen und Brunner festnageln, wollte ihm drohen, wollte ihm die heiß begehrte Rolle im Film verwehren, sollte er weiterhin schweigen.

Der Gang war leer, die Tür war halb geöffnet. Da er keinen Laut vernahm, glaubte er, Brunner sei noch nicht wieder zurück von der Bühne. Warum sollte er nicht in der Garderobe auf ihn warten und ihn sofort unter Druck setzen?

Zitterbart schob das Türblatt zur Seite und sah den wahren Grund für die Stille. Brunner lag auf dem Boden. Mit offenen, regungslosen Augen und blutigem Schädel. Sein Körper hatte eine beinahe embryonale Haltung angenommen. Auf der Rückenlehne des einzigen Stuhls steckte ein Hufeisen. Wie sediert stand Zitterbart vor der Leiche und starrte auf das Blut, das auf dem alten Linoleumboden eine kleine Lache bildete, starrte auf die Augen, die trotz ihrer Größe nichts mehr sahen. Dass Brunner tot war, daran hatte er keinen Zweifel. Wer so dalag, für den kam jede Hilfe zu spät. Als sich die Starre wieder löste, wollte er sich bücken, blieb aber in der Tür stehen. Es war besser, den Raum nicht zu betreten.

Schritte.

Er drehte sich um.

Schon stand Gaby vor ihm, gefolgt von Hanne. Gabys gellender Schrei hallte durch die gesamte Kleinkunstbühne. Sie versuchte, ihn zur Seite zu drücken. Zitterbart hatte große Mühe, sie zurückzuhalten, denn sie wollte sich auf ihren Freund stürzen.

»Nicht! Es ist besser so!« Eine andere Begründung fiel ihm nicht ein.

Sie schrie wie verrückt, wehrte sich gegen seinen Klammergriff, trat gegen seine Beine, versuchte ihn zu beißen.

»Du warst es! Du hast ihn ermordet!«, fuhr sie ihn an. »Du hast ihn gehasst! Lass mich sofort los!«

»Ich war es nicht!«, versicherte Zitterbart und hielt sie weiterhin fest. »Und jetzt lass uns aus der Garderobe gehen. Hanne? Rufst du die Polizei?«

»Ach du dicke Scheiße«, fluchte die Theaterleiterin, während sie einen Blick durch die Tür warf. Die Zigarette zwischen ihren Fingern begann zu zittern. »Mach ich, Torsten, mach ich. So eine Scheiße!«

Zitterbart bugsierte Brunners zappelnde Freundin in den Gang, der sich langsam füllte. Neben den wenigen Mitarbeitern des Theaters fanden sich auch einige Fans ein.

»Was ist eigentlich passiert?«

»Jemand hat den Brunner erschlagen«, erklärte Hanne und ging in ihr Büro. Handys waren nicht ihr Ding.

»Der Zoigl ist tot?«

»Was? Der Zoigl …?«

»Der war's!«, blökte Gaby ins Stimmengewirr. »Er ist der Mörder!«

Fragende, ängstliche und böse Blicke schlugen bei ihm ein, während er noch immer mit Brunners Freundin kämpfte.

»Jetzt lass bitte diesen Blödsinn, Gaby!«, wehrte er sich lautstark. »Ich bin nicht der Mörder! Und jetzt hör endlich auf zu zappeln! Ich verstehe dich ja. Und ich will dir auch helfen. Aber nicht so!«

Der Appell verfehlte seine Wirkung nicht, Gabys Widerstand ließ nach.

»Okay. Jemand hat den Brunner erschlagen. Aber ich war es nicht. Wir sollten hier alle warten, bis die Polizei kommt, und so lange nichts anfassen«, verkündete Zitterbart mit geübter Stimme. »Wer kümmert sich um Gaby?«

Eine junge Frau näherte sich zögerlich und nahm sie in Empfang. In diesem Moment fing sie an zu weinen und zu schluchzen. Die Blicke ließen von ihm ab und richteten sich nun auf Gaby.

»Komm, wir gehen an die Bar«, sagte die junge Frau.

»Ein guter Vorschlag«, meinte Zitterbart. »Wer sich also anschließen möchte …«

Im Gang wurde es unruhig, Hanne drängelte sich durch die kleine Versammlung.

»Die sind gleich da«, sagte sie und riskierte einen weiteren Blick auf den Toten. »Scheiße, Scheiße. Und das in meinem Laden. Hast du –«

»Nein, hab ich nicht«, hielt er ihr sofort entgegen. »Ich habe ihn nicht ermordet!«

»Das hab ich nicht gemeint. Hast du jemand gesehen? Hast du einen Verdacht? Du warst doch vor uns da.«

»Leider nicht. Da war jemand sehr schnell. Ich vermute, er hat in der Garderobe auf ihn gewartet. Oder auch nicht. Aber dass er schnell war, das steht fest. Wo hast du die Gaby getroffen?«

»Vor meinem Büro«, sagte die Theaterleiterin, die rauchte, als gelte es, Helmut Schmidt zu toppen.

»Und euch ist niemand entgegengekommen?«

»Nein. Er muss hinten langgelaufen sein. An der Werkstatt vorbei. Du weißt schon.«

»Also jemand, der sich hier auskennt«, schloss Zitterbart.

»Das sind nicht wenige«, sagte Hanne hustend.

»Ist dir sonst etwas Ungewöhnliches aufgefallen?«

»Spielst du jetzt den Detektiv?«

»Mein zweites Standbein«, antwortete er ironisch.

»Wenn du meinst. Nein, mir ist nichts aufgefallen. Von dir einmal abgesehen«, knurrte sie und wandte sich einem der Neugierigen zu, der sich eine Zigarette angezündet hatte: »Fluppe aus! Hier ist Rauchen verboten!«

»Aber Sie –«

»Bei mir ist das etwas anderes. Also, aus das Ding, junger Mann!«

Widerwillig tippte der Mann seine Zigarette gegen seine Streichholzschachtel und verließ die Versammlung.

»Bei mir herrscht Ordnung«, verteidigte sie die Maßnahme. »Außerdem kommt gleich die Polizei. So, ich geh auch an die Bar. Alles geht aufs Haus.«

»Ich bleib hier«, sagte Zitterbart.

»Hab ich mir schon gedacht«, sagte Hanne. »Mike leistet dir Gesellschaft. Nur für den Fall, dass der Mörder an den Tatort zurückkehren will. Klar?«

»Klar«, sagte Zitterbart, dem die enttäuschten Augen des Inspizienten nicht entgingen.

Während die kleine Gruppe den Gang räumte und Mike den Teppich nicht aus den Augen ließ, nahm sich Zitterbart die Garderobe vor. Diesmal, ohne in Schockstarre zu verfallen, aber auch ohne den Raum zu betreten. Warum hatte der Täter das Hufeisen zurückgelassen? Als Warnung an andere? Oder, um nicht damit erwischt zu werden? Oder beides? Einen Kampf schien es jedenfalls nicht gegeben zu haben. Soweit er sehen konnte, hatte sich nichts verändert. Brunner war ein großer Mann. Entweder war auch der Täter groß, oder er hatte den Stuhl benutzt.

Aber warum Brunner?

War die Erwähnung des Kreises sein Todesurteil gewesen?

Der Maskierte.

Was hatte Brunner ihm verheimlicht?

Er musste mit Gaby reden.

»Die Polizei ist im Anrollen«, unterbrach der Inspizient seine Gedanken. »Komm da lieber raus.«

23

»Sie können gehen, Herr Zitterbart. Aber verreisen Sie bitte nicht. Und wenn, informieren Sie uns vorher. Wir haben alles nochmals gründlich überprüft, und wie es derzeit aussieht, scheiden Sie tatsächlich als Täter aus«, sagte die Hauptkommissarin. »Diverse Zeugen haben Sie in der Nähe des Ausgangs gesehen, als Brunner wohl schon tot war. Ganz abgesehen vom Fehlen relevanter Spuren. Vertrauen wir also der modernen Rechtsmedizin, der Forensik und der Stoppuhr.«

»Vertrauen Sie mir«, forderte Zitterbart.

»Das ist nicht so leicht, wie Sie selbst zugeben müssen. Sie finden das Tatwerkzeug nach dem ersten Mord und liefern es nicht ab. Sie finden Brunners Leiche. Kommt Ihnen das nicht auch merkwürdig vor? Welche Rolle spielen Sie in diesem Spiel, frage ich mich.«

»Jedenfalls nicht die des Täters. Wie Sie wissen, waren beide Opfer Kollegen von mir. Diese Gemeinsamkeit dürfen Sie nicht vergessen.«

»Das tue ich auch nicht. Also: Worum ist es wirklich in dem Streit zwischen Ihnen und Brunner vor seinem Auftritt gegangen? Doch nicht nur um dieses ominöse Filmprojekt? Das kauf ich Ihnen nicht ab!«

»Hat sich seine Freundin nicht dazu geäußert?«

»Die sagt kein Wort«, antwortete Degenhardt nachdenklich. »Wir haben sie genauso lange verhört wie Sie. Ich vermute, Sie hat Angst. Sie hat Angst davor, das nächste Opfer zu sein. Aber warum? Was weiß sie? Was will sie uns nicht sagen?«

Zitterbart rang mit sich und versuchte zu antworten, ohne sich auf allzu dünnes Eis zu begeben.

»Wenn Sie auf meine Meinung Wert legen?«

Degenhardt nickte und zog zusätzlich einen Kugelschreiber zurate, mit dem sie zu spielen begann.

»Ich glaube noch immer, dass die Drogenspur falsch ist.«

»So? Glauben Sie das?«

»Ja, das glaube ich. Es geht nicht um Drogen. Peter hat schon lange nicht mehr gekokst, Brunner war überzeugter Biertrinker. Der hat nicht mal ein Glas Wein angerührt, geschweige denn einen Joint.«

»Jetzt bin ich aber gespannt«, sagte Degenhardt und beugte sich vor. Ihr Schreibtisch war so unaufgeräumt wie seiner. Zumindest in dieser Hinsicht waren sie sich ähnlich.

»Die beiden haben auch nicht gedealt. Oder haben Sie Hinweise aus der Szene erhalten?«

Degenhardt schüttelte mit ernster Miene den Kopf, wandte aber ein: »Das sagt nicht viel. Also?«

»Ich habe da eine Gegenfrage: Finden Sie die Tatwaffe nicht auch ungewöhnlich?«

»Allerdings«, gab sie zu. »Vor allem belegt sie, dass es sich um geplante Morde handelt. Welcher spontan agierende Täter hat rein zufällig ein unbenutztes Hufeisen dabei?«

»Ich stimme Ihnen voll und ganz zu.«

»Das freut mich zu hören.«

Zitterbart suchte nach den passenden Worten, denn viel hatte er ihr ja nicht anzubieten.

»Dann ist diese Tatwaffe also auch nicht aus dem Drogenmilieu bekannt?«

»Ist sie nicht, aber das sagt ebenfalls nichts. Neben der üblichen Schusswaffe und dem nicht minder beliebten Messer hatten wir schon Äxte, Schaufeln und Hämmer. Eine schwere Plastik oder ein Feuerlöscher tun es auch. Warum also nicht ein Hufeisen? Es ist ungewöhnlich, zugegeben, aber deshalb nicht gleich etwas Absurdes oder Surreales.«

»Ein Hufeisen besitzt auch einen symbolischen Charakter«, fuhr er fort. »Und ich meine nicht das Glück.«

»Ich ahne, worauf Sie hinauswollen. Jetzt kommen Sie mir bitte nicht mit dem Teufel, das haben meine Kollegen schon ausgiebig getan. Nur weil der Tatort in der Nähe der Teufelsküche liegt, muss noch lange keine satanische Sekte im Spiel sein.«

»Sie werden lachen, das ist mir durchaus durch den Kopf gegangen«, gestand Zitterbart. »Allen Ernstes. Aber ebenso wenig wie Peter Drogen genommen hat, war er Teufelsanbeter oder Satanist. Dennoch, Peter muss da in irgendetwas Obskures hineingeraten sein, bei dem Teufelssymbole eine Rolle spielen. Brunner sprach von einem … einem falschen Kreis. Leider ohne ihn näher zu definieren.«

»Verstehe«, raunte Degenhardt. »Darum ist es also in der Garderobe gegangen.«

Zitterbart nickte. »Doch Brunner hat sich nicht dazu überreden lassen, mir auch nur den kleinsten Tipp zu geben. Er wollte nur über den Film reden.«

»Was meinen Sie? Hat er tatsächlich etwas gewusst?«, fragte Degenhardt skeptisch.

»Da bin ich mir ganz sicher.«

Die Hauptkommissarin lehnte sich zurück, sah auf den Tisch, dachte nach. Ihr Kugelschreiber lag auf einem Blatt, das sie mit Männchen vollgekritzelt hatte.

»Ein falscher Kreis, ein obskurer Kreis. Was auch immer das sein mag. Gut, ich werde mich darum kümmern und mir noch einmal Wittmanns soziale Kontakte vornehmen. Ebenso die von Brunner. Auch wenn ich Ihre Idee für abwegig halte. Haben Sie schon mal daran gedacht, dass alles nur inszeniert ist, um uns auf eine falsche Fährte zu locken? Einen vergleichbaren Fall hatte ich schon mal. Da haben wir uns Monate im Kreis gedreht, bis wir endlich das Spiel durchschaut haben.«

»Ja, auf die Idee einer Inszenierung bin ich auch schon gekommen. Wozu bin ich Schauspieler«, sagte Zitterbart ebenso konzentriert wie sein Gegenüber.

»Und? Welche Erklärung haben Sie zu bieten?«

»Leider keine konkrete. Für mich steht fest, dass Peter etwas gewusst hat, das jemand als Bedrohung seiner Existenz eingestuft hat. Sonst hätte er nicht einen Mord als Lösung angesehen.«

»Sehr abstrakt, aber ich kann Ihnen folgen. Könnte das nicht auch ein Drogengeschäft gewesen sein? Er muss die Drogen ja nicht selbst genommen oder sie weiterverkauft haben. Er muss nur von einem Deal erfahren haben, und sei es rein zufällig. Sagen wir, von einem Megadeal, bei dem es um Millionen geht. Und der Mörder hatte ebenso zufällig ein Hufeisen griffbereit.«

»Etwa, weil er Hufschmied ist und sein Fahrzeug die ideale Tarnung für einen Drogenkurier darstellt«, spann Zitterbart das Szenario weiter.

»Zum Beispiel«, sagte sie lächelnd.

»Das klingt aber nicht weniger phantastisch als die Teufelsanbeter«, beendete er die Spekulation. »Finden Sie nicht auch?«

»Schon«, gab Degenhardt zu und stellte das Lächeln wieder ein. »Dennoch sind Drogen und Drogengeschäfte etwas sehr Reales. Ganz im Gegensatz zu –«

»Frau Degenhardt?«, grätschte einer ihrer Mitarbeiter, der plötzlich neben ihrem Tisch stand, barsch in ihren Satz. »Der Staatsanwalt. Es ist dringend.«

»Ich komme sofort«, sagte die Hauptkommissarin und leitete eine schnelle Verabschiedung von Zitterbart ein. »Es tut mir leid. War ein gutes Gespräch mit Ihnen. Fahren Sie nicht weg und passen Sie auf sich auf.«

Schon saß er allein an ihrem Tisch. Inmitten hektischer Bewegungen, hektischer Telefonate, hektischer Internetsuche. Er aber verspürte keine Hektik, sondern war erleichtert, das Präsidium verlassen zu dürfen, war froh, nicht mehr als Verdächtiger in Betracht gezogen zu werden.

Doch der Tag war noch nicht gelaufen. Als er sich dem Ausgang näherte, bemerkte er mehrere vertraute Gesichter. Sie gehörten Journalisten, die ihm sonst sehr willkommen waren. Jetzt aber wollte er keine Interviews geben, sondern nach Hause. Und falls das auch nicht in Frage kam, zu Reni. Einen Sinn musste es ja haben, dass sie keine gemeinsame Wohnung hatten.

Noch während er nach einem alternativen Ausgang suchte, kam Reni auf ihn zugestürmt.

»Torsten! Na endlich! Auf dem Handy läuft nur die Mobilbox. Alles in Ordnung? Sie haben dich also nicht dabehalten?«, keuchte sie aufgeregt.

»Wie man sieht, war ich es doch nicht«, sagte er, konnte aber ihr Gesicht mit dieser Nachricht nicht aufhellen.

»Komm! Ich muss dir etwas zeigen«, sagte sie energisch, nahm ihn an die Hand und zog ihn hinter sich her.

»Aber …? Willst du denn nicht wissen, was die Degenhardt –«

»Im Auto. Jetzt mach schon! Ich steh gleich da drüben.«

Sie zerrte ihn ins Auto und ließ ihm keine Chance. Es blieb ihm nichts anderes übrig, als sich ihrem Willen zu beugen.

»Jetzt erklär mir doch bitte –«

»Warte, dann weißt du, was ich meine«, sagte sie und ignorierte sogar eine hellrote Ampel, was sie sonst nie tat.

»Reni! Pass auf!«

»Pass du lieber auf!«

Mit einem kräftigen Tritt auf die Bremse, der ihn in den Gurt fallen ließ, hielt sie direkt vor seiner Wohnung an und stieg sofort aus. Zitterbart folgte ihr achselzuckend über die Straße, entdeckte dann aber schon die Bescherung. Seiner Eingangstür war ein Detail hinzugefügt worden.

»Ich wollte ein paar Sachen holen, da hab ich es gesehen«, sagte sie. »Ein Foto hab ich auch gemacht. Man weiß ja nie. Auf keinen Fall wollte ich es anfassen.«

Jemand hatte mit zwei Hufnägeln ein Hufeisen mit der Öffnung nach oben an seine Tür genagelt.

»Wie bei Peter«, stellte er nüchtern fest, als hätte er damit gerechnet.

»Was gedenkst du zu tun?«, bedrängte ihn Reni. »Außer deine Degenhardt anzurufen?«

»Das ist nicht meine Degenhardt. Und natürlich rufe ich sie an«, antwortete er. »Und jetzt beruhige dich erst einmal.«

»Ich will mich aber nicht beruhigen! Das ist eine unmissverständliche Todesdrohung. Da kann ich mich nicht beruhigen!«

»Sieht wirklich danach aus«, sagte er, ohne seinen Blick von dem Hufeisen zu lösen. »Die Botschaft ist nicht schwer zu verstehen: Halt dich da raus!«

»Ich hab's! Du cancelst alle Auftritte, und wir fahren zu Rainer und Hedi nach Hamburg.«

»Und du?«

»Ich kann mir ein paar Tage freinehmen. Karl hat bestimmt nichts dagegen. Bei meinen Überstunden?«

Zitterbart betrachtete noch immer das Hufeisen und dachte nicht daran, nach Hamburg zu fahren.

»So eine Warnung bekommt man nicht aus heiterem Himmel. Ich muss ihnen schon sehr nahe gekommen sein«, schloss er aus der Botschaft. »Vielleicht wissen sie auch nicht, was Brunner mir gesagt hat.«

»Sie? Wieso sie?«

»Weil ich nicht an einen Einzeltäter glaube. Denk an den Teufelsschuh. Die Zeugen haben zwei Hämmer gehört«, sinnierte er. »Es sind also mindestens zwei.«

»Egal. Mach auf und ruf die Degenhardt an«, drängelte Reni. »Und überleg dir das mit Hamburg.«

Zitterbart öffnete die Tür und hatte sie gerade wieder hinter sich geschlossen, als es klingelte. Verwundert öffnete er die Tür erneut und war ein zweites Mal überrascht.

»Wie ist denn das zu verstehen?«, fragte Hjördis und zeigte auf das Hufeisen. Neben ihr stand Auerbach und machte ein Gesicht wie ein Brett. »Ist es das, was ich vermute?«

»Was vermutest du denn?«, fragte Zitterbart.

»Nach dem, was ich in den Nachrichten gehört habe, kann es sich nur um eine Drohung handeln«, sagte sie lächelnd, breitete die Arme aus und drückte ihn an sich. »Hallöchen, mein armer gebeutelter Autor. Wie geht es dir?«

»Eigentlich ganz gut«, antwortete er, ohne sich zu verstellen. Er fühlte sich tatsächlich erstaunlich gut, worüber er ein bisschen verwundert war. Vielleicht lag es an seinem Alter, seinen Niederlagen, seinen Theatererfahrungen, seinen Erlebnissen mit Kritikern und Agenten. Es waren jedenfalls Erfahrungen, die ihm den Rücken stärkten.

»Hey«, begrüßte ihn Auerbach, nachdem Hjördis ihn endlich wieder freigegeben hatte. »Wir haben versucht, Sie zu erreichen. Haben Sie Ihr Handy abgeschaltet? Wir haben uns Sorgen gemacht.«

»Es liegt im Polizeipräsidium. Die Anrufe werden noch ausgewertet«, erklärte Zitterbart.

»Aber sie haben dich gehen lassen«, sagte Hjördis, hielt auf Reni zu und nahm sie ebenfalls in den Arm, wenn auch nur kurz. »Du warst es also wieder nicht.«

»Enttäuscht?«

»Erleichtert, lieber Torsten, erleichtert. Ein Sträfling als Autor wäre natürlich auch ein Clou gewesen, aber so ist es mir lieber.«

»Das freut mich. Kann ich euch etwas anbieten?«

»Espresso, wenn du hast«, antwortete die Produzentin und marschierte neugierig durch seine Wohnung.

»Einen doppelten«, ergänzte Auerbach, der ihm mit seinen schwarzen Augen zublinzelte. Ihre Übereinkunft hatte weiterhin Bestand.

»Was wirst du jetzt tun?«, rief Hjördis aus der Küche, in die ihr Reni folgte.

»Na, ich werde weiter am Drehbuch arbeiten«, antwortete Zitterbart trocken.

»Du lässt dir deinen Humor nicht nehmen«, stellte Hjördis fest, die aus seinem Blick entschwunden war. »Das ist gut. Das ist gut.«

Als Zitterbart in der Küche eintraf, war die Produzentin bereits in seinem Arbeitszimmer, was ihm gar nicht gefiel. Während Reni mit finsterer Miene den Kaffeeautomaten in Betrieb nahm und Auerbach sich an den Küchentisch setzte, folgte er Hjördis ins Arbeitszimmer. Ihre Augen huschten über Papiere und Texte, die wie immer auf seinem Schreibtisch lagen.

»Bitte komm da raus!«, sagte er.

»Schon okay«, gab sie nach. »Es ist immer wieder spannend, wie Menschen so leben. Wohnungen sind ein Spiegelbild der Seele.«

»Dann kennst du jetzt ja meine.«

»Leider nicht«, säuselte sie mit einem Hauch gespielter Traurigkeit und kam ihm entgegen. »Du zählst nämlich zu den verschlossenen Typen, die sich nicht so leicht in die Karten schauen lassen. Stimmt's?«

»Warum sollte ich auch?« Er entzog sich ihrer Charmeoffensive und manövrierte sie zurück in die Küche.

»Der Espresso ist fertig«, sagte Reni. »Kann ich dich mal sprechen?«

»Nun geht schon.« Hjördis nahm neben ihrem Assistenten Platz. Reni griff wieder zu und zog Zitterbart ins Arbeitszimmer.

»Was sind denn das für zwei Gestalten?«, flüsterte sie.

»Alles halb so wild. München plus Showbusiness.«

»Ist ja auch egal. Was ist mit der Polizei? Ruf sie bitte an! Jetzt gleich!«

»Mache ich«, versicherte er und nahm das Telefon in die Hand. Reni ließ ihn zurück und kümmerte sich um die Gäste. Nachdem er die Nummer der Hauptkommissarin gewählt hatte, die er dank ihrer Visitenkarte parat hatte, wanderte sein Blick über seinen Schreibtisch. Gleich fünfmal hatte er das Saturnsymbol ausgedruckt. Daneben lag ein Bild vom Teufelsschuh, gefolgt von Fotos der Großen Teufelsküche.

»Degenhardt?«

»Hier ist Zitterbart. Sie sollten sich etwas ansehen. Ich glaube, es ist wichtig.«

24

»Wo hast du das denn her?«, fragte Reni. »Ich dachte, die Polizei hat es mitgenommen? Zur Untersuchung?«

»Hat sie auch.«

»Und dieses hier?«

»Stammt aus einem Reiterladen«, erklärte Zitterbart in seinem Arbeitszimmer. »Ist aber nicht zum Beschlagen gedacht, sondern als Glücksbringer.«

»Aus dem Grund hast du es bestimmt nicht gekauft. Du hast doch etwas vor?« Sie sah ihn misstrauisch an. »Ich kenn dich doch.«

»Natürlich hab ich etwas vor. Oder glaubst du, ich warte, bis die bei mir in der Garderobe auftauchen? Es wird Zeit, dass wir das Geschehen auf der Bühne aktiv mitgestalten«, erklärte er. »Auch wenn wir nicht gleich die Regie übernehmen können.«

»Was für ein Statement.« Sie schüttelte den Kopf. »Wen willst du denn damit erschlagen? Ich hoffe, diese Filmtante aus München.«

»Weit gefehlt. Ich denke da eher an Karin Weidenblatt«, sagte er und wog dabei das Hufeisen in der Hand. »Sie hat Peter und Brunner gekannt.«

»Das macht sie noch lange nicht zur Mörderin«, hielt ihm Reni entgegen. »Dann wäre ja jeder verdächtig, der die beiden gekannt hat.«

»Das behaupte ich ja gar nicht. Ich glaube lediglich, dass sie da irgendwie involviert ist.«

»Glaub ich nicht. Die ist nämlich total nett.«

»Das mag ja sein, Reni. Aber sie ist auch Peters Freundin gewesen. Eine Freundin, die er uns verschwiegen hat. Und dafür muss er einen guten Grund gehabt haben. Ich wette, dieser Grund ist der Kreis, von dem Brunner gesprochen hat.«

»Und deshalb willst du sie gleich erschlagen!«

»Reni! Lass das bitte! Ich will nur ein kleines Experiment durchführen. Völlig harmlos. Ich will nur den Kreis ein wenig erschrecken. Dann sehen wir weiter.«

»Bist du für ›Jugend forscht‹ nicht ein wenig zu alt?«, spottete sie.

»Dafür ist man nie zu alt.«

»Heute noch. Stimmt's?«

»Sie kommt so um sieben nach Hause.«

»Hab ich ein Glück, dass ich noch eine Führung habe«, sagte sie erleichtert. »Aber tue mir zwei Gefallen. Nein, drei.«

Zitterbart nickte.

»Lass dich nicht erwischen. Verschwinde gleich wieder. Ruf mich an, wenn du zurück bist.«

»Mache ich. Keine Sorge, das ist in fünf Minuten erledigt.«

Nachdem Reni gegangen war, holte er noch einen Hammer aus der Werkzeugkiste und setzte sich in seinen Wagen. Eigentlich war er viel zu früh dran, aber er hielt es in seiner Wohnung nicht mehr aus. Neben ihm auf dem Beifahrersitz wartete das Hufeisen auf seinen Einsatz. Die Adresse kannte er auswendig. Immerhin hatte er schon zweimal vor ihrem Haus auf der Lauer gelegen, um ihre Gewohnheiten wenigstens ansatzweise zu ergründen.

Karin Weidenblatt bewohnte ein Einfamilienhaus in Tirschenreuth, das in einer ruhigen Nebenstraße stand. Es war ein großes, relativ neues und wahrscheinlich nicht ganz billiges Gebäude. Dass die Reiterin finanziell gut ausgestattet war, ließ schon ihr privater Reitstall erahnen. Das Haus passte in dieses Bild.

Zitterbart parkte eine Straßenecke entfernt, stieg aus, setzte sich eine Wollmütze auf und zog Lederhandschuhe an. Zu seiner Tarnung gehörten auch eine schwarze Jeans und eine schwarze Jacke. Nur in einigen der Häuser brannte Licht. Die wenigen Straßenlaternen vertrieben die Dunkelheit nicht durchgehend. Es fiel ihm also nicht schwer, sich zum Haus von Karin Weidenblatt zu schleichen. Sie war noch nicht zurück; die Rollläden waren oben, das Außenlicht noch nicht eingeschaltet. Immer wieder sah er sich um, konnte aber nicht einen Fußgänger ausmachen. Nur einmal musste er vor einem vorbeifahrenden Auto hinter einem Busch im Vorgarten verschwinden.

Vor der Tür, spärlich beschienen von einer der Straßenlaternen, zog er das Hufeisen aus der Tasche. Seinen Hammer konnte er allerdings nicht einsetzen, denn die Tür war aus weißem Kunststoff. Das hatte er nicht gewusst, denn so weit war er bislang noch nicht vorgedrungen, war aber froh, nicht hämmern zu müssen. Statt der Hufnägel zog er aus einer anderen Tasche eine Rolle Doppelkleber, von der er einen vorbereiteten Streifen ablöste. Noch einmal sah er sich um, dann klebte er das Hufeisen mit Hilfe des Doppelklebers mit der Öffnung nach oben in Augenhöhe auf die weiße Tür. Gerade noch rechtzeitig, bevor ein Auto die Straße entlangfuhr. Zitterbart ging in die Knie und entkam dem vorbeihuschenden Lichtkegel. Kurz darauf saß er wieder in seinem Wagen. Nichts rührte sich in der bürgerlichen Straße. Nur eine Katze hatte ihn bemerkt.

Er zog seine Mütze vom Kopf und die Handschuhe aus. In seinem Kopf flackerten Bilder von Karin Weidenblatt auf, die vor der Tür erschien und das Hufeisen bemerkte.

»Schade, dass ich ihr Gesicht nicht sehen kann«, sagte er zu sich selbst, griff zum Zündschlüssel, drehte ihn aber nicht herum. Denn in diesem Moment fuhr ein Wagen in die Einfahrt des Hauses. Zitterbart sah auf die Uhr. Eigentlich war es zu früh für ihre Rückkehr. Er hatte Glück gehabt, ihr nicht direkt in die Arme gelaufen zu sein.

Viel sehen konnte er nicht. Ihm blieb nur die Phantasie. Mit zwei großen Taschen beladen, erreichte sie die Haustür. Er glaubte, einen Ruck zu sehen, der durch ihren Körper ging. Sie ließ die Taschen aus den Händen gleiten, schloss die Tür auf und schaltete das Außenlicht ein. Wie gebannt stand sie minutenlang vor der halb geöffneten Tür und sah auf das Hufeisen. Dann stürzte sie ins Haus, ohne sich um die Taschen zu kümmern.

»Zum Telefon«, kommentierte Zitterbart, obwohl er sie nicht mehr sehen konnte. »Die Nummer würde mir schon reichen. Die Wahlwiederholung. Wenn ich da nur reinkäme. Aber das kann ich knicken.«

Er hatte bereits die Hand am Zündschlüssel, als die Tür aufgerissen und wieder zugeschlagen wurde. Die Reiterin ignorierte weiterhin die Taschen und lief zu ihrem Auto, das in der Einfahrt stand.

»Das ist ja ein Ding«, murmelte er. »Entweder hat sie niemanden erreicht, oder die Sache verlangt nach einer sofortigen persönlichen Klärung.«

Als Weidenblatt wieder auf der Straße war, startete er endlich den Motor und heftete sich an ihre Rücklichter. Erst auf der Hauptstraße, als sie nicht mehr allein waren, schaltete er das Licht ein und achtete auf einen möglichst großen Abstand. Lange brauchte er sich nicht zu konzentrieren, denn die Fahrt endete im benachbarten Falkenberg vor einem Fachwerkhaus am Ortsausgang, von dem nicht viel zu sehen war. Doch das, was er sah, ließ auf ein großes, stattliches Haus schließen. Auf ein mittelgroßes Anwesen mit großem Garten. Zitterbart schaltete das Licht seines Wagens aus, ließ ihn ausrollen und hielt in einem akzeptablen Abstand.

Weidenblatt klingelte oder klopfte. In der Tür erschien ein großer, kräftiger Mann, mit dem sie sofort einen heftigen Disput begann. Ihr ganzer Körper war in Aufruhr, mit den Händen fuchtelte sie in der Luft herum. Die Antwort des Mannes ließ nicht lange auf sich warten. Er packte Weidenblatt am Arm und zog sie ins Haus.

»Hab ich's doch gewusst. Sie gehört zum Kreis«, flüsterte Zitterbart, obwohl niemand in der Nähe war. »Warum ist mir das mit dem Hufeisen erst nach Brunners Tod eingefallen?«

Als es ruhig blieb, zog er sich spontan die Wollmütze über den Kopf, streifte sich die Handschuhe über und stieg aus. Drei der Fenster im Erdgeschoss waren hell erleuchtet, die grünen Läden nicht geschlossen. Eigentlich eine ideale Gelegenheit. Doch dann tauchten im Fensterlicht bizarre Objekte auf, die im Vorgarten standen und ihm den Zugang versperrten. Eggen und Pflüge, die offenbar dekorativen Zwecken dienten oder aus falsch verstandener Romantik aufgestellt worden waren.

Die Zeit drängte, er musste es auf der Rückseite versuchen. Zitterbart lief leicht gebückt über die Straße, kletterte über den Lattenzaun und tauchte ins fast schwarze Gebüsch ein. Da das Licht der Straßenlaternen nicht bis hier reichte, blieb ihm nur sein Tastsinn. Tote Zweige knackten, Fichtennadeln stachen ihn, ein dünner Ast peitschte ihm ins Gesicht. Plötzlich endete das Gebüsch, fand sein rechter Fuß keinen festen Boden mehr, rutschte einfach weg. Nur großes Glück und rudernde Armbewegungen bewahrten ihn davor, das Gleichgewicht zu verlieren. Dafür stand er bis zu den Knien in eisigem Wasser. Er musste den Gartenteich gefunden haben.

»Noch ein Grund mehr, diese Dinger nicht zu mögen.«

Immerhin konnte er einen Lichtschein ausmachen, der ihm als Leuchtfeuer dienen konnte. Er blieb einfach auf seinem Kurs und versuchte erst gar nicht, den Teich auf kürzestem Weg zu verlassen. Ein zweites Mal hatte er Glück, denn das Gewässer war weder tief noch groß. Nach wenigen Schritten hatte er das rettende Ufer erreicht. Widerwillig verließ das Wasser seine Hosenbeine, während sich die Kälte ausbreitete. Seine Schuhe begannen bei jedem Schritt leise zu quietschen. Unbeirrt näherte er sich dem Licht.

»Au!«

Er hatte noch etwas gefunden. Seine Hand ertastete irgendein Gerüst aus kaltem Metall. Wahrscheinlich standen auch hinter dem Haus alte landwirtschaftliche Geräte herum.

Es wurde langsam heller, die Dunkelheit löste sich vor einem erleuchteten Fenster auf. Umrisse einer schwarzen Riesenspinne zeichneten sich vor dem blassen Licht im Hintergrund ab. Ein alter Heuwender mit vier Sternrechen. Den kannte er noch gut aus seiner Kindheit.

An der Hausecke blieb er stehen, um das Wasser aus seinen Schuhen zu schütten. Dann lugte er vorsichtig um die Ecke. Die Rückseite lag im Dunkeln. Bis auf ein Fenster. Das Licht reichte aus, um es ohne Zwischenfälle zu erreichen und unter der Fensterbank in Deckung zu gehen. Noch vorsichtiger und langsamer als bei der Hausecke reckte er für einen Moment seinen Kopf in die Höhe.

Ein Wohnzimmer. Ein großes Wohnzimmer.

Zweiter Angriff auf das Fenster.

Eine Couch, zwei Sessel, ein großer Tisch, ein gigantisches TV-Gerät, ein Schrank mit Glastüren, ein großes Bücherregal, Jagdtrophäen und kitschige Gemälde von Hirschen und Fasanen an den Wänden.

Pause.

Dritter Versuch.

Weidenblatt und der Unbekannte standen in einer hohen Flügeltür, die in ein anderes Zimmer führte. Der Mann hielt ein Handy ans Ohr und sprach. Leider konnte er nichts hören, das Haus war alt, die Scheibe aber neu und dick. Der Unbekannte reichte das Gerät weiter. Jetzt sprach Weidenblatt, noch immer aufgeregt, noch immer wütend, noch immer verunsichert.

»Tja, was hat das zu bedeuten?«, flüsterte Zitterbart. »Das fragst du dich jetzt. Wer hat dir das Hufeisen an die Tür geklebt?«

Die beiden Telefonierer machten einen Schritt und verschwanden unvermittelt aus seinem Blickfeld.

»Das gibt's doch nicht!«, zischte Zitterbart und suchte nach einer neuen Beobachtungsposition.

Er wechselte die Fensterseite und stellte sich auf einen Stein, der unter dem Fenster lag. Doch sosehr er sich bemühte, er konnte nur noch die Frau sehen, die weiterhin telefonierte.

Er musste das Risiko vergrößern und stellte sich auf die Zehenspitzen. Weidenblatt konnte er nun wieder gut sehen, aber der Mann stand nicht mehr vor ihr. Zitterbart hüpfte vom Stein, ging sofort in die Knie und lauschte.

Zweige, Blätter, ein leichter Wind.

Ein Auto näherte sich und übertönte jedes konkurrierende Geräusch.

Schritte?

Nein, Blätter.

Oder?

Raschelnde Blätter!

Zitterbart erhob sich langsam und linste kurz durch die Scheibe.

Das rustikal und waidmännisch eingerichtete Wohnzimmer war leer. Ein ausgestopfter Hirschkopf glotzte ihn mit toten Glasaugen an. Das war alles. Sofort verkroch er sich wieder in die Dunkelheit unter dem Fenster und überlegte.

Der Vordereingang!

In gebückter Haltung passierte er das Fenster und richtete sich wieder auf. Plötzlich flammte ein Licht auf und ließ ihn zusammenzucken. Es war das Außenlicht einer Hintertür. Ein

Bewegungsmelder musste ihn bemerkt haben. Mit zwei schnellen Schritten erreichte er eine Regentonne, die eine halbwegs gute Deckung bot.

Nichts rührte sich.

Er ging das Risiko ein und wartete nicht, bis das Licht automatisch abgeschaltet wurde, sondern schlug sich erneut in die Büsche. In einem möglichst weiten Bogen umrundete er im Unterholz das Haus und erreichte die Straßenseite. Als er Stimmen hörte, kroch er langsamer durch Nadeln und Blätter, bis er die Vordertür im Visier hatte. Weidenblatt war dabei, sich zu verabschieden. Der Disput schien beendet, die Stimmung freundschaftlich.

Ein Buchsbaum, den er am Geruch erkannte, bot genügend Deckung, um sich weiter vorzuarbeiten.

»… haben wir am Freitag«, sagte der Unbekannte mit sonorer Stimme. »Ich verspreche es dir.«

»Das hoffe ich. Bis Freitag«, sagte Weidenblatt, drehte sich um und ging zu ihrem Wagen.

»So ein Mist!«, fluchte Zitterbart leise und wartete, bis der Mann die Haustür hinter sich geschlossen hatte.

Erst dann konnte er ebenfalls zu seinem Wagen, den er sofort startete. Weit konnte seine Zielperson noch nicht gekommen sein, zumal er sie auf der Straße nach Tirschenreuth vermutete. Sobald er Falkenberg verlassen hatte, gab er Gas und stieß kurz darauf auf ein Paar Rücklichter.

Der Wagen vor ihm fuhr zwar nach Tirschenreuth, nicht aber zu Weidenblatts Haus, sondern hielt vor einer Apotheke in der Innenstadt. Es war auch nicht ihr Wagen, sondern ein schwarzer Audi, aus dem ein alter Mann stieg. Er war dem falschen Wagen gefolgt.

Zitterbart schlug mit der flachen Hand aufs Lenkrad. Nach kurzer Überlegung fuhr er zu Weidenblatts Haus, das er verlassen vorfand. Vor der Tür lagen noch immer die beiden Einkaufstaschen. Schon war er wieder auf dem Sprung, hielt sich dann aber doch zurück. Diesmal war ihm das Risiko zu groß. Der Inhalt der Taschen konnte nicht wichtig sein. Außerdem setzte ihm die Kälte in seinen Füßen und Unterschenkeln zu. Was er jetzt brauchte, war ein heißes Bad. Auf Peters geheimnisvolle Freundin zu warten war sinnlos. Die konnte die ganze Nacht unterwegs sein.

»Immerhin, ich habe sie aufgescheucht«, dachte er laut nach. »Jetzt bin ich gespannt auf den Freitag.«

25

»Das ist ja ein Ding«, sagte Reni, die ihm über die Schulter sah.

»So viel zum Thema Zufall. Wobei dies durchaus ein Zufall sein kann. Aristokraten haben weitverzweigte Familien. Frag meine Mutter mal nach dem Haus Sachsen-Coburg und Gotha. Du wirst dich wundern, mit wem die Queen alles verwandt ist.«

»Das mag ja sein, aber merkwürdig ist das schon.«

Zitterbart hatte anhand der Adresse schnell herausgefunden, wen Karin Weidenblatt besucht hatte. Sein Laptop hatte den Namen schnell und unbürokratisch ausgespuckt.

»Graf August Lienhard von Sonthofen«, wiederholte er.

»Komisch. Da wird nirgends ein Beruf angegeben«, wunderte sich Reni. »Los, klick weiter.«

»Jäger, Reiter, Sammler«, las er vor. »Das glaube ich aufs Wort. Genauso sieht das bei dem aus. Aber das ist kein Beruf.«

»Es sei denn, er ist Privatier«, gab sie zu bedenken.

»Das ist zwar auch kein Beruf, würde aber viel erklären«, sagte er und öffnete den nächsten Eintrag.

»Verarmter Adel«, las er ungläubig. »Das würde gegen den Privatier sprechen. Moment … Auerbach hat doch irgendetwas von verarmtem Adel erzählt, der gar nicht verarmt sei? Aber das krieg ich nicht mehr zusammen. Finanziers im Hintergrund. Das war's. Die stecken hinter dieser Filmfirma. Eilimis-Film. Komischer Name.«

»Mach weiter«, mahnte seine Freundin.

Zitterbart überflog die nächsten Einträge, öffnete aber nur hier und da einen.

»Jäger, Reiter, Sammler. Sonst tritt der nicht in Erscheinung. Ist nicht in der Politik, ist in keinem Gremium, ist nirgends Kurator oder Pate. Verheiratet scheint er auch nicht zu sein. Ein unauffälliger Zeitgenosse.«

»Ruf sie doch mal an!«, schlug Reni vor. »Deine Hjördis.«

»Das ist nicht meine Hjördis. Lass das bitte!«, wehrte er ab. »Aber die Idee ist nicht schlecht.«

Zitterbart griff zum Telefon und ließ es die eingespeicherte Nummer wählen. Die Produzentin meldete sich nach dem ersten Klingeln.

»He, Torsten! Das ist ja eine Überraschung! Ist bei dir alles in Ordnung? Ich meine, wegen diesem Brunner?«

»Alles im grünen Bereich.«

»Was macht das Drehbuch?«

»Ich komme gut voran«, log er. »Aber deswegen rufe ich nicht an. Es ist nur eine kleine Frage …«

»Jetzt spann mich nicht auf die Folter.«

»Es ist eine blöde Frage.«

»Es gibt keine blöden Fragen.«

»Also gut. Graf August Lienhard von Sonthofen. Ich hab mich gefragt, ob er nicht –«

»Das ist dann leider doch eine blöde Frage«, fiel sie ihm schroff ins Wort. »Eine sehr blöde. Und ich verspüre nicht die geringste Lust, sie dir zu beantworten. Wie lautet deine nächste Frage?«

»Sorry, das war keine Absicht. Ich wusste nicht –«

»Also keine weitere Frage?«, unterbrach sie ihn in einem Ton, der neu für ihn war.

»Ja, das war alles.«

»Dann mach dich wieder ans Drehbuch. Wir wollen im Frühjahr drehen. Vergiss das bitte nicht. Tschau.«

Langsam, fast wie in Zeitlupe, steckte er den Hörer zurück auf die Ladestation und sah Reni an.

»Da hab ich aber in ein Wespennest gestochen. Der Herr Graf ist also ein Verwandter von ihr, wetten?«

»Vielleicht ist das ja der ominöse Kreis?«, schlug Reni vor. »Ihre Verwandtschaft. Die meisten Morde sind Beziehungstaten innerhalb der Familie. Hab ich erst vor einiger Zeit beim Friseur gelesen.«

»Es geht doch nichts über den dritten Bildungsweg«, schmunzelte er und las die nächsten Einträge. »Sieh an, es gibt noch eine Reihe von Sonthofens, und das keineswegs nur in der Oberpfalz.«

»Tatsächlich. Eine weitverzweigte Familie. Zu viel für einen Nachmittag.«

»Die hätte ich mir sowieso nicht alle angesehen. Mir reicht dieser eine Graf«, sagte er und rang mit einem Einfall. »Ich rufe den Auerbach auch noch an. Immerhin stammt der Tipp mit dem verarmten Adel von ihm.«

Reni, die inzwischen neben ihm am Schreibtisch saß, reichte ihm den Apparat, der die Nummer kannte. Nach dem achten oder neunten Klingeln hob er ab.

»Eilimis-Film, Auerbach.«

»Zitterbart. Nur eine kurze Frage. Graf August Lienhard von Sonthofen. Sagt Ihnen das etwas?«

»Wie kommen Sie denn darauf?«, fragte Auerbach erstaunt.

»Ein Zufall. Mich interessiert bloß, ob –«

»Da sind Sie bei mir an der falschen Adresse. Aber Hjördis kann Ihnen das mühelos beantworten. Bestimmt sogar, denn das hört sich ganz nach einem Verwandten von ihr an.«

»Das hab ich mir schon gedacht«, sagte Zitterbart. »Ich wollte aber nicht gleich bei ihr mit der Tür ins Haus fallen. Es ist, wie gesagt, ein Zufall und ein rein persönliches Interesse.«

»Verstehe. Rufen Sie sie einfach an. Soweit ich weiß, hat sie ein ausgesprochen gutes Verhältnis zu ihrer Familie. Wie hieß Ihr Zufallsfund gleich noch?«

»Graf August Lienhard von Sonthofen.«

»Kommt mir bekannt vor«, sagte er nachdenklich. »Ja, ich glaube, den Namen hat sie schon mal erwähnt. Ich weiß aber nicht mehr, in welchem Zusammenhang. Ist jedenfalls noch nicht lange her. Am besten, Sie rufen sie an.«

»Danke, das werde ich tun.«

»Ist sonst alles klar bei Ihnen? Haben Sie den Mord halbwegs verdaut?«

»Habe ich«, antwortete er, auch wenn das nicht so ganz stimmte. »Ich konzentriere mich einfach aufs Drehbuch.«

»Arbeit ist die beste Ablenkung.«

Als das Telefon wieder auf der Station thronte, sahen sich Zitterbart und Reni fragend an.

»Was bringt uns das jetzt?«, meinte sie mit großen Augen.

»Eine Bestätigung. Der Graf ist ein Verwandter von ihr. Das reicht doch. Wir werden ihn im Auge behalten«, antwortete er und sah auf die Uhr. »Sag mal, hat das Keplerhaus noch geöffnet?«

»Eine ganze Stunde noch. Wieso?«

»Ich hab da noch so eine Idee.«

»Gut, dann aber schnell. Ich will nicht schon wieder meinen Schlüssel verlieren.«

Zitterbart fuhr seinen Laptop herunter, dann saßen sie auch schon im Wagen. Weit mussten sie nicht fahren.

»Worum geht es? Vielleicht kann ich dir helfen? Du weißt, dass ich mich da bestens auskenne?«

»Ich weiß, Reni. Aber das ist nicht so leicht. Es ist eher eine Ahnung. Sag mal, ist in dem Haus eigentlich schon mal eingebrochen oder etwas gestohlen worden?«

»Nicht dass ich wüsste. Da müsste ich Severin fragen. Wieso?«

»Ein reines Bauchgefühl.«

»Das hilft uns weiter. Bestimmt sogar.«

Zitterbart fand einen perfekten Parkplatz, Jahres- und Tageszeit waren günstig. Ein Ticket brauchten sie nicht zu lösen, die freundliche Dame an der Kasse winkte sie einfach durch. Schon auf der Treppe kehrte er plötzlich um und ging zurück zur Kasse.

»Sagen Sie, gute Frau, wissen Sie zufällig, ob in jüngster Zeit etwas aus dem Museum gestohlen wurde? Ein altes Schriftstück? Ein Dokument, ein Buch?«

Die Frau blickte ihn verwundert an, dachte angestrengt nach und begann ganz allmählich zu lächeln.

»Ein Buch, junger Mann. Sie haben recht. Ob es allerdings gestohlen wurde, weiß ich natürlich nicht, aber seit gut einem Jahr wird ein Buch vermisst. Den Titel kann ich Ihnen auch nicht sagen. Ein altes Buch. Fragen Sie Herrn Severin oder Frau Bachleitner.«

»Danke.«

»Die Büros sind oben«, sagte Reni und zog ihn mit sich. »Du und dein Bauchgefühl.«

»Das braucht man manchmal. Jetzt bin ich gespannt auf den Titel«, sagte er, als sie den ersten Stock erreichten. Unwillkürlich sah er nach rechts in den Raum, in dem Keplers Entdeckung der korrekten Planetenbahnen präsentiert wurde. Vor der Vitrine stand ein Mann, den er sofort erkannte.

»Tregennis?«, flüsterte er.

»Ich hab dir doch gesagt, dass ich den schon hier gesehen habe«, erklärte Reni leise.

Zitterbart ging langsam zur Tür und beobachtete den Mann, der sie nicht bemerkte. Peters Nachbar stand vor einer der Vitrinen, hielt einen kleinen Notizblock in der Hand und kritzelte mit einem kurzen Bleistift darauf herum. Sein Kopf steckte in einem großen Hut mit breiter Krempe, wie er kaum noch getragen wurde, sein altmodischer Tweedanzug mit Lederbesatz an den Ellenbogen ließ ihn wie einen englischen Gelehrten längst vergangener Tage erscheinen.

»Ist der echt?«, fragte Reni leise, so irreal wirkte der Mann auf sie.

»Wenn ich das wüsste«, antwortete er im Flüsterton. »Ich war mir jedenfalls sicher, dass er nie sein Haus verlässt.«

Eine Familie mit zwei Kindern ging an ihnen vorbei, was Tregennis aber nicht interessierte. Er hatte nur Augen für die Vitrine und seinen Block.

»Weißt du eigentlich, weshalb er England verlassen hat?«

»Cornwall«, präzisierte Zitterbart. »Nein. Peter hat mal etwas angedeutet. Probleme mit den Behörden. Aber frag mich nicht, warum.«

»Wahrscheinlich wegen seiner Klamotten«, meinte Reni.

»Wahrscheinlich.« Zitterbart schüttelte den Kopf. »Ein komischer Vogel. Komm, lassen wir ihn forschen. Wo sind die Büros?«

Er folgte Reni, die im Keplerhaus fast jede Ecke kannte. Sie klopfte zweimal und trat ein.

»Hallo, Reni«, wurde sie von einer jungen Frau freundlich begrüßt, die sich hinter einem beladenen Schreibtisch erhob und auf sie zuging.

»Torsten Zitterbart. Mein Freund.«

»Hallo. Endlich lerne ich Sie auch einmal kennen.« Die Frau reichte ihm die Hand.

»Wir sind erst seit ein paar Jahren zusammen«, bemerkte Reni ironisch. »Jetzt wird es langsam Zeit, ihm mal meine diversen Arbeitsplätze zu zeigen.«

»Ach so.« Frau Bachleitner lachte kurz. »Na, dann viel Spaß!«

»Werde ich haben.«

»Was kann ich für dich tun?«

Zitterbart hasste diese inflationär verwendete Floskel, dennoch hörte er sie gerne. Reni hatte indes große Mühe, ihr Anliegen zu erklären, ohne ihre wahren Motive zu verraten.

»Ach so, das Buch«, reagierte die Frau mit einiger Verzögerung. »Jetzt weiß ich, was du meinst. Aber das ist längst wieder da. Barbara hat es in Raum drei auf einem der Tische gefunden. Keine Ahnung, wie es dahin gekommen ist. Jedenfalls ist es wieder da.«

»Könnten Sie mir vielleicht den Titel verraten?«, bat Zitterbart.

»Ja. Ich müsste ihn allerdings schnell mal nachsehen«, antwortete die Museumsmitarbeiterin und ging zu ihrem Schreibtisch zurück. »Ich hab hier noch irgendwo eine Notiz. Warten Sie.«

Sie kramte erst in einer Schublade, dann in einem alten Karteikasten.

»Hier ist es. ›Mysterium Cosmographicum‹. Von Johannes Kepler. 1596. Ein Nachdruck natürlich. Kein Original. Möchten Sie es sehen?«

»Wollen wir?«, fragte Reni.

Zitterbart überlegte, hörte auf seinen Bauch und schüttelte den Kopf.

»Ist nicht nötig. Dennoch vielen Dank für Ihre Mühe. Sonst ist Ihnen in jüngster Zeit nichts abhandengekommen?«

»Tut mir leid. Das heißt, im Gegenteil, es freut mich, dass nichts fehlt.«

»Gut. Dann verabschieden wir uns auch schon.« Zitterbart bedankte sich und reichte ihr die Hand. »War nett, Sie kennengelernt zu haben.«

Auf dem Flur fing er sich einen vorwurfsvollen Blick von seiner Freundin ein, der nicht schwer zu deuten war. Die mündliche Version folgte, als sie sich ein paar Meter vom Büro entfernt hatten.

»Was war das denn? Du bist aufgetreten wie ein Polizist! Du hättest ruhig etwas persönlicher sein können. Und charmanter. Die Maria ist nämlich ausgesprochen nett und kollegial.«

»Sorry. Beim nächsten Mal.«

»Ha! Da kann ich lange warten«, murrte sie. »Und was ist jetzt mit diesem Buch? Warum wolltest du es nicht sehen?«

»Weil es kein Original ist. Wenn es das gewesen wäre, dann wäre es nicht wiederaufgetaucht. Dann hätten sie es behalten. Aber das ist nur so eine Annahme von mir, eine Vermutung. Es könnte auch ein reiner Zufall sein. Wahrscheinlich ist es das auch.«

Als sie den Ausstellungsraum passierten, war Mr. Tregennis verschwunden. Andere Besucher hatten seinen Platz eingenommen und versuchten zu verstehen, wie Johannes Kepler die Bahnen der Planeten berechnet hatte. Kepler, der keineswegs nur ein brillanter Astronom gewesen war, sondern auch ein Astrologe. Kein Geringerer als Albrecht von Wallenstein hatte sich Horoskope von ihm erstellen lassen. Wissenschaft und Mythos waren damals noch nicht voneinander geschieden.

Zitterbart war um Differenzierung bemüht, versuchte, Fakten von Vorstellungen zu unterscheiden und das wenige, was er wusste, zu einem Bild zusammenzufügen. Er war selbst erstaunt, dass ihm das gelang, dass er ein Bild vor sich hatte. Es war ein Bild mit vielen weißen Flecken, aber es war ein Bild. Zu verdanken hatte er dies vor allem Peter, den er gut gekannt hatte. So gut, dass er sich erklären konnte, warum er ihn nicht in sein ganzes Leben eingeweiht hatte. Peter hatte gute Gründe gehabt, ihm nicht alles zu erzählen, weil er wiederum ihn gut gekannt hatte. Das war der Schlüssel. Ihre Freundschaft. Zu lange hatte er das nicht bedacht, hatte geglaubt, diese Freundschaft sei dünner, sei distanzierter gewesen. Dabei war das Gegenteil der Fall.

Wenn er auch sicher war, den Schlüssel zu besitzen, so fehlte ihm doch das Schloss. Das aber war nur eine Frage der Zeit. Bis Freitag musste er sich noch gedulden.

26

Taschenlampe.

Feldstecher.

Kompass.

Karte.

Überraschung.

Zitterbart überprüfte seine spärliche Ausrüstung, für die jeder polizeiliche und private Ermittler nur ein müdes Lächeln übrig gehabt hätte. Schon das Wort »Ausrüstung« war ein Euphemismus. Für seine Ziele aber musste sie reichen.

Er war bereit.

Nur Reni nicht. Schon ein paarmal hatte er sie angerufen, war aber immer nur auf ihrer Mailbox gelandet.

»Ruf bitte zurück. Sonst brauche ich nicht zu fahren.«

Reni sollte nicht mitkommen, sondern die ständig erreichbare Kontaktperson sein. Für den Fall der Fälle. Sogar ein altes Handy hatte er mit einer Prepaidkarte reaktiviert. Ebenfalls für den Fall der Fälle.

Er sah auf die Uhr. Die Zeit lief ihm davon. Er wollte Karin Weidenblatt auf keinen Fall verpassen.

»Das gibt es doch nicht!«, fluchte er. »Wo treibt die sich denn rum?«

Unruhig streifte er durch seine Wohnung, immer die Uhr im Auge. Der Zeiger rückte unerbittlich vorwärts. Immer im Kreis. Zwischendurch rief er bei einer ihrer Freundinnen und zwei Museen an. Ohne Erfolg.

»Sie hat es vergessen«, mutmaßte er. »Oder sie hat die Tage durcheinandergebracht. Wie neulich bei Herdingers Party.«

Die Uhr kannte kein Erbarmen, er musste sich entscheiden.

»So ein Mist!«, fluchte er und griff zum Autoschlüssel. Er konnte sich die Chance einfach nicht entgehen lassen. Aber auch die Chance, bei ihr zu klingeln, ließ er nicht aus. Es brannte kein Licht, die Wohnung wirkte verlassen. Reni war nicht, wie besprochen, zu Hause, um seine Anrufe entgegenzunehmen.

»Typisch!«, schimpfte er und ging zurück zum Wagen.

Sein zeitlicher Spielraum war damit aufgebraucht, wollte er die Reiterin nicht verpassen. Vom Auto bemühte er noch einmal sein Smartphone, dann fuhr er los. Bis nach Schwandorf brauchte er eine gute halbe Stunde. Wenn der Verkehr nicht anders entschied, was er jedoch tat. Der Freitag und die Uhrzeit forderten ihren Tribut und ließen seinen Adrenalinspiegel ansteigen. Vor allem, wenn er auf einen Langsamfahrer stieß, also auf einen jener Wagenlenker, die grundsätzlich zwanzig Kilometer pro Stunde unter der zulässigen Höchstgeschwindigkeit blieben und ihn zu riskanten Überholmanövern drängten.

Am Ende traf er später ein als geplant, verpasste die von ihm festgesetzte Deadline um eine Viertelstunde. Sofort nahm er sich die Autos auf dem Parkplatz vor dem Reiterhof vor und sank erleichtert in seinen Sitz, als er Weidenblatts SUV entdeckte. Erst dann suchte er sich einen Parkplatz und atmete tief durch. Der Adrenalinpegel blieb ihm trotzdem erhalten. Er spürte Lampenfieber. Wie bei seinen ersten Engagements. Wie bei besonderen Auftritten.

Nicht nur Reni hatte ihn versetzt, auch Weidenblatt schien ihn versetzen zu wollen. Er hätte sich die waghalsigen Überholvorgänge sparen können, denn sie ließ sich Zeit. Immer wieder verkroch er sich in seinen Sitz, doch nicht sie stieg in eines der Autos, sondern eine andere Reiterin, ein anderer Reiter.

Zitterbart nutzte die Zeit für einen weiteren Anrufversuch, landete aber weiterhin nur auf Renis Mailbox. Als er das Smartphone frustriert aus der Hand legte, meldete sich sein Bauch mit einem mulmigen Gefühl, zu dem sein Kopf die Bilder lieferte. Auf ihnen sah er Reni mit angstverzerrtem Gesicht, umkreist von einem glänzenden Hufeisen. Sofort griff er erneut zum Smartphone, ließ es aber gleich wieder auf den Sitz zurückgleiten, denn eine Frau kam durch das Tor. Karin Weidenblatt.

Zitterbart schnallte sich an und berührte den Zündschlüssel. Der schwarze Kastenwagen, dessen Design sich seiner Ansicht nach an dem der gängigen Mülltonnen orientierte, fuhr auf der schmalen Zufahrtsstraße des Reiterhofs in die Nacht. Er startete den Motor und folgte ihr in einem gerade noch vertretbaren Abstand. Das Ziel der Rücklichter war die Autobahn, auf der es in Richtung Norden ging. Natürlich wollte sie nach Tirschenreuth und verließ die Autobahn hinter Windischeschenbach wieder. Er hatte keinen Zweifel, wohin sie an diesem Abend wollte. Genauso gut hätte er dort auf sie warten können.

Der SUV verließ die befestigte Straße und bog in einen Waldweg ab. Zitterbart wählte einen anderen Weg, denn ihr zu folgen war ein viel zu großes Risiko, also fuhr er zu dem kleinen wilden Parkplatz, den er inzwischen ganz gut kannte. Während er den Wagen parkte, wurde ihm bewusst, dass sich Peter aus dem gleichen Grund für diesen Weg entschieden haben musste. Er wollte ungesehen und unentdeckt in die Teufelsküche gelangen. Viel hatte es ihm nicht genützt. Dennoch war Zitterbart fest entschlossen. Im Gegenteil, sein Lampenfieber motivierte ihn sogar, endlich Licht ins Dunkel zu bringen. Ängsten musste man sich stellen. Das war keine neue Erkenntnis für ihn.

Den Wagen parkte er in Fahrtrichtung unter den ausladenden Ästen einer großen Fichte. Auf die Rücklichter klatschte er nasse Blätter. Selbst im Licht einer Taschenlampe war der Wagen jetzt nicht ohne Weiteres auszumachen. Und er hatte sich eine gute Taschenlampe besorgt. Dann zog er die Mütze über den Kopf, steckte die vorbereiteten Handys ein und ging los.

Er hatte eine wirklich dunkle Nacht erwischt, eine mondlose, sternenlose, kalte Nacht. Aber er kannte den Weg, war ihn ein paarmal gegangen, kannte inzwischen seine Tücken. Fast lautlos schlich er auf dem schmalen Pfad ins Felslabyrinth, dessen Türme er nicht sehen konnte. Den Lichtkegel jonglierte er vor sich auf dem Boden und dachte nicht daran, ihn auf einen der Felsen zu richten. In kurzen Abständen hielt er inne und horchte in die Nacht.

Der Bach, die Anhöhe, der rutschige Untergrund, die Farnwedel, der Baumstumpf.

Zitterbart nutzte sein Schauspielergedächtnis und kam gut voran. Nach einer Viertelstunde drangen undefinierbare Laute an sein Ohr. Es tat sich was. Die Geräusche waren noch weit entfernt. Er beschleunigte seine Schritte und legte auf dem Gipfel eines Hügels eine Pause ein. Um sich besser konzentrieren zu können, schaltete er die Taschenlampe ab. Die implodierende Dunkelheit war total, die Welt pechschwarz. Nur am Horizont ließ ein schwaches Glimmen die Zivilisation erahnen.

Die Geräusche waren nicht die des Waldes.

Es waren künstliche, es waren menschliche Laute.

Zitterbart schaltete die amerikanische Stabtaschenlampe wieder ein und folgte dem Pfad. Er ging noch leiser und verkleinerte den Lichtkegel. So kam er zwar etwas langsamer voran, fühlte sich jedoch sicherer.

War Peter auch diesen Weg gegangen? An seinem Todestag? War er im Begriff, seinen Plan und somit seinen Fehler zu wiederholen? Seine Hand überprüfte die Handys, die in verschiedenen Taschen steckten. Die etwa vierzig Zentimeter lange Stabtaschenlampe aus Metall war eine gute Waffe. Sie reichte selbst amerikanischen Polizisten aus, wollten sie Handgreiflichkeiten unterbinden.

Jetzt brauchte er nicht zu pausieren, um die Laute deutlicher vernehmen zu können. Als er die nächste Anhöhe erreichte, sah er zwischen unsichtbaren Felsen und Bäumen ein schwaches Licht. Unverkennbar ein Feuer, denn das Licht bewegte sich. Er spürte seine Schläfen, hörte sein hastiges Atmen. Sein Ziel wurde endlich fassbar. Im Prinzip auch nur eine Bühne, aber eine, auf der er noch nie gestanden hatte. Auf dieser Waldbühne war er Debütant. Entsprechend heftig fiel das Lampenfieber aus. Sein Kopf glühte.

Er musste raus, raus auf die Bühne. Auftritt von rechts. Fast hätte er sich nach dem Inspizienten umgesehen, der ihn mit Gesten und zornigen Grimassen drängte. Die Aufführung war in vollem Gange, es wurde höchste Zeit.

Dennoch steigerte er sein Tempo nicht, sondern ließ Vorsicht walten. Selbst kleinen Zweiglein wich er aus und suchte sicheren Halt bei den an sich harmlosen Aufstiegen.

Das Felsrondell kam in Sicht. Genau genommen das Feuer, das auf der fast kreisförmigen Fläche brannte. Zitterbart kauerte sich hinter einen der Felsen und nahm den Feldstecher zu Hilfe. Den Pfad konnte er nicht nehmen, er wäre unweigerlich ins Blickfeld der Menschen geraten, die für das Feuer verantwortlich waren.

Seine Taschenlampe konnte er auch nicht mehr richtig einsetzen. Zum Glück hingen an einigen Bäumen Petroleumlampen. Sie beleuchteten offenbar einen Weg, der nur zu einem Parkplatz führen konnte. Irgendwo mussten die Autos ja stehen.

Zitterbart wich also von dem bekannten Pfad ab und umrundete in einem großen Bogen die Anhöhe mit dem Rondell. Auf den Lichtkegel konnte er nicht verzichten, denn es ging über Moos, Steine, Fichtenzapfen, Zweige und Blätter. Ganz zu schweigen von den Bäumen, denen er ausweichen musste. Sein Adrenalinspiegel hatte keine Chance, sich zu normalisieren.

Die erste Petroleumlampe.

Zitterbart schaltete die Taschenlampe aus und kauerte sich hinter eine junge Fichte. Links über ihm hallten Stimmen durch die Nacht, rechts wies das Petroleum den Weg.

Niemand war zu sehen. Er verließ sein Versteck und schlich sich von Lampe zu Lampe. Die Abstände waren groß, der Weg dennoch eindeutig. Nach der fünften Lampe funkelte ein Rücklicht im Dunkeln. Er hatte sich nicht geirrt, zu Fuß oder mit dem Fahrrad war niemand gekommen. Die Lage war ihm nun klar. Jetzt war das Rondell an der Reihe. Nach wenigen Schritten hielt er inne, denn ihm kam eine Sabotageidee in den Sinn. Keine neue, dafür eine bewährte. Man musste nicht alles neu erfinden. Niemand wusste das besser als ein Schauspieler, der auf der Bühne Texte längst verstorbener Dichter wiedergab.

Auf dem Parkplatz, der kein öffentlicher war, sondern eine halbwegs ebene Fläche, standen vier schwarze SUVs. Wie alle Autos hatten sie die eine oder andere empfindliche Stelle. Zitterbart entschied sich für die Ventile. Bei jedem Wagen nahm er sich einen Reifen vor und ließ mit Hilfe seines Türschlüssels die Luft entweichen. Mehr Zeit wollte und konnte er nicht investieren. Beim letzten Reifen gesellte sich ein neues Geräusch zu den vertrauten Stimmen. Ein Auto. Offenbar näherte sich ein Nachzügler dem Parkplatz. Zitterbart ging hinter dem letzten Wagen in Deckung.

Zwei Scheinwerfer krochen durch die Nacht, wichen Bäumen aus, verschwanden kurz, um gleich darauf an anderer Stelle wieder zu erscheinen. Ein weiterer SUV parkte zügig ein. Der Fahrer kannte sich aus. Ein Mann stieg in Eile aus dem Wagen, streifte einen schwarzen Umhang über und setzte sich eine Maske auf.

»Die blöden Langsamfahrer!«, fluchte der Mann. »Anfänger. Rentner. Hasardeure.«

Zitterbart schossen erneut Bilder durch den Kopf. Renis angstverzerrtes Gesicht und eine Tim-und-Struppi-Geschichte, in der Tim die Maske der Gegner benutzte, um sich ihnen zu nähern. Eine alte Geschichte. Aber Inspiration genug. Nur ein paar Schritte, dann stand er hinter dem Mann. Er holte aus und traf ihn mit der Taschenlampe am Hinterkopf. Eine Beule war seinem Opfer sicher. Zunächst aber kam Ruhe in sein Leben. Zitterbart nahm ihm den Umhang und die Maske ab, die er sofort wiedererkannte. Es war die schwarze Guy-Fawkes-Maske, die er aus dem Theater kannte.

Das Licht der Taschenlampe fiel auf das Gesicht eines unbekannten Mannes über sechzig, den er ins Heck des Wagens schob. Dessen Handy und den Wagenschlüssel deponierte er hinter einem Stein. Schnell versorgte er noch einen Reifen, dann steckte er sich die Taschenlampe in den Gürtel und warf sich den Umhang über. Der Unbekannte hatte ungefähr seine Figur, war jedoch etwas größer. Das Wagnis musste er eingehen. Er setzte sich das schwarze Ding auf und betrat in Maske und Kothurn den Weg auf die Bühne.

»Diese blöden Langsamfahrer!«, wiederholte er ein paarmal, um sich die Stimme anzueignen. Es gelang ihm nur bedingt, musste aber reichen. Mit bedachten Schritten folgte er dem Petroleumlicht auf die kleine Anhöhe in das natürliche Rondell.

Als er das Tor aus wilden Felsen durchschritt, empfing ihn das Feuer mit einem grellen, heißen Schein, an den sich seine Augen erst gewöhnen mussten. Um das Feuer bildeten mehrere Maskierte einen Halbkreis und rezitierten ihm unbekannte lateinische Formeln. Ihre vom flackernden Licht in Bewegung versetzten Schatten krochen immer wieder die Felstürme hinauf. Eine gespenstische Szene.

Kein Blick oder Gruß erreichte ihn, also suchte er sich einen Platz, der zu dem Abstand zwischen den Maskierten und dem Feuer passte. Niemand reagierte. Seine Anwesenheit wurde als selbstverständlich hingenommen. Da die Teilnehmer der Zeremonie nicht synchron sprachen, sondern durcheinander, begann auch er, einen lateinischen Text aufzusagen. »De generatione rerum naturalium«. Von dem Schweizer Renaissance-Arzt Paracelsus. Einen Ausschnitt hatte er für ein Faust-Projekt in Göttingen auswendig lernen müssen. Besser als gar nichts.

Die Maskierten bewegten sich nicht, hatten ihre Hände in den Umhängen verschränkt, sprachen bloß, wobei man dank der Masken ihre Lippenbewegungen nicht sehen konnte. Wie Puppen, dachte Zitterbart. Lebende Puppen in einer schaurigen Inszenierung. Er hatte die Taschenlampe griffbereit und sagte artig seinen Text auf. Dabei sah er, wie die anderen, ins Feuer. Zu gerne hätte er seinen Blick auf Reisen geschickt, aber das ließen die Zeremonie und die Maske nicht zu. Also tat er, was ihm die Situation auferlegt hatte.

Nachdem er Paracelsus sieben- oder achtmal aufgesagt hatte, lückenhaft und mit Fehlern, zogen die Maskierten langsam ihre Arme aus den Gewändern und streckten die Hände zum Feuer, als wollten sie die Flammen ergreifen. Er reagierte sofort und imitierte jede ihrer Bewegungen. Plötzlich machten sie einen Schritt auf das Feuer zu. Dabei hatte er längst mit Rinnsalen aus Schweiß zu kämpfen, die sich unter seiner Maske gebildet hatten. Umso erleichterter war er, als der Schritt gleich wieder revidiert wurde. Dann verstummten die Maskierten plötzlich und verschränkten ihre Arme unter dem Umhang. Einer nach dem anderen vergrößerte den Abstand zum Nächsten, sodass aus dem Halbkreis ein fast geschlossener Kreis wurde. Ihm schräg gegenüber entstand eine Lücke.

Es wurde also noch ein weiteres Mitglied erwartet, vermutete er. Vielleicht der Regisseur dieses mauen Mummenschanzes in billigen Kostümen. Kurioserweise hatte er mehr erwartet, weitaus mehr. Wer derart teure Autos fuhr, hätte sich doch eine eindrucksvollere Show leisten können. Ein prächtiges mittelalterliches Spektakel. Diese Vorstellungen hatte er wahrscheinlich seinen Bühnenerfahrungen zu verdanken. »Faust I«, Walpurgisnacht. Dennoch ließ er sich durch die laienhaften Kostüme nicht täuschen; der Ernst der Maskierten war ein tödlicher.

Es wurde still.

Nur das Feuer mochte sich nicht beruhigen und knisterte.

Die Maskierten verharrten regungslos.

Schweiß rann in sein rechtes Auge und brannte wie das Feuer vor ihm. An Abhilfe durch einen seiner Finger war nicht zu denken.

»Zeig dich uns, Meister!«, rief eine unbekannte Stimme.

Oh nein, dachte Zitterbart und sah sich keinem Spektakel mehr beiwohnen, sondern einer Farce.

»Zeig dich uns, Meister!«, wiederholte die Gruppe, wobei er mit leichter Verzögerung in den Chor einstimmte. »Zeig dich uns, Meister!«

In der Lücke erschien ein weiterer Maskierter. Zitterbart hatte ihn nicht kommen sehen, da die Flammen ihm den Blick verwehrt hatten. Er hatte keinen Zweifel daran, den Meister vor sich zu haben, denn seine Maske war deutlich größer als die der anderen Mitglieder und zudem auch noch mit zwei Hörnern besetzt.

»Ihr habt mich gerufen, und ich bin gekommen«, sagte der Mann, denn es war eine männliche Stimme, die Zitterbart zu kennen glaubte.

Leider veränderten das Feuer und die Maske den Klang. Dennoch, diese Stimme war ihm sonderbar vertraut.

27

»Ihr habt mich gerufen, dem Einen zurückzugeben, was ihm einst von Menschenhand genommen wurde. Indem wir den Stein dem Feuer anvertrauen, wird der Schuh wieder zu seinem, kehren die Kräfte, die er einst einbüßte, wieder zurück. Wir, seine Diener, werden in seine Regimenter aufgenommen. Lacus mortis. Stagnum ignis. Terra tenebrosa. Tartarus. Terra oblivionis. Gehenna. Herebus. Barathurum. Styx. Acheron. Wir, seine Diener, gehorchen den vier Herrschern: Lucifer in Oriente, Beelzebub in Septentrione, Belial in Meridie, Astaroth in Occidente.«

Der Meister verschwand hinter den Flammen, die gleich darauf heftig erschraken und aufloderten, denn ein schwerer Stein landete in den glühenden Ästen und ließ sie knistern. Der Stein war Zitterbart ebenfalls entgangen. Er musste hinter dem Feuer für die Zeremonie bereitgestanden haben.

»Lucifer in Oriente, Beelzebub in Septentrione, Belial in Meridie, Astaroth in Occidente«, wiederholte der Chor, wobei Zitterbart erneut zu spät einstieg. Er hatte die Stimme des Meisters im Ohr, konnte sie aber nicht zuordnen.

»Es ist vollbracht. Nun, Lilith, gib uns Kunde!«

»Das Zeichen des Einen wurde missbraucht, Meister. Keziah fand es an ihrer Tür, obwohl sie treu und unterwürfig. Die Erlösung des Eindringlings namens Wittmann hat sie untertänigst hingenommen, die Erlösung des Eindringlings namens Brunner selbst ausgeführt.«

Diese Stimme konnte Zitterbart sofort zuordnen, denn Lilith stand direkt neben ihm. Mephistopheles' Warnung kam ihm in den Sinn: »Nimm dich in Acht vor ihren schönen Haaren.« Auch diese Lilith besaß schöne Haare. Es war Rotwangs Frau. Und jetzt kannte er auch den Meister. Es war Friedrich Rotwang, der Märchenonkel.

»Gib uns Kunde, Keziah!«

»Lilith sprach die Wahrheit. Sein Zeichen prangte an meiner Tür. Doch es war nicht sein Zeichen, denn sein Zeichen wird mit dem Hammer überbracht und trägt als Siegel seine Nägel. Erst Asenath hat mir meinen Fehler offenbart und zurückgebracht mich auf den Weg des Lichts.«

»Ein Scharlatan? Was vermutest du, Asenath? Gib uns Kunde!«

»Kein Scharlatan, Meister, kein Scharlatan. Ein weiterer Eindringling«, antwortete eine der Masken. »Aber wir wissen nicht, wer es ist. Dennoch habe ich einen Verdacht.«

»Sprich, Asenath!«

»Der Freund Wittmanns, namentlich bekannt als Zitterbart.«

»Bist du sicher, Asenath?«

»Nein, mein Meister.«

»Dann soll uns Capercailzie Kunde geben.«

Aber es gab niemand Kunde. Nur das Feuer knackte und knisterte und erhitzte den Stein aus der Stadtmauer von Nabburg. Zu spät erkannte Zitterbart, dass er gemeint war.

»Ist dir nicht wohl, Capercailzie?«, fragte der Meister skeptisch.

»Doch, mein Meister«, antwortete Zitterbart mit verstellter Stimme.

»Dann gib uns Kunde, was geschehen soll mit diesem dreisten Komödianten!«

»Es wird unsere Aufgabe sein, ihn zu begleiten wie ein Schatten«, versuchte er, den sonderbaren Duktus nachzuahmen.

»Das soll geschehen. Du wirst diese Aufgabe übernehmen«, sprach der Meister. »Keziah wird dich dabei unterstützen. Sie kennt den Komödianten und seine Konkubine. Sie soll sich ihm zuwenden und hingeben, denn er ist begierig zu wissen, was Wittmann widerfahren ist.«

»Ja, mein Meister«, sagte Karin Weidenblatt alias Keziah.

»Ja, mein Meister«, stimmte auch Zitterbart alias Capercailzie zu.

»Nun gib uns Kunde, wie es um die Schrift steht, Capercailzie«, fuhr der Meister fort.

»Um die Schrift?«, wiederholte Zitterbart.

»Die Schrift des Astrologus Keplerus.«

»Sie ist noch nicht in unserem Besitz«, antwortete Zitterbart.

»Mir scheint, du bist nicht bei der Sache, Capercailzie«, sprach der Meister.

Zitterbart suchte verzweifelt nach einer passenden Entgegnung.

»Das ist nicht Capercailzie!«, schrie plötzlich Weidenblatt. »Es ist der Komödiant!«

»Ein Eindringling?«, sagte Friedrich Rotwang mit bebender Stimme und wankte kurz. »Er entweiht den Kreis! Den Kreis der vier Herrscher! Den Kreis der Regimenter! Den Kreis des Einen!«

Zitterbart hatte die Taschenlampe fest in der Hand.

»Ich bin nicht der Komödiant!«, schrie er in den Kreis. »Ihr habt es richtig vernommen! Ich bin auch nicht Capercailzie! Ich bin Coppelius, der Alchemist!«

Die Maskierten gerieten in Bewegung, ihre Masken wandten sich einander zu, dann richteten sich die schwarzen Augen auf ihn.

»Es ist der Komödiant!«, schrie Weidenblatt. »Er ist es! So wahr ich Keziah bin!«

»Und ich bin Coppelius!«, hielt ihr Zitterbart entgegen. »Beherrscher der Schwarzen Kunst. Beherrscher der dunklen Magie. Ich bin der Geist, der stets verneint! Und das mit Recht; denn alles, was entsteht, ist wert, dass es zugrunde geht; drum besser wär's, dass nichts entstünde. So ist denn alles, was ihr Sünde, Zerstörung, kurz das Böse nennt, mein eigentliches Element.«

Die Masken schwiegen. Er hatte sie überrumpelt und bastelte längst an Fluchtplänen. Natürlich war ihm klar, dass Peter ebenfalls geflohen und dabei ermordet worden war. Er hatte den Pfad gewählt. Das war der Weg, den auch er gut kannte. Er war sportlich und fit. Aber das war Karin Weidenblatt auch. Doch er besaß gleich drei Trümpfe. Die Taschenlampe, die Handys und die Überraschung.

Der Meister hob seine Hände und zog seine Maske vom Kopf. Es war tatsächlich Rotwang, der seinem Namen alle Ehre machte. Sein Kopf glühte, was Zitterbart nicht nur auf den Schein des Feuers zurückführte. Der Märchenerzähler war wutentbrannt.

»Ihr könnt gut rezitieren, Herr Komödiant. Aber Goethe kenne auch ich. Nicht Coppelius spricht diese Worte, sondern der verehrungswürdige Mephistopheles. Die eigentliche Hauptfigur dieses Dramas. Nur wenige haben dies erkannt, wie etwa Gustaf Gründgens, was Ihnen ja sicher etwas sagen wird. Coppelius ist zwar ein Alchemist, einer, den ich schätze, zugegeben, aber keiner aus Goethes Feder. Sie sind entlarvt, Herr Komödiant. Sie sind weiter nichts als ein ungläubiger Eindringling, ein Frevler, der den Kreis entweiht hat, einer, der erlöst werden muss, von ihm erlöst werden muss, von dem Einen, dem Hinkenden, dem Gefallenen, dem Erleuchteten, dem kommenden Herrscher.«

Zitterbart zog sich ebenfalls die Maske vom Kopf und warf sie ins Feuer. Sekunden später folgte der schwarze Umhang.

»Und Ihr seid kein Meister, sondern nur ein armer Irrer und ein kaltblütiger Mörder, Herr Rotwang. Sie haben meinen Freund Peter und meinen Kollegen Brunner auf dem Gewissen.«

»Wir haben nur die Befehle des Einen ausgeführt!«, fauchte Weidenblatt. »Wir sind nur sein Werkzeug, führen nur die Hand, die den Eindringling erlöst und in den Orkus schickt, wo ihm das Licht zuteilwird. Wir sind keine Mörder, sondern Retter!«

»Befreier!«, rief Frau Rotwang.

»Erlöser!«, schrie eine andere Maske.

»Bekennt euch und erhebt sein Zeichen!«, befahl Rotwang. Im selben Augenblick schossen die Hände aus den schwarzen Umhängen, die Hufeisen umklammerten.

»Erlöst den Eindringling!«

Auch Zitterbart zog etwas aus seiner Tasche. Seine Überraschung. Ein kleines Päckchen. Nicht größer als ein Briefumschlag.

»Erlöst euch selbst«, rief er und warf das Päckchen ins Feuer. Ohne den harmlosen, aber eindrucksvollen Knalleffekt abzuwarten, verließ er den Kreis und lief auf den Pfad zu. Hinter ihm wurde es schlagartig hell. Sehr hell. Schreie gellten durch die Nacht, die für Sekunden nicht mehr dunkel war.

Zitterbart brachte seine Taschenlampe in Anschlag und sprintete los. Die Schreie verebbten, dafür folgten ihm Rufe. Der Knalleffekt, tatsächlich nur ein Effekt, war verpufft, hatte ihm aber einen stattlichen Vorsprung verschafft.

Moos, Blätter, Steine, Zweige.

Eine Pfütze.

Ein Felsen.
Ein gewagter Sprung.
Ein Abhang.
Etwa so musste es Peter ergangen sein, etwa so musste er sich gefühlt haben. Nur dass er nicht darauf vorbereitet gewesen war.
Zitterbart folgte dem Pfad, auf dem er gekommen war, und nutzte seine Kondition, die er seinem Lauftraining zu verdanken hatte. Aber das ging nur auf den halbwegs geraden Abschnitten. Bei den Aufstiegen oder auf zu feuchtem Boden war Vorsicht geboten. Ein Sturz konnte sein Leben beenden.
Auf einer Anhöhe legte er eine Pause ein, schaltete das Licht aus und horchte in die Nacht, die schwarz wie der Teufel war. Die Laute und die Rufe waren nicht zu überhören. Sie ließen sich nicht so leicht ins Bockshorn jagen, sondern jagten ihn. Verbissen und unnachgiebig, wie anzunehmen war. Die Satanisten kannten keine Gnade.
Er zog eines der beiden Handys aus der Tasche und wählte Renis Nummer. Das Netz war ihm gewogen, aber noch immer lief die Mailbox. Degenhardt war die zweite Wahl. Niemand hob ab. Ihr Büro war nicht besetzt.
Die Laute und Rufe kamen näher.
Zitterbart verstaute das Handy und vertraute sich wieder dem Lichtkegel an, der vor ihm durch die Dunkelheit flog. Er nahm sein gewohntes Tempo auf. Ein leichter Aufstieg, dann folgte ein Abstieg. Die Felsentürme, die sich neben ihm erheben mussten, nahm er nicht wahr. Sie existierten nicht mehr, waren von der Nacht verschluckt.
Am Fuß eines sanften Abhangs klatschte ihm plötzlich ein Zweig ins Gesicht. Ein Zweig, der dort nicht hingehörte. Er ließ den Lichtkegel wandern.
Der Pfad!
Er hatte ihn verloren. Dabei war er ihm penibel gefolgt. Aber irgendwie hatte es die Teufelsküche doch geschafft, ihn vom rechten Weg abzubringen. Der Lichtkegel erfasste die bizarren Zweige einer Fichte, die nach ihm zu greifen schienen. Schatten, von ihm selbst ins Leben gerufen, huschten durch Farne und Büsche.

Nur die Ruhe.
Er schaltete die Taschenlampe aus und lauschte.
Die Laute waren nicht verstummt. Sie waren ihm auf der Spur. Natürlich kannten sie das Gelände, wahrscheinlich weitaus besser als er. Es war ihr Terrain, ihr Revier, ihre Teufelsküche.
Zitterbart drehte sich um, machte Licht und fand den Zweig, der ihn berührt hatte. Er drehte sich erneut um und ging ein paar Schritte rückwärts. Da war er, der Pfad. Es waren nur wenige Meter gewesen. Er konnte wieder beschleunigen, was er auch tat. Die Rufe saßen ihm im Genick. Aber was riefen seine Verfolger eigentlich? Gaben sie sich Anweisungen? Hatten sie sich aufgeteilt? Baten sie den Teufel um Hilfe?
Weiter. Und nicht vom Pfad abweichen.
Wenn die Rufe aussetzten, war es totenstill. Dann waren nur seine eigenen Schritte zu hören.
Farnwedel.
Es war nicht mehr weit.
Bloß nicht stürzen.
Bloß nicht ausrutschen.
Auf der letzten Anhöhe, dem letzten kleinen Hügel, hielt er nochmals an.
Die Laute und Rufe waren nicht verstummt. Er löschte das Licht und versank im Nichts. Die Laute waren nicht nur hinter ihm. Sie hatten sich aufgeteilt. Sie kannten das Gelände, sie kannten sein Ziel. So mussten sie auch Peter erwischt haben. Sie hatten gewusst, wohin er um sein Leben gerannt war. Nur so hatten sie ihn noch eingeholt.
Er hielt den Lichtkegel klein, die Taschenlampe dicht über dem Boden. Der Pfad war zu Ende. Sein Auto stand nur gut hundert Meter entfernt. Er drückte auf den Knopf und tauchte wieder ins Nichts ein.
Stille.
Wo waren sie?
Hinter ihm?
Vor ihm?
Er schloss die Augen, obwohl dies völlig sinnlos war und die Dunkelheit nicht steigerte. Die Schwärze war total.

Nichts.

Oder?

Flüchtige, undefinierbare Laute.

Dann ein Ruf hinter ihm.

»Keziah!«

Er aktivierte den Lichtkegel und tastete sich vorwärts, die Taschenlampe fest umklammert. Sie war gefährlicher als ein Hufeisen. Hoffte er.

Das Flatterband. Er hatte das Flatterband erreicht. Hier war Peter gestorben. Fünfzig Meter bis zum Auto. Seine Ohren scannten das Gelände.

»Keziah!«

Seine Verfolger waren schnell.

Dreißig Meter. Schätzte er. Jetzt kamen links die Bäume, jetzt begann der Wald. Er hielt sich rechts. Falls jemand den Wald als Deckung benutzte. Rechts waren ein paar Felsen.

Zehn Meter.

Die Tarnung des Autos war perfekt. Als wäre es gar nicht da. Als hätte es jemand gestohlen.

Fünf Meter.

Hier musste es sein.

Ungefähr.

Im Lichtkegel räkelten sich ein paar Fichtenzapfen.

Blauer Lack.

Sein Auto.

Er hatte es geschafft. Er zog die nassen Blätter von den Rücklichtern, holte seinen Schlüssel aus der Tasche und schloss auf.

Ein Licht flackerte auf.

»Nicht so eilig, Komödiant!«, rief Frau Rotwang. »Du wirst die triste Welt da draußen nicht erreichen. Komm! Lass dich erlösen! Neige das Haupt!«

Zitterbart hielt ihr den Lichtkegel ins Gesicht. Es war tatsächlich Lilith, der Dämon aus dem ersten Zeitalter. Adams erste Frau. Wie von Mephistopheles beschrieben. Aber es war auch Frau Rotwang, die unter Migräne litt und etwas von Glühwein verstand.

»Dein irdischer Weg ist hier zu Ende«, prophezeite Karin Weidenblatt, die keuchend neben Lilith aus der Dunkelheit auftauchte. In ihrer rechten Hand hielt sie ein Hufeisen, ihr Gesicht war zu einer Fratze geworden, hatte nichts mehr mit der Frau auf Peters Foto zu tun.

»Er hat den Kreis entweiht!«, rief Meister Rotwang atemlos aus dem Wald. »Lasst ihn nicht entkommen! Er muss den Einen treffen!«

Weidenblatt hob ihre Hand, sah ihm in die Augen.

Zitterbart erwiderte den bösen Blick und wog die Taschenlampe in seiner Hand.

»Los!«, fauchte die Frau des Meisters.

Schritte, Schreie, Getrampel.

Die Taschenlampe würde nicht reichen.

Es war aus.

Ihm stockte der Atem.

Bilder und Szenen flogen an ihm vorbei. Bilder aus seiner Kindheit, Bilder aus dem Sandkasten, der Schule, von seinen Freunden, von seiner ersten Liebe, seiner Blamage auf den Schultheatertagen, Bilder seines Fahrradunfalls, des Viererzimmers im Krankenhaus, der Abifeier. War das sein Leben gewesen? Seine Kindheit und Jugend? Wo waren die Bilder aus Erwachsenenwelten?

Zu spät.

Fast gelassen erwartete er die Hufeisen.

Es wurde hell. So hell, dass Zitterbart die Augen zusammenkniff. War es das schon? Das Licht? Das Licht nach dem –

»Zugriff!« Das war die Stimme der Polizeibeamtin. Laut und sopranhell.

Wieder Schritte, Schreie und Getrampel.

Als er seine Augen öffnete, sank Reni in seine Arme. Die Taschenlampe fiel ihm aus der Hand. Hinter seiner Freundin wurden Flüche ausgestoßen, Hufeisen gewaltsam aus Händen gewunden, klickten Handschellen. Männer in schwarzen Uniformen und schwarzen Masken hatten die Herrschaft über die Teufelsküche übernommen. Nicht einmal der Meister vermochte ihnen diese Herrschaft streitig zu machen. Flüche und Formeln murmelnd, wurde er aus dem Wald geführt. Die alberne Farce war vorbei.

»Das haben Sie Ihrer Freundin zu verdanken«, sagte Degenhardt. »Wenn sie mir nicht im letzten Augenblick einen Besuch abgestattet hätte …«

»Und wenn sie mir nicht geglaubt hätte«, schluchzte Reni.

»Ich habe dich angerufen«, sagte er erleichtert. »Ich weiß nicht, wie oft. Ich dachte schon …«

»Das Ding ist plötzlich in Flammen aufgegangen. Der Akku. Und dann der Verkehr.«

»Wenn da nicht der Teufel seine Finger im Spiel hatte«, kommentierte die Hauptkommissarin trocken.

28

Alle Augen waren auf ihn gerichtet.

Der Kreis war geschlossen.

Reni, Bernd Regenauer, Lizzy Aumeier und Norbert Neugirg verlangten nach Antworten.

»Was hat sie gesagt?«, fragte Reni.

Zitterbart ließ sich Zeit und erhob erst einmal sein Glas.

»Auf Peter und den Zoigl!«

Gläser schossen beim Italiener in die Höhe.

»Jetzt mach es nicht so spannend!«

»Also gut. Die Degenhardt hat bei der Weidenblatt Briefe von Peter gefunden. Als er erfahren hat, dass seine neue große Liebe diesem Teufelsclub angehört, hat er versucht, sie da herauszuholen. Verzweifelt. Er muss lange nicht verstanden haben, wie ernst diese Wirrköpfe ihre … ihre Teufelsanbetung nehmen. Es ist ja auch schwer zu glauben. Ich hab euch ja erzählt, was da geboten wurde. Ich sage euch, eine –«

»Hast du. Oft genug. Weiter«, mahnte Lizzy Aumeier.

»Er hat wirklich alles versucht, nachdem er die Tragweite erkannt hatte. Als Rotwang, der Initiator des Ganzen, davon Wind bekommen hat, war sein Tod beschlossene Sache. Wie sich alles abgespielt hat, weiß die Polizei noch nicht. Die Satanisten schweigen beharrlich.«

»Und der Brunner?«, fragte Neugirg.

»Der Brunner«, fuhr Zitterbart fort, »der hat den Peter wie die Weidenblatt tatsächlich gekannt. Er hat also auf der Bühne die Wahrheit gesagt.«

»Lass mich raten«, sagte Neugirg. »Er hat gedacht, Peter hätte dich eingeweiht und du hättest ihn nicht unterstützt. Und der Peter hat dir nichts gesagt, weil er dich schützen wollte, weil er verhindern wollte, dass du da mit hineingezogen wirst.«

»So ungefähr. Jedenfalls hat auch der Brunner versucht, die Weidenblatt zu bekehren und aus dem Teufelskreis zu lösen. Auch das hat natürlich Rotwang erfahren und ihn beobachten lassen. Als sie in ihm eine immer größer werdende Gefahr gesehen haben, musste er sterben.«

Reni und die Kollegen machten nachdenkliche Gesichter.

»Wie kann man an einen solchen Mist glauben?«, fragte Regenauer.

»Diese Frage kann ich dir nicht beantworten«, sagte Zitterbart. »Es gibt jedenfalls Menschen, die es können. Fundamentalisten jedweder Couleur können es ja auch. Bis zum Mord ist dann der Weg nicht weit. Rotwang hat sich lange mit Teufelskulten befasst. Dabei ist er wohl auch auf die Teufelsküche gestoßen, die in der Geschichte immer wieder Schauplatz von Teufelsanbetungen gewesen ist. Ich nehme an, er wollte diese fragwürdige Tradition wiederbeleben. Vergesst nicht, er ist jemand, der an Märchen glaubt, der Märchen lebt und die Wirklichkeit hasst. Seine Frau ist ihm als Erste gefolgt. Nach und nach sind die anderen dazugestoßen. Warum auch immer.«

Noch lange kreiste das Gespräch um die Frage der totalen Hingabe an eine Idee, und sei sie auch noch so abwegig, albern oder skurril. Nach dem dritten Glas kehrte man zu Peter zurück.

»Ach ja, der Film«, sagte Zitterbart.

»Ja? Was wird jetzt eigentlich aus dem Film?«, fragte Aumeier.

»Der Film wird gemacht. Für Peter und für uns. Aber so, wie wir ihn wollen. Ich hab da so meine Beziehungen.«

»Also, ich bin dabei«, erklärte Regenauer.

»Du bist ja auch ein alter Filmhase«, meinte Neugirg. »Sogar im ›Tatort‹ hast du mitgespielt.«

»Und was wird aus uns?«, fuhr Aumeier fort.

»Wir? Du meinst Aumeier & Zitterbart?«

Die Kabarettistin nickte grinsend.

»Wir gehen mit einem neuen Programm von mir auf große Tournee durch die Oberpfalz und die angrenzenden Gebiete. Und einen Namen für das Programm habe ich auch schon.«

Alle Augen waren wieder auf Zitterbart gerichtet.

»Teufelszeug.«

Danksagung

Mein Dank gilt wie immer meiner Frau Marianne, die zusammen mit mir durch die Oberpfalz gefahren ist, um zu recherchieren. Weiterhin danke ich Lizzy Aumeier, Norbert Neugirg und Bernd Regenauer für ihre tatkräftige Unterstützung meines Ermittlers und ihres Kollegen Torsten Zitterbart.